女神的段位

苏芩 ｜ 作品

四川文艺出版社

目 录

葬·玉

≈

情·祸

≈

因·果

≈

葬·玉

天涯香丘，
情痴恨断玉魂魄

林黛玉，花魂凝成情与痴

> 厚地高天，堪叹古今情不尽；
>
> 痴男怨女，可怜风月债难偿。

春尽花魂无觅处，人间再无潇湘子。有道是：万般磨难皆因痴。古今情场之中，还不尽的风月债，都只因太过执着。普天之下，痴男怨女之中，却总有这样一群人，因痴情而被铭记，因执着而被流传，比如世外仙姝林黛玉。

红楼百万言，字字句句为薄命女儿立传，时时处处寄托着哀艳绝伦的情与痴。大观园里处处才子佳人，作者曹雪芹却丝毫未落入以往古典小说才子佳人的窠臼，写才子不写金榜高中、功成名就，写佳人不写

注：本书引文选自人民文学出版社1996年第2版之版本。

闭月羞花、倾国倾城，写痴男怨女但无私订终身之直露，写风月情愁但无偷期私会之鄙俗。曹雪芹写出了一种大情感，是人世间亘古不变的大爱，看似家常絮语，实则磅礴之颂，是为世间女子奏响的哀歌！

曹雪芹极力歌颂的德行乃常为世人所贬讽的"痴"，实在大有出人意料之感。当然，这个"痴"并非呆傻之意，恰恰是真善美的代名词，书中也并非人人都有福气担此"痴性"，唯曹公最钟爱的人物才能匹之。故而，艳冠群芳、雍容大度的薛宝钗只得到作者的一个"时"字，谓之"时宝钗"；又红又香又扎手的玫瑰花贾探春得一"敏"字，谓之"敏探春"；八面玲珑的当家少奶奶王熙凤得一"酸"字，谓之"酸凤姐"；男性读者心目中的理想女友史湘云虽然有些"痴性"，但作者亦未舍得将"痴"字全部赋予她，只给她一个"憨"字，谓之"憨湘云"；与史湘云性格相近的香菱得一"呆"字，谓之"呆香菱"；其余亦有如"俏平儿""勇晴雯""贤袭人""慧紫鹃""烈金钏"等女子。如此看来，虽红楼众女子个个动人如许，而这个贯穿始终的"痴"字却是作者特意为林黛玉所预留的，谓之"痴颦儿"，足见这是曹雪芹最最钟情的"爱人"，林黛玉担得起"红楼第一痴情女子"的称谓！

两百年来，林黛玉这个人物形象已经超越了时空的界限，成为中国人心目中排名第一位的美人形象，更成了无数中国男人心中千古第一情人。病态、任性、兼之绝世的才情和美貌，性格的两极在她身上对立却又融合。这样一个女孩儿，以她矛盾的特质深深吸引了历代读者的注意力。

小时候看《红楼梦》，看到第四十九回不高兴了，原本以为林黛玉是第一位绝色佳人，忽而来一薛宝琴，美艳绝伦，令众美人黯然失色，觉得心里不服气。这个半道上冒出来的小丫头，凭什么比潇湘妃子林黛玉还要漂亮？年龄渐长，阅历渐增，明白了世间的道理：第一流的佳人未必要有第一流的相貌，却一定要有第一流的气质和素质。

首先单以红楼诸钗的相貌来看，红楼第一位美人，并非钗、黛、湘、琴之流，而是东府里的秦可卿，能够兼钗、黛之美，是谓人间绝色；其次可卿之副香菱以及美艳绝伦的薛宝琴能够紧随其后；最后是艳冠群芳的薛宝钗、贵为贤德妃的贾元春以及风情无限的红楼二尤，而黛玉、湘云、探春、凤姐几位还要再随其后。

即便如此，林黛玉依然是最令人过目难忘的女孩子。

首先，她有贵气。作为贾母最疼爱的外孙女，那"通身的气派"是最无可挑剔的贵族风范，这是多年来生活环境以及家族遗传的结果，模仿不来。如同东施姑娘，即便整容成西施的模样，也不过是一张俗艳的表皮。

其次，黛玉清气，不被世俗经济学问所浸染，她是最纯净的个体象征。

另外，黛玉还雅气，生于书香世家，又是个天才的女诗人，浑身的书卷雅气卓然不凡。

社会中评判美人的标准一向是内在美与外在美兼具的。就像当今社会人们所推崇的气质美人——也许五官未必出色，但各方面的气质和修养要出众，也就是素质！

说完了气质美女林黛玉的相貌问题，还有必要说一下黛玉初次进贾府的年龄问题。在这个问题上，很多读者都有混淆。我们都知道，张爱玲等红学研究者证明黛玉初进贾府的年龄是六岁，这引起了很多现代读者的疑问。

在读者眼里，初次进贾府的黛玉应该已经是个发育正常的少女了，这样的观点一般是受到了影视剧的影响。影视剧是为了追求视觉效果，总不能宝玉、黛玉一出场还是乳臭未干的小儿，所谓的"木石前盟"岂不成了不健康的早恋现象了？当然实际并非如此。

在书中，贾雨村出任林黛玉的老师时黛玉只不过年方五岁，贾雨村教了她一年之后，黛玉的母亲贾敏去世，林黛玉整日悲伤，于是贾府来信说要接黛玉去京都外婆家里教养，这才有了林黛玉进贾府的故事。红学界也有不少研究者一直在争论关于林黛玉初进贾府的年龄问题。因为关于林黛玉的年龄问题，作者一直没有给出过特别明晰的描写，这也正是作者出于刻画林黛玉没有面貌界限、没有年龄界限的需要。从文中的故事发展来看，林黛玉六岁时离开了家乡，即便在当时交通不畅的情况下，从姑苏到京城也不过一个多月的路程，林黛玉来到贾府的确切年龄应该是六岁。宝玉的年龄比林黛玉大一岁多不到两岁，那个时候的年龄应该是八岁。当然，这个年龄都是以古代的虚岁制来算的。在古代，把刚刚出生的小孩子的年龄算作一岁，实际上按今天的周岁制来看，黛玉初进贾府的年龄其实还是五周岁。所以宝玉之所以把黛玉看得比宝钗亲密，很大一个原因是说自己和林妹妹"是从小一起长大的"，青梅竹马。如果宝黛初会时两人已经是成年人了，那何来"一起长大"之说呢？

《红楼梦》中的林黛玉是曹雪芹笔下寓意极深的一个女子，生于盛时，死于华年，是诗的精髓，是花的魂魄，符合花的秉性气质。在作者原书构思中，以故事的时间进度推移下去，林黛玉死亡的年龄是虚岁十七。在古代，女孩子十五岁及笄，便是成年人了，可以嫁为人妇，生育子女。但以现代人的年龄计算方法来看，还属于未成年。

一个少女用她整个的青春期演绎了一段传世的绝恋。干净、纯真、绝望，黛玉的吸引力正是在于此。她是花的精髓，是童贞的化身。好比西方人迷恋的爱情故事《罗密欧与朱丽叶》中的朱丽叶，从爱到死，也只是个十四岁的半大孩子。林黛玉也好，朱丽叶也好，我们给予一切美好的崇拜，但对于爱情本身，还是应该再作考量。因为年轻，所以会失败。这样的例子，不止林黛玉。

天上掉下个女首富

读《红楼梦》，每当出现林黛玉，总能感受到这个孤女强烈的思乡情绪，故而不少读者误认定她在贾府里的日子必是极不顺心的。在贾府这个富贵之地，有没有势力、有没有钱财，是衡量一个人价值的重要标准。林黛玉孤儿一个，论势力自然是没有的，要说钱财，恐怕也没有，就连林黛玉自己都说过："我是一无所有，吃穿用度，一草一纸，皆是和他们家的姑娘一样，那起小人岂有不多嫌的？"

历来无数的读者都被黛玉这话给骗过了，觉得黛玉无依无靠、无钱无势，这样的处境真是可怜。但实际上，这样的处境，对于出身名门的林黛玉来说是完全不可能的，不符合现实的逻辑。来看一下文中对于林黛玉的父亲林如海的介绍：

这林如海姓林名海，表字如海，乃前科的探花，今已升至兰台寺大夫，本贯姑苏人氏，今钦点出为巡盐御史，到任方一月有余。原来这林如海之祖，曾袭过列侯，今到如海，业经五世。起初时，只封袭三世，因当今隆恩盛德，远迈前代，额外加恩，至如海之父，又袭了一代；至如海，便从科第出身。虽系钟鼎之家，却亦是书香之族。只可惜这林家支庶不盛，子孙有限，虽有几门，却与如海俱是堂族而已，没甚亲支嫡派的。今如海年已四十，只有一个三岁之子，偏又于去岁死了。虽有几房姬妾，奈他命中无子，亦无可如何之事。今只有嫡妻贾氏生得一女，乳名黛玉，年方五岁。夫妻无子，故爱如珍宝，且又见她聪明清秀，便也欲使她读书识得几个字，不过假充养子之意，聊解膝下荒凉之叹。

古代是有世袭制度的。什么叫世袭？就是说子孙后代不需要通过科举考试，成年之后可以直接顶替父辈的工作以及职位。世袭制承袭的不仅仅是个饭碗，还是整个家族的荣耀。袭爵制度又分两种：第一种是子辈直接承袭父辈的爵位，职位不会有所降低；第二种是规定袭爵的代数，子辈承袭父辈爵位时，职位是代代递降的。第一种世袭制一般是皇亲国戚才能享受到，若不是跟皇帝的关系铁到了家，否则没这份恩典！贾府的袭爵制是第二种，林家应该也是第二种。即便是第二种代代递降的袭爵制，也是十分难得的皇家恩赐。这种世袭制度只针对那些对国家十分有贡献的朝廷重臣，能够享受世袭制度的官员，祖上的渊源一定都是极深的。当年的宁国公、荣国公曾跟着先皇出生入死，一起在马背上打来了天下，所以挣来了这份荣耀。

　　林如海这一代往上推五代，曾经袭过列侯，可见林家根基甚至胜过贾府。到了林如海这一代，世袭的代数满了，有其女必有其父，林如海学习成绩好，便从科举出身，中的是探花，全国科举第三名，相当有才！第一次出场时，林如海时任巡盐御史。御史是个怎样的官儿呢？在古代，御史主管弹劾、纠察官员过失等诸事。一般来看，监察御史品级是不算高，但实权很大，这是自明太祖以来"以卑临高、以下抑上"的设计。尤其林如海是皇帝钦点的巡盐御史，干的是监察盐官政务和盐商买卖的工作，这个位子可谓肥缺中的肥缺！此时贾宝玉的父亲贾政只是一个工部的员外郎。工部类似于今天的建设部，工部的最高行政长官是尚书，相当于今天的建设部部长。副部长在古代称为侍郎，贾政所出任的员外郎正是副部长的下属。工部员外郎放在今天，相当于一个副司长、副厅级干部而已。这个位子在古代那会儿还往往没有实权，因为员外郎最初是"正式编员之外的郎官"的意思。大名鼎鼎的杜甫就在这个职位上奋斗过，所以名曰"杜工部"。但杜甫是校检工部员外郎，"校检"是实习的意思。作为一个实习生员外郎，杜甫一直也没转正，难怪诗中多郁闷之气。

　　再说六部，后人印象中总觉得六部代表着一个朝廷的顶级官僚势力，六部尚书，相当于宰相一级的权限。在明朝时确实如此，但到了清朝就不一样了。明朝时，不论是皇帝谕旨的颁布，还是全国政事的上报，都要经过六部。作为上行下达中间环节的"六部"便显得尤为重要，尤其是六部长官之中的兵部尚书，甚至有权力给督抚一级下达命令，权限很大。清代，"六部"的权限大规模缩小，六部尚书已经不再是全国的行政首长，更不能直接对下级发布命令。在明朝威风赫赫的六部长官，到了清朝则成了皇权专制的"摆设"。所以《红楼梦》中身为工部员外郎的贾政，离真正的国家高层官员还差得很远，跟林如海根本不是一个重量级别的！

且文中说明了，林家也是钟鼎之家。钟鸣鼎食，大富贵也！世代列侯、祖辈做官、前科探花、巡盐御史，作者把林家的状况逐一写来，无一不透着权贵气象。试想，以林家这样的背景，以林如海这样的官职，会任由自己的独生女儿成为无依无靠、寄人篱下的"乞食者"吗？书里只是写出了林家的人丁不旺、没有男性后代而已，丝毫没有透露出林家有经济方面的危机。林如海已经四十岁了，这个年纪还没有男性继承人，在那个时代是十分悲哀的事情，林家的悲剧在于没有儿子，而不是没有财力。

于是在太太贾敏死后，渐渐力不从心的林如海决定把女儿托付给丈人家贾府照管，以便女儿黛玉能够接受更良好的教育和照顾，这才有了林黛玉进贾府的故事。

关于黛玉进贾府这一回文字，甲戌本的标题是"金陵城起复贾雨村，荣国府收养林黛玉"。"收养"二字实在不够恰当，一则当时的林黛玉仅仅丧母而已，父亲还健在，算不上孤儿，不能称为"收养"；二则以林家显赫的家族背景以及林如海身居要职的身份来论，"收养"二字也显然言过其实，过于触目惊心的凄凉。这样的标题主要是因为旧本内容显示：林黛玉初进贾府时便已经是父母双亡的孤儿了，在走投无路、举目无亲的情况下被迫栖身于贾府，这样一来，黛玉的境况就比现在通行版本中的身世状况要可怜得多了。不过，随后作者对林黛玉的身世进行了修改，使故事更显一波三折，也让黛玉在贾府中有了更多主动地位。随着故事的修改，庚辰本便将标题改为"贾雨村夤缘复旧职，林黛玉抛父进京都"，也就是现代读者看到的林黛玉初进贾府的故事。

仔细来分析一下林黛玉进入贾府的一系列描写：

　　且说黛玉自那日弃舟登岸时，便有荣国府打发了轿子并拉行李的车辆久候了。这林黛玉常听得母亲说过，她外祖母家与别家不同。她近日所见的这几个三等仆妇，吃穿用度，已是不凡了，何况今至其家？因此步步留心，时时在意，不肯轻易多说一句话，多行一步路，唯恐被人耻笑了她去。

　　自上了轿，进入城中，从纱窗向外瞧了一瞧，其街市之繁华，人烟之阜盛，自与别处不同。又行了半日，忽见街北蹲着两个大石狮子，三间兽头大门，门前列坐着十来个华冠丽服之人。正门却不开，只有东西两角门有人出入。正门之上有一匾，匾上大书"敕造宁国府"五个大字。黛玉想道："这必是外祖之长房了。"想着，又往西行，不多远，照样也是三间大门，方是荣国府了。却不进正门，只进了西边角门。那轿夫抬进去，走了一射之地，将转弯时，便歇下退出去了。后面的婆子们已都下了轿，赶上前来。另换了三四个衣帽周全十七八岁的小厮上来，复抬起轿子。众婆子步下围随至一垂花门前落下。众小厮退出，众婆子上来打起轿帘，扶黛玉下轿。林黛玉扶着婆子的手，进了垂花门，两边是抄手游廊，当中是穿堂，当地放着一个紫檀架子大理石的大插屏。转过插屏，小小的三间厅，厅后就是后面的正房大院。正面五间上房，皆雕梁画栋，两边穿山游廊厢房，挂着各色鹦鹉、画眉等鸟雀。台矶之上，坐着几个穿红着绿的丫头，一见她们来了，便忙都笑迎上来，说："刚才老太太还念呢，可巧就来了。"于是三四人争着打起帘笼，一面听得人回话："林姑娘到了。"

大多数读者至今认为林家的财力是不如贾家的，从林黛玉初进贾府那一系列的心理活动看来，她很紧张，好像是没见过世面的小媳妇。这不难理解，年仅五六岁的女孩子到了一个完全陌生的环境，尤其这个地方还有着和自己的家乡完全不同的风俗差异，生活习惯也是全然相异的，能够做到像林黛玉这样沉着镇定已经十分不错了，换了别的孩子，恐怕早慌得哇哇大哭。毕竟林家和贾家地处一南一北，虽然贾府很多方面仍然沿用曾经的南方生活习惯，但两个家庭毕竟存在着相当大的不同。另外，贾府人丁兴旺，走到哪儿都是前呼后拥；而林家则是人丁单薄，林黛玉除了有个已经夭折的弟弟外，没有任何兄弟姐妹，更不像荣国府经常有一大堆亲戚长住，林家是个极冷清的人家，这也造就了日后黛玉的性格，喜散不喜聚，怕热闹，更怕热闹之后的冷清。

林黛玉初进贾府时的谨小慎微，只是对于南、北两地语言风俗以及林、贾两府生活习惯上的不同所存在的心理不适，并不是说明了林家果真穷途末路、一贫如洗。像林如海这样的高官，妻子已经亡故，自己忙于公务，无暇照顾女儿，已经是四十岁的人了，也没有心思续弦为女儿找一位继母，故而才把孩子送到外婆家抚养，不是穷得吃不上饭了被迫放弃抚养权的。相信林如海托贾雨村带去的那封信不光是信件那么简单，应该还有林黛玉的生活费的安排。尤其林如海死后，林家的巨额财产难道能够一夜之间消失无踪吗？绝对不可能。从文中来看，林如海的品行十分优良，并没有贾府众多子弟那些吃喝嫖赌的不良习气，不是个败家之人。而且林家的家庭成员相对简单，不像贾府人口多，开销大，祖祖辈辈积累下来的财富一定少不了，即便不会完全由女儿继承，而由整个林氏宗族一起分割，但林黛玉作为林如海唯一的子女，能够分到的份额也依然是相当大的。另外，林黛玉的母亲贾敏是贾府荣盛时期的豪门千金，她出嫁时的嫁妆一定相当丰厚，至少不会比王夫人、王熙凤等人少，这样一笔财富的数量可想而知。当然，贾敏死后，母亲的私房财产是可以由独生女儿继承，作为日后嫁妆的，这些财产跟着黛玉一起进入了贾府，是再正常不过的事情。其实细想看，贾府之所以在贾敏刚一去世就急急忙忙要接黛玉来抚养，除了史太君难舍舐犊之情外，黛玉日后所能够继承的巨额财产，也是他们的考量之一。贾府乃富贵势利地，穷亲戚在此根本无法立足，不论是赤贫的邢岫烟，抑或家道中落的史湘云，无一不在大观园里遇到过经济上的尴尬事。而林黛玉只有嘴上哭过穷、诉过苦，生活中却一应吃穿使用，全是上上品。一贫如洗的孤女，又如何能享如此待遇？

由此可以再回过头来看看《红楼梦》中林黛玉的脾性，她的"清高自许、目无下尘"固然是天性，其实也是骄傲使然。出身高贵、财力雄厚是其中的一个重要原因。贾家虽然同样是"钟鸣鼎食"之家，但还没有脱离世袭富贵的窠臼，毕竟，所谓世袭只是皇帝一句话的事情，说有就有，说没就没。无论是书中的贾家还是现实中的曹家，莫不是吃了这样的苦头，靠着祖宗的荫庇过日子不可能永远那么踏实。而"才学"才是那个时代朝廷选拔人才的重要考据。林家到了林如海这一代，不仅已经通过科举考试走上了仕途，而且林如海还是"探花"出身，富贵、书香二者兼而有之，比之于贾家更多一重优势，也难怪贾政会对林黛玉这个外甥女另眼相看，既是亲情使然，更是出于一种对林家的尊重。林黛玉的家庭背景，比之于宝钗更有优势。

林妹妹挥金如土的两个豪奢事件

《红楼梦》中,十二钗多是未曾出嫁的女孩子,未曾出嫁就意味着住在娘家、吃在娘家、花在娘家。大观园里的小姐们,虽然衣食无虞,钱财问题上却没有多大的自由度,每个月只有固定数额的零花钱:二两银子。

放在今天,银子算不上值钱的金属,且古代的金属提纯技术比较差,银钱的价值也不会太高,二两银子,现在也就值个四五百。当代的姑娘想买一套名牌化妆品,得攒好几个月。

幸好那是很久很久以前的大清朝,一则市面上没这么多国外名牌产品,二则大观园里的小姐们首饰、衣服、化妆品都有定额供给。二两银子看似不多,但在那个时代,这二两银子的购买力也着实了得。刘姥姥这样的小老百姓,一大家子一年的消费额也不过才二十两;邢岫烟的父母靠着女儿每个月接济的一两银子就能解决日常生活中的大问题；而富贵人家买个使唤的女孩子也只需二三两银子，各方面条件最出众的也不过二三十两的价钱，便宜得很！所以看到有些古装电视剧里，有钱的阔佬动不动出手就是几千几万两，赏个小费也是百八十两的，纯是瞎扯，你当那是人民币呢！

但也别以为这些小姐天天待着没什么花销，二两银子肯定花不完。豪门小姐们的日常花销其实并不少，又要购买化妆品臭美，又要购买新版玩具娱乐，还得不时地打赏下人充阔佬，所以，穷亲戚邢岫烟的月例零花钱不仅不够花，到了月底甚至要靠典当衣服度日，就连当家的三姑娘探春要想买点小玩意儿，还要用心积攒，几个月才省得出"十来吊钱"。可林黛玉不一样了，同样是饭来张口、衣来伸手的亲戚，同样是没出嫁的小姐，从没见她有过经济上的困窘事，而且，在打赏下人的小费方面，她的出手也是最为阔绰的。

回过头来看《红楼梦》，在书中，作者曾经有过两次林黛玉赏钱给下人的描写，这在红楼众多小姐中，是独一无二的。第二十六回中：

（红玉）忽听窗外问道："姐姐在屋里没有？"红玉闻听，在窗眼内往外一看，原来是本院的一个小丫头名叫佳蕙的，因答说："在家里，你进来吧。"佳蕙听了，跑进来就坐在床上，笑道："我好造化！才刚在院子里洗东西，宝玉叫往林姑娘那里送茶叶，花大姐姐交给我送去。可巧老太太那里给林姑娘送钱来，正分给她们的丫头们呢。见我去了，林姑娘就抓了两把给我，也不知多少。你替我收着。"便把手帕子打开，把钱倒了出来。红玉替她一五一十地数了收起。

佳蕙是怡红院中的一个三等小丫鬟，身份比起袭人、晴雯、麝月这样的大丫鬟是要低好几个档次的，一般来说，这个级别的工作人员就是跑腿儿的小工，没人把你当盘儿菜，说白了，你还没熬到那个份儿上！

但就是这么个小工，她去给黛玉送东西却得到了赏赐，足见黛玉很大方。而且这个大方是一视同仁的，并非是故意装装样子硬充脸面。文中佳蕙这句话值得思考："我好造化！才刚在院子里洗东西，宝玉叫往林姑娘那里送茶叶，花大姐姐交给我送去。可巧老太太那里给林姑娘送钱来，正分给她们的丫头们呢。见我去了，林姑娘就抓了两把给我，也不知多少。"

"好造化"三个字说得真妙，可见丫鬟们也不是人人有这样的运气，要是回回能碰到赏钱的事情，那岂不是人人争当快递员？何况，黛玉跟宝玉原本是极熟悉的两个人，哪一天都要互相走动两趟，熟烂了！宝玉的下人给黛玉送东西，黛玉原本就不需要客气，如果真是碍于面子才给，心里斤斤计较的话，也不会顺手抓了两把钱，也不问具体数目。显而易见，黛玉虽然感情上斤斤计较，但在钱财之上绝对不是琐碎计较之人。

另外再来看这一句："老太太那里给林姑娘送钱来，正分给她们的丫头们呢。"这个钱一定不是大观园中太太小姐们人人都有的月例钱。所有贾府上下人等的月钱都是由当家奶奶王熙凤发放，并不需要牵扯到老太太亲自操心，可见黛玉在每个月固定月钱之外，还另外有特殊津贴，这个钱则是由贾母亲自补贴的。相比起来，黛玉比迎春、探春等更有经济优势，自然出手也更大方。

另有一次是在第四十五回，宝钗差下人来给林黛玉送燕窝一段：

就有蘅芜苑的一个婆子，也打着伞提着灯，送了一大包上等燕窝来，还有一包子洁粉梅片雪花洋糖，说："这比买的强。姑娘说了，姑娘先吃着，完了再送来。"黛玉道："回去说'费心'。"命她外头坐了吃茶。婆子笑道："不吃茶了，我还有事呢。"黛玉笑道："我也知道你们忙。如今天又凉，夜又长，越发该会个夜局，痛赌两场了。"婆子笑道："不瞒姑娘说，今年我大沾光儿了。横竖每夜各处有几个上夜的人，误了更也不好，不如会个夜局，又坐了更，又解闷儿。今儿又是我的头家，如今园门关了，就该上场了。"黛玉听说笑道："难为你。误了你发财，冒雨送来。"命人给她几百钱，打些酒吃，避避雨气。那婆子笑道："又破费姑娘赏酒吃。"说着，磕头，外面接了钱，打伞去了。

这一段里黛玉妹妹的表现实在太有贵族风范，随手就赏了那婆子几百钱的酒钱！要知道，几百钱在古代绝不是个小数目，那个时候的主要流通货币就是铜制钱，只有像贾家这样的豪门大户之家才会频繁使用银子，普通穷苦人家恐怕一辈子也没使过几回银子。在第二十七回中，探春曾经委托宝玉为自己购买一些字画玩物，宝玉和探春曾经有过一段对话：

探春又笑道："这几个月，我又攒下有十来吊钱了。你还拿了去，明儿出门逛去的时候，或是好字画，好轻巧玩意儿，替我带些来。"宝玉道："我这么城里城外、大廊小庙地逛，也没见个新奇精致东西，左不过是那些金、玉、铜、瓷没处摆的古董，再就是绸缎、吃食、衣服了。"探春道："谁要这些。怎么像你上回买的那柳枝儿编的小篮子，整竹子根抠的香盒儿，胶泥垛的风炉儿，这就好了。我喜欢的什么似的，谁知她们都爱上了，都当宝贝似的抢了去了。"宝玉笑道："原来要这个。这不值什么，拿五百钱出去给小子们，管拉一车来。"

看看宝玉这句话："这不值什么，拿五百钱出去给小子们，管拉一车来。"这话听起来吓一跳！在那个时代，五百钱买民间的手工艺品可以买一车，即便是宝玉略带了些夸张，还是不难看出这五百钱的购买力之强。而黛玉赏小费随手就是几百钱！绝对是有钱人！当然，这里有两层意思：一方面是黛玉感谢宝钗的情谊，给宝钗面子，对宝钗的下属员工更加不能怠慢；另一方面也说明了她轻钱财、重礼仪的贵族气度，是真正的大家气派。

如果真是个生活一无来源、一草一纸都得靠别人接济的困顿女子，哪能有这样的豪爽表现，即便有钱给你花也不敢明目张胆地摆阔。虽然在大观园里主人赏钱是十分正常也是十分经常的事情，但为黛玉安排的两次赏钱描写则更有深意，另外也暗示出：黛玉并非像读者想象中那么不通人情世故，只会耍小性儿，她也十分会办事，人情世故样样精通，在这一点上，薛宝钗绝对不如林黛玉聪明，人家林妹妹该做的一样没落下，还得了个不食人间烟火的"情调小女人"的称号，她却成了财迷心窍的禄蠹，张口闭口不是钱就是官，其实傻到家了！看看林黛玉，才知道人精是怎么炼成的！

　　所以，林黛玉不仅不穷，而且还富得流油。林黛玉的苦闷更多的是一种悲乡情结，同时，作为一个小女孩，即便有钱也不可能由她来花，果真一草一纸，也得问人要，即使花的是自己的钱。

　　可以对比来看一下：贾府真正的穷亲戚邢岫烟家贫如洗，她的生活怎么样？要靠典当衣服来周转！史湘云还算是个富贵人家小姐，但家族的没落让她每天晚上要干活到深夜，最盼望的就是被接来荣国府过几天休闲度假的日子。林黛玉的生活又怎么样呢？每天读读书，写写诗，睡睡午觉，闲了还要搞个葬花之类的行为艺术，吃的、穿的都是最好的，稀奇物件要先紧着她挑，针线活儿也是高兴了才沾沾手，要什么贾府上下总是有求必应，几次三番惹得贾宝玉摔那块被上上下下视为命根子的玉，也没有人敢对她说个"不"字，这是何等的尊贵！一个小小的贫家孤女会在贾府拥有这样的地位吗？当然不可能。

　　林黛玉算得上《红楼梦》里第一娇小姐，恐怕身为贵妃的元春也未必赶得上她会享福。可见，林黛玉背后有着强大的财力支持。不然，即便贾母再怎么对她爱护备至，王夫人的亲生女儿可是贵妃娘娘，哪能尽着这个外来户碍她的眼却不能有一点儿"作为"？林黛玉不仅仅在贾宝玉的心目中占有独一无二的地位，在贾母、凤姐，甚至在贾府众人心目中，其优势地位也是相当明显的，所以王夫人轻易不敢动林黛玉，即便恨，也只能恨在心里。

　　林黛玉老说自己"命不好"，那真是不知足了。她的命不好，谁的命还好？这一辈子，活成她那样，即便死得早，也值了！至少，辉煌的时候，她独占了整个天空！

贾母对宝黛恋的保护举措

　　说到贾宝玉和林黛玉，真可谓千古第一对情人。当然，这话只能搁在几百年前的大清朝说，要以当今的眼光来看，这两人实在不宜结婚。姑表亲，算是近亲啊！近亲结婚的坏处不用多说，但很遗憾，《红楼梦》里但凡跟贾宝玉的婚姻沾边的女孩子，还都是他的亲戚。林黛玉跟他是姑表亲，薛宝钗跟他是姨表亲，唯有史湘云跟他的亲属关系比较远，是舅姥爷的孙女。所以，宝玉若是娶了湘云，从优生学的角度来看，还算是比较理想的结局。

　　虽然今天的人觉得表兄妹结婚有违伦常，但在那个时代很平常。《大清律例》就规定："其姑舅、两姨姐妹为婚者听从民便。"这是民间沿袭已久的风俗，法律不加干涉。但也有法律明文禁止的：同姓的人不能结婚。古代宗族观念很深，觉得同姓的人五百年前都是一家，同姓的人结婚就等同于乱伦。林黛玉也好，薛宝钗也好，在那个时代都可以是贾宝玉的理想配偶人选。《红楼梦》也就是在特殊的背景下写出的故事，放在今天根本不会发生，即便你的表妹到你家住上一辈子，也依旧只是个小表妹而已。

正因为那样的时代婚姻缔结条规那么宽松，女孩儿和男孩儿才更加早熟，对于男女之情体悟更早，尤其是像林黛玉这样敏感早熟的女孩儿，更加会施展一些小伎俩来试探自己的爱情。

大观园里的小姐，个个都是教养良好的名门淑女，即便开玩笑也是雅趣横生，低俗的人进不了大观园，淫邪的事跟清白的女孩子扯不上边。尤其是林黛玉，百花中的芙蓉仙，别是一种清幽。但这个优雅的女孩子，其实也有过一些出格的举动。书中一段有关黛玉失当表现的描写：

> 宝玉便要了一壶暖酒，也从李婶、薛姨妈斟起，二人也让座。贾母便说："他小，让他斟去，大家倒要干过这杯。"说着，便自己干了。邢、王二夫人也忙干了，让她二人。薛、李也只得干了。贾母又命宝玉道："连你姐姐妹妹一齐斟上，不许乱斟，都要叫她干了。"宝玉答应着，一一按次斟了。
>
> 至黛玉前，偏她不饮，拿起杯来，放在宝玉唇上边，宝玉一气饮干。黛玉笑说："多谢。"宝玉替她斟上一杯。凤姐儿便笑道："宝玉，别喝冷酒，仔细手颤，明儿写不得字，拉不得弓。"宝玉忙道："没有吃冷酒。"凤姐儿笑道："我知道没有，不过白嘱咐你。"然后宝玉将里面斟完，只除贾蓉之妻是丫头们斟的。复出至廊上，又

与贾珍等斟了。坐了一回，方进来仍归旧座。

这是第五十四回中的一段：荣国府设宴庆祝元宵佳节，贾母令宝玉为在座的各位亲友斟酒，这时候的宝玉是贾母的行为代表，宝玉斟酒实际上也代表着贾母为在场的各位家人、亲戚斟酒。所以，宝玉所斟到的每一位都诚惶诚恐地一饮而尽，到了黛玉跟前却出了问题——至黛玉前，偏她不饮，拿起杯来，放在宝玉唇上边，宝玉一气饮干。黛玉笑说："多谢。"

每当看到这一段，心里总是很不自在，足足替黛玉姑娘捏了一把冷汗！如此庄重的场合下，人人都正襟危坐，偏偏黛玉要耍点儿个性，自恃自己和贾母、宝玉超乎寻常的亲密关系，来了这么一出十分不庄重的现场表演，还当着这么多亲戚的面，着实令人一阵心惊！王夫人看在眼里，心中岂会愉快？也难怪王夫人不喜欢林黛玉，即使是换了别的什么张夫人、李夫人，同样也不会待见林黛玉！试想，天底下有哪位母亲会喜欢一个如此明目张胆地与自己儿子调情的女人呢？

也许很多朋友会对此抱有异议：调情？怎么可以对如此圣洁又如此纯真的林妹妹用这么露骨的词语来形容呢？但各位想象一下当时的场景，一个女孩把自己盛酒的酒杯送到了一个同样青春年少的公子哥儿的嘴唇边儿，而那位公子一饮而尽，这样的一幕难道还称不上暧昧吗？

相信当时两人的眼中肯定是有些含情脉脉的，断然不会有公事公办的严峻肃穆，不然也不会紧接着就有凤姐儿的调笑打趣了。当时在座的不光有贾家的府内女眷，还有李纨的婶娘及堂妹，更重要的还有薛姨妈和薛宝钗！这些都是出身于诗书名门大宦之家的太太、小姐，看到这样的场景，心里会是什么感觉？一对小儿女的调情，即便是纯洁的，也足以令旁人深感尴尬。

看到这里，总会不自觉地猜想王夫人当时的心情。文中没有写出王夫人的反应如何，这就对了，当时的王夫人脸色一定不好看，尤其加上凤姐的一段调侃，这位思想保守的贵夫人面子上挂得住才怪！于如此热闹的元宵夜写王夫人的坏心情，岂不煞风景？干脆不写。

历来读者都不会在意这样一个"角落"，顺便就把这个也看成是林黛玉纯真自我、不拘礼节的表现。但不要忘了，生于书香门第的林家、长在诗礼大族的荣国府的黛玉最重礼节，跟赵姨娘这样不受待见的人也能客客气气地敷衍寒暄，可见其涵养不凡。

但素来都小心谨慎的林黛玉在元宵节的家庭聚会上来了个如此大胆的举动，而这样直白的举动林黛玉算得上头一次也是唯一一次，这样的一个举动恐怕也只有红楼二尤那样的风情才稍可比拟，大观园中的其他小姐断然是不敢尝试的。相信这个举动对林黛玉来说也是个冒险，其实她是在明目张胆地表明自己和宝玉非同寻常的关系，也带有明显的炫耀意味，而这种炫耀的矛头直接指向的就是薛氏母女！

当然，林黛玉做出这个举动时脑子里肯定也是没有什么不健康的想法，她应该只是想向所有在场的亲眷表示一下自己跟宝玉的关系最亲密、最无间，是跟宝钗、湘云、宝琴甚至探春都有所不同的，是宝玉姊妹中的头号知己，这也符合林黛玉的张扬个性。这时候的林黛玉跟宝玉的感情已然稳定，从贾母那里又得到了关于自己和宝玉婚姻的某些暗示，她觉得自己日后必定是宝玉的正妻，所以，这晚黛玉的心情是十分快乐的。

林黛玉毕竟还只是个年轻的女孩子，对于某些事情的认识还不够充分。她认识到了贾母可以作为自己的后盾，为自己将来的幸福做主，却没有充分意识到王夫人在宝玉婚姻中所起到的作用，尤其是宝玉还有个做贵妃娘娘的姐姐，这一切都是贾母迟迟没有为二人定下亲事的原因之所在。相比于贾母的彷徨顾虑，黛玉的想法却十分简单，觉得拥有了贾母的宠爱和宝玉的钟情便可万事无忧，实际上正是黛玉盲目的乐观和自信导致了她的悲剧命运。

在当时的那个时代，黛玉这个举动是十分露骨的，即便是在现代也一样让人觉得"碍眼"，从凤姐的调侃中可以看出当时在座的诸位并非是完全无动于衷的，尤其是贾母和王夫人。但王夫人敢怒不敢言，虽然当事人是自己的儿子，但她仍然没有可以表现愤怒的权利。贾母也有所不安，虽说是自己最疼爱的外孙女，但黛玉的这个举动仍然让她尴尬难堪，于是紧接着就是下文的"掰谎记"了。古往今来所有的读者都认同这一幕是专门在写贾母的破腐除陈及不落俗套的个性，甚至也有人研究这是在隐晦地影射宝钗或者黛玉对宝玉的感情。而这明显是在为上文"宝黛调情"一段中的林黛玉做了一次很好的辩护，既是在维护林黛玉，又是在维护整个贾府的尊严！

以此可以看出，林黛玉之所以不讨男朋友的母亲——王夫人欢心的真正原因了。都说儿子是娶了媳妇忘了娘，作为一个年轻的女孩子，既然要分享一个男人的爱，对于他的母亲而言，是精神上的莫大损失，因此，女孩子至少应该表现得收敛一点。可黛玉不仅不收敛，还以此作为炫耀的资本，当婆婆的能喜欢这样的儿媳妇才是怪事！如果你是一个女孩儿，那千万不要做一个有着"黛玉性格"的人，那样你的生活也会因你的性格而变得复杂，至少，你会发现身边的人大多不会和你同轨。这其实是一个社会人的悲剧！

在发生了"宝黛调情"事件之后，书中紧接着的一个重要情节就是贾母的"掰谎记"了。作为一个宠爱外孙女林黛玉、溺爱亲孙子贾宝玉的老祖母，此刻的贾母唯一能够做的，也就只有为这两个不懂事的"小冤家"的不当行为进行一些善后弥补工作了。当然，贾母不愧是贾家第一流的领导者，很有外交手段，她保护自己的方法不是简单的辩解，而是以攻为守，先指出了对方的缺点，让对手无还击之力。显而易见，在宝玉和黛玉的婚姻问题中，贾母一方最大的竞争对手当然是薛氏母女。先来看看贾母的"掰谎记"原文：

> 贾母笑道："这些书都是一个套子，左不过是些佳人才子，最没趣儿。把人家女儿说得那样坏，还说是佳人，编得连影儿也没有了。开口都是书香门第，父亲不是尚书就是宰相，生一个小姐必是爱如珍宝。这小姐必是通文知礼，无所不晓，竟是个绝代佳人。只一见了一个清俊男人，不管是亲是友，便想起终身大事来，父母也忘了，诗礼也忘了，鬼不成鬼，贼不成贼，哪一点儿是佳人？便是满腹文章，做出这些事来，也算不得是佳人的了。比如男人满腹文章去做贼，难道那王法就说他是才子就不入贼情一案不成？可知那编书的是自己塞了自己的嘴。再者，既说是世宦书香大家小姐都知礼读书，连夫人都知书识礼，便是告老还家，自然这样大家人口不少，奶母、丫鬟服侍小姐的人也不少，怎么这些书上，凡有这样的事，就只小姐和一个紧跟的丫鬟？你们白想想，那些人都是管什么的，可是前言不搭后语？"

> 众人听了，都笑说："老太太这一说，是谎都批出

来了。"贾母笑道:"这有个原故,编这样书的,有一等妒人家富贵,或有求不遂心,所以编出来污秽人家。再一等,他自己看了这些书看魔了,他也想一佳人,所以编了出来取乐。何尝他知道那世宦读书家的道理!别说他那书上那些世宦书礼大家,如今眼下真的,拿我们这中等人家说起,也没有这样的事,别说是那些大家子。可知是诌掉了下巴的话。所以我们从不许说这些书,丫头们也不懂这些话。这几年我老了,她们姊妹们住得远,我偶然闷了,说几句听听,她们一来,就忙歇了。"李、薛二人都笑说:"这正是大家的规矩,连我们家也没这杂话给孩子们听见。"

贾母的这句话有意思,大概意思是说:编这种才子佳人俗套故事的人存心就是不良的。有些人是生活艰苦,又嫉妒人家富贵,所以编出来诬蔑富贵人家的,纯属心术不正。再者或是作者自己也想娶个绝代佳人,但不遂心愿,所以编了来自娱自乐。别说那些大富大贵的世代官宦的人家了,就是我们这样的中等人家,也没有才子佳人私订终身这样没有教养的事情。可见,全都是谎话。

这话看似一本正经,颇有文学批评的意思,但仔细一品,便能咂摸出滋味:这分明是说给薛姨妈和李婶听的。

贾母说是没有才子佳人的"私情",可她的孙子和外孙女明明就是书中所说的那样有"私订终身"的感情,而且还刚刚搞了一场现场表演!但作为一个家族的最高长者,贾母必须维护这个家族的脸面,否则就真成了老糊涂、不中用了,由此也可能成为王夫人、邢夫人要求老太太"退位"的理由。贾宝玉是贾家的命根子、荣国府的希望之所在，从小跟着祖母长大，受祖母的管教，可管教来管教去，却管教成了"私订终身"的浪荡子，岂不是笑话？也是贾母作为监护人的严重失职。那个时代不光不提倡自由恋爱，这种事还是违背伦常礼法的，不光要受到道德的谴责，还要受世人的唾弃。宝玉和黛玉，是贾母自己最宠爱的两个晚辈，他们的名誉，是最要紧的事情。贾母要保护宝、黛二人的名誉，但这又和王夫人有所不同。王夫人同样要保护贾宝玉的名誉，但她只顾自己儿子的名誉，保全了宝玉，也是保全了她这个母亲。这是封建社会母以子贵的社会思想根源。相比于贾母，王夫人的爱更多带有自私的成分，既是爱儿子，更是爱自己。除宝玉之外，牺牲了谁她都不在乎。王夫人有她可怜的一面，同时也不能否认她自私冷酷的一面。贾母不一样，她要同时保护宝玉和黛玉两人的名誉，谁受到了伤害她都会痛心。这是出于一个长辈对于晚辈彻底而无私的关爱。而宝玉和黛玉这对小冤家确实又令贾母费心，时时处处为"老祖宗"出难题。刚才黛玉的举动已经过火，再加上凤姐的几句调侃，实在不能不引起旁人的注意，难免会有人背地里说闲话，肯定会对林黛玉有所不利。贾母一番话明显是堵住了大家的嘴：本府绝对没有这样的事，即使有也是你们的传言。如果真有传言传到我的耳朵里了，那可就是你们的责任了，别怪我不客气！

在维护自己的同时，她也向王夫人的亲戚——薛氏母女，敲响了警钟。如果说贾母这出"掰谎记"特有所指的话，那矛头必定是指向薛宝钗的！

文中，贾母这句话说得好："既说是世宦书香大家小姐都知礼读书，连夫人都知书识礼，便是告老还家，自然这样大家人口不少，奶母、丫鬟服侍小姐的人也不少，怎么这些书上，凡有这样的事，就只小姐和紧跟的一个丫鬟？"

这话的意思是说，凡是富贵人家的小姐，出出进进都有奶妈、丫鬟团团围着，不可能跟男人有单独接触的机会，所以凡是这些书上写到这些"私情"的场景，都是只有小姐和一个贴身丫鬟而已，这不符合现实。贾母这话绝对不是空穴来风。在贾家，所有的小姐都有两个贴身掌管钗钏、沐浴的大丫鬟，加上五六个负责打扫房屋来往使役的小丫鬟，除自幼乳母外，又有四个教引嬷嬷。算下来，一个主人倒有十几个人伺候，而这还是在贾府经济日渐败落的状况下。王夫人就曾经说过，当年林黛玉的母亲贾敏所拥有的物质生活享受要远胜过现在迎春、探春等人，那才是真正的千金小姐，现在贾府的小姐们，显然已经过得够"委屈"了。林黛玉来到贾府，享受的也是和迎春、探春、惜春一样级别的待遇，自然不会是只有一个丫鬟服侍的小姐。虽然每位小姐最心腹的丫鬟只有一个或两个，但其他丫鬟的名字以及出场频率也是相当的高。林黛玉的丫鬟紫鹃、雪雁、春纤的出镜率就颇高，而且黛玉房里的很多事情都是紫鹃和雪雁商量着来决定的。当然，大观园中也有一个例外：薛宝钗！

在第五十四回之前，薛宝钗的丫鬟名录中就只出现过莺儿和文杏的名字，而且这个文杏根本就是个摆设性的人名，几乎没有实际表演机会。直到第五十八回，大观园解散戏班，贾母才又把蕊官分配给了宝钗。当然，这份福利是每个小姐都有的。关于丫鬟的问题，薛姨妈和薛宝钗在第四十八回曾经有过一次讨论，薛姨妈当时对文杏的评价是：年纪幼小，道三不着两。而且这个文杏在书中从来没有过一次正面出场，可见在宝钗屋里的地位应该是很低的。宝钗屋里的大小事宜向来都是莺儿一人包办，她在书中所起到的作用绝对是不低于黛玉房里的紫鹃的。不知是不是曹雪芹的有意安排，单从名字来看，一个紫鹃，一个金莺，同样都是鸟类，都是起到传递消息的作用，可见这两个丫鬟在书中的地位是相当的，不相上下。

因为莺儿是从小就跟宝钗在一起的，所以宝钗的很多私事她都应该是了如指掌的。她也确实是时时处处都想帮助自己的主人，所以才会有"比通灵金莺微露意""黄金莺巧结梅花络"这两回里极为露骨地向贾宝玉"推销"自己的主人薛宝钗。就像宝玉所言，以宝钗对她的疼爱程度，将来出嫁时也一定会带上她的，且极有可能会成为将来宝钗丈夫的小老婆。对莺儿这样凡俗又青春的女孩子来说，宝玉确实是个极为不错的人选，毕竟并不仅仅是自己的主人才有喜欢别人的权利，豆蔻年华的她同样也有。但莺儿显然不够聪明，几次总是把话说得太过露骨，颇有《西厢记》中红娘保媒拉纤的做派，总让人惋惜："怎么聪明绝顶的薛宝钗会看重这么一个有些蠢气的丫头呢？"细想之下才发现：也只有这样的丫鬟才配薛宝钗这样的小姐，薛宝钗代表的是道德礼法，凡俗人就要有凡俗的缺点。

贾母的话名义上是批评话本作者，实际上也暗讽了宝钗母女。这话一说出口，气氛肯定是尴尬的，薛姨妈和李婶赶忙站出来表白澄清，说自己家里从来不给孩子听这些杂话。实际上当然不是，宝钗就曾经亲口说自己小时候也曾看过《西厢记》《牡丹亭》等"杂书"，后来被家里的大人发现了，还挨过严厉的批评教训。

气氛一僵，就只有凤姐出来救场了：

"罢，罢，酒冷了，老祖宗喝一口润润嗓子再辩谎。

这一回就叫作《辨谎记》，就出在本朝本地本年本月本日
本时，老祖宗一张口难说两家话，花开两朵，各表一枝，
是真是谎且不表，再整那观灯看戏的人。老祖宗且让这二
位亲戚吃一杯酒、看两出戏之后，再从昨朝话言辨起如
何？"她一面斟酒，一面笑说，未曾说完，众人俱已笑
倒。两个女先生也笑个不住，都说："奶奶好刚口。奶奶
要一说书，真连我们吃饭的地方也没了。"

所以说，凤姐在贾府的地位是极其重要的，关键时刻她得充当
调和剂。当然，凡是凤姐突然跳出来圆场之际，也就证明是场上的危
急之际了。凤姐的作用在于救场，做个合格的消防员。像这样的一个
人，也正是豪门大户钩心斗角所必须有的一个角色。不论怎么说，贾
母在这一回里，是正式向王夫人一派开火了，从这回之后，书中不再
有贾母对薛氏母女敬若贵宾的描写。实际上，这一段故事，也正是贾
母对于宝钗、宝玉所谓"金玉良缘"的反对表现。在"二玉"的婚姻
问题上，贾母是最有力的支持者。

第六十六回，尤二姐、尤三姐向小厮兴儿打探宝玉的感情状况，
兴儿说："只是他已有了，只未露形。将来准是林姑娘定了的。因林
姑娘多病，二则都还小呢，故尚未及此。再过三二年，老太太便一开
言，那是再无不准的了。"

连贾府里的小厮都明白贾母的态度，何况是主子们。贾母的态
度早在第二十九回时就已经表明了，说宝玉命里不该早娶。什么意
思？就是为了争取时间。第六十三回，从群芳夜宴占花名的文字中我
们知道，宝钗和袭人同龄，袭人比宝玉大两岁，可见宝钗也比宝玉大

两岁，而黛玉又比宝玉小一岁。宝玉是男孩子，不怕晚婚，黛玉年纪尚小，也不着急。但比宝玉还大两岁的宝钗可就得着急了。清代法律规定："男年十六，女年十四以上，并听婚嫁。"这项法规一直到清末才有改变。所以，薛家即便再拖，也拖不过宝玉。只可气薛姨妈也说"宝钗命里不该早嫁"，生生急死个人！说起晚嫁，《红楼梦》里还真有一位楷模，那位二十三岁还没嫁人的美女傅秋芳，放在今天都算是晚婚晚育的典型了。不过那只是个案，宝钗肯定不愿意拖到那个年纪。而且，这也就是在清代，如果放在其他朝代，情况就大不一样了。唐朝贞观元年，唐太宗就颁布诏令：男子二十岁以上，女子十五岁以上，还没有嫁娶，就要由政府强制性进行聘嫁。《墨子·节用篇》说："古者圣王为法曰，丈夫年二十无敢不处家，女子年十五无敢不事人。"同样认为男子、女子的婚龄分别应该是二十岁和十五岁。汉朝以前各代，"男子三十不娶则为鳏，女子二十不嫁则谓过时"。另外，春秋、西汉、魏晋等朝，如果男子、女子过了婚龄还不娶不嫁，父母甚至是要受到处罚的。

足见薛氏母女的心里并不好过，女儿一天天长大，希望却一天一天减少，如何不急？从这个角度来看，宝钗实际上也很可怜。为了女儿的婚姻幸福，薛姨妈也得一天到晚扎根在贾府跟贾母一派斗智斗勇。

偏偏宝玉和黛玉这对小冤家不理解贾母的苦衷，一味地任性，逼得贾母发出了"不是冤家不聚头"的悲叹。所以续书中凤姐、贾母在宝玉配偶问题上的偷梁换柱调包计，实际上是完全没有依据的，对于贾母的形象实际上是一次彻头彻尾的颠覆。

红楼一大疑点：凤姐有什么事求黛玉

《红楼梦》中的林黛玉和王熙凤是贾母最喜爱的两个女性晚辈，同时这两个人身上也存在某些共同的性格：聪明伶俐、口才一流、爱享受物质生活等。细数在大观园里跟王熙凤走得比较近的女孩子，林黛玉是头一位的。书中有关王熙凤和林黛玉的嬉笑斗嘴并不少见，第二十五回中便有这么一段：

凤姐道："前儿我打发了丫头送了两瓶茶叶去，你往哪儿去了？"林黛玉笑道："哦，可是倒忘了，多谢多谢。"凤姐儿又道："你尝了可还好不好？"没有说完，宝玉便说道："论理可倒罢了，只是我说不大甚好，也不知别人尝着怎么样。"宝钗道："味倒轻，只是颜色不大好些。"凤姐道："那是暹罗进贡来的。我尝着也没什么趣儿，还不如我每日吃的呢。"林黛玉道："我吃着好，不知你们的脾胃是怎样？"宝玉道："你果然爱吃，把我这个也拿了去吃吧。"凤姐笑道："你要爱吃，我那里还有呢。"林黛玉道："果真的，我就打发丫头取去了。"凤姐道："不用取去，我打发人送来就是了。我明儿还有一件事求你，一同打发人送来。"

林黛玉听了笑道："你们听听，这是吃了他们家一点子茶叶，就来使唤人了。"凤姐笑道："倒求你，你倒说这些闲话，吃茶吃水的。你既吃了我们家的茶，怎么还不给我们家做媳妇？"众人听了一齐都笑起来。

暹罗国，就是现在的泰国。这泰国进贡的茶在文中也并没有说明是什么茶种。从宝玉、宝钗等人的评价中来看，这茶似乎不怎么对贾府人的胃口。黛玉却说："我吃着好，不知你们的脾胃是怎样？"从这句话中，大体能感觉出这茶应该属于红茶系。因为红茶是经过完全发酵的茶叶，更适合黛玉这样脾胃虚寒的人群，具有暖养肠胃的功效。当然，这里不讨论茶叶的品种，单看看凤姐和黛玉的这几句对话。

自小看《红楼梦》，但直到现在也是疑惑：到底凤姐所求何事？这样一位当家少奶奶，有什么事情会求到一个小姑娘身上呢？

多数人看到这里，基本上都是一带而过，很多人觉得这一句仅仅是为了后文"凤姐戏二玉"而设的，只是为了引出那句"既吃了我们家的茶，怎么还不给我们家做媳妇"。

起初我也这么认为，但随着日益深入的解读，却又觉得事情并非如此简单！从文中来看，凤姐起初说话极为正经，丝毫没有开玩笑的意思。紧接着黛玉先行戏谑，她才随机应变跟了这么一句。并且，当王熙凤说到有事要求林黛玉时，黛玉并没有紧接着追问是什么事情，似乎凤姐的这类难事以前就已经求到过林黛玉的头上，已经有了心理准备，不那么好奇了。不论怎么说，这实在是书中的一段奇文。

这样一来，我们就该深入思考一下：凤姐到底有什么事情求到黛玉呢？

首先讲，凤姐虽是荣国府里第一号呼风唤雨的人物，但这也有个过程，她是逐步登上金字塔尖的，尤其在第二十五回前后的时候，凤姐明显还并不是塔尖最顶端的人物之一。虽然也已经当家理事多年，但时时处处还颇为小心谨慎，行事前大多会与贾琏商量，即便大多是虚情客套，起码没有无视自己丈夫的存在。这一点从前一回贾芹、贾芸向其谋差事的情节便能看出一二，她好歹还是事先跟贾琏达成过共识的。但在此之后，随着故事的发展，当凤姐的权力达到顶峰，就再也没有见过她向贾琏征求任何意见的情节了，真正开始了独裁。

言归正传，来看看这一回里凤姐所求黛玉何事。猜想，那时候的凤姐，虽然很有权力欲望，毕竟羽翼还未彻底丰满，时时处处还有很多的顾忌。从"送茶"这一段可以推断出，凤姐要求黛玉的事情应该是文字性的东西。黛玉"懒"，整部书中有所提及的针线工程也不过是一个香袋而已，即便如此，老太太还怕她劳神，不叫她劳动，即便有闺阁女子之间互相代劳的针线工作，也肯定不会找她帮忙。凤姐是贾母肚里的蛔虫，怎么可能违背老祖宗的意思呢？大家不要忘记，人中之凤的王熙凤虽然样样精道，可唯独不识文字，需要有人替自己记录誊抄。平儿虽说靠得住，可同样是个文盲，而文字秘书彩明，年纪很小，凤姐只会让他做做会议记录、念念账本而已，至于私下的账目，并未见让他誊抄过。第二十八回中，凤姐曾经让顺路来看她的宝玉写下了这样的账目："大红妆缎四十匹，蟒缎四十匹，上用纱各色一百匹，金项圈四个。"宝玉当时问："这算什么？又不是账，又不是礼物，怎么个写法？"凤姐儿道："你只管写上，横竖我自己明白就罢了。"

凤姐是有自己一套独特的记账方法的，但因为不识字，所以必须靠别人来替自己写。宝玉是一个，黛玉未必就不是另外一个。

黛玉进贾府应该不只是寄人篱下那么简单。以林家的财力，也断然不会让独生女儿如此落魄、受人冷眼，林黛玉进贾府带来的肯定还有为数不小的财产，没准儿也正是这笔财产在某种程度上支撑着贾家的艰难运行，不然贾政也不会对于妹夫推荐来的贾雨村如此上心，一来就帮忙谋了个应天府知府的肥缺，这正说明贾家受惠于林家不浅。而林如海肯放心把如此巨额的财产送到贾家，必定也是由于贾家答应了林家的某种条件，比如，妥善安排林黛玉日后的婚姻问题。从贾母身上可以看出，她有意极力促成二玉的婚事，而王熙凤作为贾母的得力下属，自然也是心照不宣。林如海病逝，其丧事以及黛玉进府事宜都是由贾琏来处理，在这件事上，琏、凤夫妻二人应该最心知肚明，所以王熙凤一直都在有意接近甚至是笼络林黛玉，以便为将来打算，或者说，在某种程度上也开始有意无意地培养她。

清人习俗中，未出嫁的女孩子是应该学习管理家务的各项技能的，包括各种人际关系的应酬、家务工作管理、收支费用预算、账目清查等，这样，出嫁后才能够顺利承担起当家少奶奶的责任，所以才会有探春、宝钗当家的文字出现在书中。在很多的封建家庭中，一旦儿子娶了媳妇，作为婆婆就到了享清福的时候了，家务管理的重担开始慢慢移交给儿媳妇，虽然偶尔也会在幕后发号施令，但细微琐碎的工作是不会做的。如同贾母，把家务工作交给了儿媳妇王夫人，而王夫人的儿媳妇李纨因为是个寡妇，不便于抛头露面，所以只得先委任大房的儿媳妇王熙凤暂管家务，等到宝玉成家后，就该由宝玉的媳妇接手。如果贾母对二玉的婚事有所期待，那么培养林黛玉的当家本领就是顺理成章的事情。

相信，凤姐求黛玉的事情跟账目有关。因为"茶"通"查"，是作者习惯用的谐音笔法。贾母必定对凤姐有过某种暗示，教导黛玉一些管理家务的技巧，以备将来。若林黛玉成了荣国府名正言顺的当家少奶奶，管家理财是理所应当的事情。于公于私，贾母都是应该多多培养。所以在第六十二回，黛玉才会跟宝玉闲聊时说出那段奇怪的话："咱们家里也太花费了。我虽不管事，心里每常闲了，替你们一算计，出得多，进得少，如今若不省俭，必致后手不接。"这话乍看就觉得心中一惊：此处的黛玉俨然是又一个秦可卿！以林黛玉这样的深闺小姐，如何能够得知贾府是出得多，进得少？一个家庭的收入支出虽然天天在眼皮子底下，但贾府上下之大，几百上千号的人，每日每月的花销，若没有细致的账目读解，一般人是很难得出这样结论的。而且林黛玉并非偶一为之，而是"心里每常闲了，替你们一算计"，说明这是经常性的事情。可见此时的林黛玉在贾家已有了主人翁的意识了。

说到这里，读者会有疑问，即便是贾母的意思，但王熙凤是否心甘情愿交出大权呢？另外很多研究者认为，凤姐之所以支持二玉结合，反对二宝结合，在很大程度上是因为自己的权力问题。如果宝玉娶了又健康又精明的薛宝钗，那王夫人肯定就不会再让王熙凤来当家了，而娶了体弱多病的黛玉则情况不同，林黛玉不能多劳神劳力，当家少奶奶的工作恐怕应付不来，所以王熙凤的地位必定会稳固不动。

其实不然。凤姐一直是个相当有忧患意识的人。她之所以会肆意敛财，其原因就是因为她知道自己的权力是短暂的，将来不论宝玉娶了谁，自己都是要乖乖让权的，只能趁如今大权在握，多捞一笔算一笔，这一点在文中也有详细表述。如果非要王熙凤在黛玉、宝钗中间做出选择的话，她铁定也会选择黛玉，并不仅仅是因为权力问题。虽然与薛姨妈是姑侄，但她们之间的关系并不亲密。她对薛蟠和薛宝钗的评价并不好，这在文中都有表现。很多读者都觉得王熙凤之所以不会支持宝钗和宝玉的婚姻，是因为害怕宝钗成婚后会成为当家少奶奶，这直接影响到自己的地位。实际上却不是，因为这在凤姐眼里是根本不可能的事情。她十分清楚薛家的财务状况正日渐衰败，也十分明白薛家之所以愿意长期居住在贾府的原因是什么。但同时她也很清楚，对于宝玉的妻子人选，宝钗，贾母是肯定不会考虑的。抛开黛玉跟贾母的特殊关系不说，光黛玉所得到的遗产就一定比宝钗能够得到的嫁妆多。这笔钱对于贾府就好比是一支强心剂，是可以让贾家延缓衰败进度的。前边我们已经讲过，黛玉乃望族林家之独女，以她所能继承的遗产来看，绝对是相当大的一笔财富。这笔钱也许在林如海病故后，已经随着黛玉一起进到了贾府，贾琏两次去姑苏接黛玉入府，也许还有身兼帮忙处理黛玉遗产的任务。黛玉为独女，要继承很大数额的家族遗产，加之有母亲当年遗留的嫁妆资财，又不像宝钗还有个败家的哥哥，她能获得的嫁妆数额绝对要比宝钗多得多。这笔钱如果已经随着黛玉进入了贾府，那么如果一旦将来黛玉另嫁他人，自然是要原物归还的。以凤姐之精明，绝对知道宝黛结合能给贾府带来更大的好处。凤姐一切从实际出发，自然会格外优待黛玉。而对于薛姨妈、王夫人所盼望的金玉良缘，凤姐干脆就置之不理。薛氏一家虽然跟王熙凤亲属关系更近，是王熙凤正宗的娘家姑妈，王熙凤跟薛家的关系却如蜻蜓点水，点到即止。这也是日后王夫人厌恶凤姐的一个重要原因，觉得亲侄女胳膊肘儿往外拐，不替自己人办事。

从个人私交上来说，凤姐对黛玉比对宝钗要亲，在她心目中，黛玉是性情中人，个性简单透明，而宝钗则城府颇深。即便黛玉将来嫁给了宝玉，大权要转给她，以黛玉的性格也是绝不会亏待了凤姐的，为了老太太也不会。可如果当家少奶奶换成宝钗，就很难说了，凤姐有这方面的先见之明。

凤姐对宝钗评价不高："不干己事不张口，一问摇头三不知。"这十四个字可谓一针见血，画出了外人眼中的一个薛宝钗。在凤姐的心目中，薛宝钗城府之深可算得上大观园之最，于是也不愿意跟她多做深交，也只有凤姐这样精明的谋略家才明白，跟与自己同样城府深厚的人交朋友是需要承担风险的。这也就不难理解，她为什么更喜欢坦诚率真的林黛玉了。

当然，薛宝钗对王熙凤更是没什么好评价。第四十二回"潇湘子雅谑补余香"，薛宝钗第一个出来称赞：

> "世上的话，到了凤丫头嘴里也就尽了。幸而凤丫头不认得字，不大通，不过一概是市俗取笑。更有颦儿这促狭嘴，她用'春秋'的法子，将市俗的粗话，撮其要，删其繁，再加润色比方出来，一句是一句。这'母蝗虫'三字，把昨儿那些形景都现出来了。亏她想得倒也快。"

一般读到这一段，大家注意到的都是薛宝钗对林黛玉的评价，而这段评价却找了一个对比对象：王熙凤。在薛宝钗的心目中，王熙凤"不认得字，不大通，不过一概是市俗取笑"。王熙凤不识字是客观事实，但在薛宝钗心目中，这个一贯以幽默说笑著称的王熙凤对于什么是真正的幽默却"不大通"，所说的也都是些俗不可耐的笑话。一句话，也把王熙凤定了调，可见在薛宝钗心目中，对王熙凤同样没什么好的评价。也难怪，在《红楼梦》全书中，有关王熙凤和薛宝钗往来的文字几乎绝迹，足见这两人在生活中的关系淡之又淡。

薛宝钗也好，林黛玉也罢，都不是简单人物。林黛玉虽然身体不好，还能够积极组织诗社活动，可见健康并非是她做当家少奶奶的最大障碍，林黛玉绝对没有人们想象中那么不堪一击。那个时代的女人病恹恹的是很正常的事情，相信王夫人的身体也不会比她好到哪儿去，不然贾母也不会总说她"三灾五病"了，而且那个时代崇尚病态美，林黛玉是"病西施"，惹人怜爱。反倒是体健貌端、丰满挺拔的薛宝钗被宝玉戏称是"杨贵妃"而感到恼怒愧羞。林黛玉这样的女人，算不得病危人群。

当然，林黛玉心里对于贾母和自己父亲的安排也是有一些了解的，不然以她的谨慎也不会在"别人家里"使小性儿了。正因为这个家也就是自己将来的家，她才肯闲来无事替贾府筹划。替别人筹划也就是替自己筹划，否则这样的清高人，怎么会去关心别人家的账是否是"出得多，进得少"呢？

这一段文字，也说明了凤姐和林黛玉关系的亲密，可见她们两人私底下是多有往来的。

林黛玉的最终归宿为何跟刘姥姥有关

在中国文学史上，很多作者在创作中都偏爱使用寓言式的手法来描写人物命运。这是一种以先知先觉者的寓言来点拨后知后觉者觉醒的创作方法，通常作者都是扮演这个先知者的形象，《红楼梦》无疑是寓言小说中的代表。

书中的每一个人物，从一出场就已经被作者写好了结局。《红楼梦》第五回，作者通过贾宝玉的梦境，揭示了红楼众多女子将来的命运归宿问题。也正是由于这些先知式的寓言，才使得两百多年来，众多读者对于《红楼梦》无限的痴迷，对于八十回以后的故事真相则更为关注。

如果说林黛玉的最终命运跟刘姥姥有关，很多人一定是不相信的——这本是八竿子打不着的两个人！但在作者曹雪芹的创作中，确确实实是把黛玉的命运归宿通过刘姥姥之口讲述了出来的。第三十九回是个热闹的章回，刘姥姥二进荣国府，成了一干太太小姐的开心果。这一回里有段奇文，山野村妇刘姥姥信口开河，编了些没有的故事来哄他们，却令太太小姐们听得入了迷。这些故事里，有一个最令宝玉着迷，是茗玉的故事：

> 那刘姥姥虽是个村野人，却生来的有些见识，况且年纪老了，世情上经历过的，见头一个贾母高兴，第二见这些哥儿姐儿都爱听，便没了说的也编出些话来讲。因说道："我们村庄上种地种菜，每年每日，春夏秋冬，风里雨里，哪有个坐着的空儿，天天都是在那地头子上作歇马凉亭，什么奇奇怪怪的事不见呢。就像去年冬天，接连下了几天雪，地下压了三四尺深。我那日起得早，还没出房门，只听外头柴草响。我想着必定是有人偷柴草来了。我扒着窗户眼儿一瞧，却不是我们村庄上的人。"贾母道："必定是过路的客人们冷了，见现成的柴，抽些烤火去也是有的。"刘姥姥笑道："也并不是客人，所以说来奇怪。老寿星当个什么人？原来是一个十七八岁的极标致的一个小姑娘，梳着溜油光的头，穿着大红袄儿，白绫裙子……"

事有凑巧，刘姥姥说到这里，忽然贾府南院的马棚着火了，一家子乱作一团。把火救下来之后，宝玉还想继续追问这个女孩子的故事，贾母就发话了：

> "都是才说抽柴草惹出火来了，你还问呢。别说这个

了，再说别的吧。"宝玉听说，心内虽不乐，也只得罢了。

贾母迷信，觉得再说这个不吉利了，作为晚辈，宝玉也只好暂时忍耐，等散场的时候，再去追问。

一时散了，背地里宝玉足地拉了刘姥姥，细问那女孩儿是谁。刘姥姥只得编了告诉他道："那原是我们庄北沿地埂子上有一个小祠堂里供的，不是神佛，当先有个什么老爷。"说着又想名姓。宝玉道："不拘什么名姓，你不必想了，只说原故就是了。"刘姥姥道："这老爷没有儿子，只有一位小姐，名叫茗玉。小姐知书识字，老爷太太爱如珍宝。可惜这茗玉小姐生到十七岁，一病死了。"宝玉听了，跌足叹惜，又问后来怎么样。刘姥姥道："因为老爷太太思念不尽，便盖了这祠堂，塑了这茗玉小姐的像，派了人烧香拨火。如今日久年深的，人也没了，庙也烂了，那个像就成了精。"

这就是茗玉小姐雪下抽柴的全部故事内容。自始至终，作者都在告诉读者：这是假话，是刘姥姥信口胡编的，不可信，障眼法而已！然《红楼梦》一书的主旨便是：假作真时真亦假。看似无稽之谈，却句句真情实感，曹雪芹下笔就是这么神奇！

值得注意的是，当贾母一开始阻拦，不许宝玉再打听抽柴草这件事后，大家说起了给史湘云还席的事情。因为史湘云刚刚以自己的名义请大观园里的太太小姐们美餐了一顿螃蟹宴，贾家自然也应该还请她一顿，这是古代必要的礼节，就是所谓的"还席"。说白了，就是找个由头，这帮一天到晚无所事事的太太小姐凑在一起吃喝玩乐罢了。当时宝玉就提议："老太太又喜欢下雨下雪的。不如咱们等下头场雪，请老太太赏雪岂不好？咱们雪下吟诗，也更有趣了。"这时候林黛玉说了句玩笑话："咱们雪下吟诗？依我说，还不如弄一捆柴火，雪下抽柴，还更有趣儿呢。"黛玉这话明显是讽刺宝玉的，因为她要借此发泄心中的不满和醋意。林黛玉是深爱贾宝玉的，宝玉的一言一行她都挂在心上，一颗心只随着宝玉转。当宝玉对其他的女孩子表示出兴趣的时候，黛玉的心里铁定不满，哪怕这个女孩子只是个虚拟出来的人物。黛玉这种心理，是所有恋爱中女孩子的普遍心理，是爱到了深处。所以，刘姥姥走后，林黛玉曾对刘姥姥多有嘲讽："她是哪一门子的姥姥，直叫她是个'母蝗虫'就是了。"只这一句，多少喜爱林黛玉的读者深感抬不起头，后世人都说是林黛玉尖酸刻薄，不懂怜贫惜老，甚至连周汝昌先生也说："因此一语，始终无法对黛玉发生真正内心的好感。"

周先生懂得学问，却未必懂得黛玉，甚至未必懂得女人。林黛玉是女人中的女人，女人的爱是排他的，林黛玉并非是出于对刘姥姥身份的鄙夷，而是对于她信口编出来的"茗玉"一段公案深感不满，是刘姥姥引得宝玉如此认真，一定要找到那个供有茗玉塑像的庙。出于女孩子的嫉妒心，黛玉也不可能对刘姥姥有好印象。别说黛玉刻薄，恋爱中的女孩子若是过于宽容，只能说明她爱得不够深切！

另外一点，由林黛玉说出这句嘲讽的话，似乎更有深意。所谓烧火使用的"柴"，其实就是枯木而已。想想林黛玉判词的那幅画，不就是两株枯木吗？如果这样的暗示还不够明白，刘姥姥接下去明白地讲出了这个抽柴的女孩子名叫茗玉。众所周知，《红楼梦》里的"玉"字不是个寻常的字眼，名字中带"玉"的人物寥寥无几。宝玉屋里的丫鬟小红，原名就叫红玉，结果为了忌讳和主人撞名，改名为小红，足见这个"玉"字的珍贵，不是随便哪个人都可以用的。刘姥姥已经是第二次进贾府了，不会不知道贾家的宝贝孙子名字中就带个"玉"字，以刘姥姥的智商，理应避讳才是。而这里，刘姥姥竟毫不顾忌地把这个女孩子的名字编成了茗玉，到底隐含了什么意思呢？

进一步分析一下这个名字：茗玉。茗当然是茶的意思。而且"茗"字也是宝玉极其喜爱的一个字，他为自己最钟爱的贴身小厮起名为焙茗，后又改名茗烟，始终不离一个"茗"字。而茶叶是什么颜色的？墨青色的，跟林黛玉的"黛"字所蕴含的颜色一模一样。所谓茗玉，即为黛玉。

然而这个故事里的茗玉小姐，不是个人，已经死了，是个鬼魂，死的时候十七岁。

"十七岁"这个岁数又令人心里一惊！

从书中人物的年龄进程来看，林黛玉死亡的年纪正是十七岁。生前知书识字，相貌极其标致，父母爱若珍宝。在第二回，作者介绍林黛玉的时候，所用的语句便是"（林如海）夫妻无子，故爱如珍宝，且又见她聪明清秀，便也欲使她读书识得几个字"。黛玉和茗玉的背景介绍简直如出一辙。如此一看，这位茗玉小姐不是黛玉又是哪个？所以，黛玉实实是开了自己的玩笑：雪下抽柴的主角正是她自己！

作者为什么要无中生有，让刘姥姥编出这么一段故事来呢？

当然是为了结局打算。在第三十九回，宝玉曾经命茗烟去寻找刘姥姥所说的那个祠堂以及茗玉的塑像，但茗烟找了一天也没有找到，回来回话说：美女的塑像没找到，倒找到了一位青脸红发的瘟神爷的塑像。宝玉哄他："你别急。改日闲了你再找去。若是她哄我们呢，自然没了，若真是有的，你岂不也积了阴骘？我必重重地赏你。"当然后文并没有再写寻找这个茗玉塑像的文字。经历了这一回，宝玉基本上认定了刘姥姥是无中生有，其言不可信，继续过他吃喝玩乐的悠闲日子。但宝玉打发茗烟去找这个茗玉祠堂的时间又是哪月哪日呢？第四十二回，刘姥姥游玩大观园后的第二天，凤姐的女儿生病了，平儿拿出《玉匣记》来着彩明来念：

> 彩明翻了一回，念道："八月二十五日，病者在东南方得遇花神。用五色纸钱四十张，向东南方四十步送之，大吉。"

　　如果以这个时间推断，刘姥姥游园的时间是八月二十四日，而前一天，也就是宝玉派茗烟去找茗玉祠堂的时间是八月二十三日。正是中秋过后不久。红学界早已有论断：黛玉死于第七十六回中秋联诗后的第二个中秋节后不久。这里的八月二十三日正是隐写了日后黛玉死亡的真正日期。芙蓉盛于秋，这样才符合前文花签中关于黛玉命运的预示。

　　可以肯定，这个茗玉的故事一定不会到此结束。《红楼梦》真本八十回后，宝玉一定见到了刘姥姥当年所说的祠堂，但供奉的不是茗玉，而是林黛玉。曹公设想中，八十回后，紧接着是贾母之死。贾母死后，林黛玉再无可以依傍之人，只能"任由他人欺负去了"，不久后泪尽而亡。林黛玉死时，贾府还没有彻底败落，为林黛玉举行一个风光的葬礼还是不成问题的。内心有愧的王夫人，也很有可能为林黛玉修一座小小的祠堂，以示自己的慈善，实际上也是对于没能善待林黛玉的一种悔过性补偿。第三十九回中，作者就通过贾宝玉之口说："我们老太太、太太都是善人，合家大小也都好善喜舍，最爱修庙塑神的……"为林黛玉建个祠堂，应该是理所当然的事情。但随之而来的是贾府的败落，贾家子弟连自己的衣食尚且已经不能保全，还会有谁去为林黛玉的祠堂烧香拨火呢？所以黛玉的祠堂必定破败不堪了，也只有挚爱她的宝玉才会惦记着香火问题，才会觉得林黛玉"虽死不死"。

在这里，作者用了前后颠倒的叙事手段来写黛玉的这段后事。命运这个东西就是奇怪，似乎一切早已写好，只等你去实践，可惜明白这个道理的时候已经晚了。

贾府的不良生活习惯导致黛玉体弱多病

林黛玉的体弱多病是鼎鼎有名的，在中国文学作品中，最有名的病美人就是林黛玉，因病而娇，因病而美，这样的特性空前绝后。虽然《红楼梦》中作者写林黛玉是先天的不足之症，一生下来就体弱多病。但任何疾病都不是无缘无故的，林黛玉的病，跟后天的生活状况也有相当大的关系。林黛玉进贾府时，不过是五六岁的小孩子，正是成长发育阶段，但贾府的生活习惯显然不利于这个小女孩儿的身体健康。

可以来看一下林黛玉初进贾府时吃饭的一段文字：

贾珠之妻李氏捧饭，熙凤安箸，王夫人进羹。贾母正面榻上独坐，两边四张空椅，熙凤忙拉了黛玉在左边第一张椅上坐了，黛玉十分推让。贾母笑道："你舅母你嫂子们不在这里吃饭。你是客，原应如此坐的。"黛玉方告了座，坐了。贾母命王夫人坐了。迎春姊妹三个告了座方上来。迎春便坐右手第一，探春左第二，惜春右第二。旁边丫鬟执着拂尘、漱盂、巾帕。李、凤二人立于案旁布让。外间伺候之媳妇丫鬟虽多，却连一声咳嗽不闻。

寂然饭毕，各有丫鬟用小茶盘捧上茶来。当日林如海教女以惜福养身，云饭后务待饭粒咽尽，过一时再吃茶，方不伤脾胃。今黛玉见了这里许多事情不合家中之式，不得不随的，少不得一一改过来，因而接了茶。早见人又捧过漱盂来，黛玉也照样漱了口。盥手毕，又捧上茶来，这方是吃的茶。

贾府是名门大户，一日三餐也是规矩重重，王夫人、李纨、王熙凤这些做儿媳妇、孙媳妇的要亲自动手伺候婆婆、太婆婆，那么多的丫鬟倒是站在一边做摆设。很多读者看到这里，感觉不理解。古代小说里，凡是家庭描写，大多是公婆、媳妇、儿子、孙子一个桌子上一起吃饭，热热闹闹，怎么贾府就不这么"随和"呢？《红楼梦》里即便过年过节，贾母和众儿媳、孙媳也是同席不同桌，几乎都是贾母带着孙子、孙女儿吃饭，儿媳妇、孙媳妇却只有站在旁边伺候的份儿。这其实是满人的风俗。满族媳妇不能和公婆同桌吃饭，孙子和孙女则可以。媳妇要垂手站立桌头伺候，待老人和孩子吃完饭漱口毕，媳妇还得给公婆装烟奉茶，然后才能回屋吃饭。另外，晚辈外出归来不可先进自己屋内，必须先禀告长者以慰亲心，获准后方可叩谢回房休息。所以《红楼梦》中，宝玉每次外出回府，首先要到的地方是贾母房里，然后是王夫人房里，逐次请过安以后，才能回自己的住处。

　　说到这一段文字，顺带提一句，记得87版的电视剧中，在饭后漱口这个镜头给了这样一个特写：林黛玉开始似乎不知道这是漱口用的茶水，偷偷看了迎春、探春漱口才明白过来，于是也模仿着漱了口。然后才是喝茶。每次看到这里，总觉得编剧真是活活茶毒了林妹妹。细瞧这句话："黛玉见了这里许多事情不合家中之式，不得不随的，少不得一一改过来，因而接了茶。"这里通篇看来，林黛玉只有对于两家生活习惯不同的不适应而已，并没有一处是说明林黛玉见识低浅的。而且黛玉的母亲贾敏是贾府嫁出去的千金小姐，这点规矩不可能没对林黛玉说过。

　　另外，在此有必要详细解读一下贾府的生活习惯和黛玉健康问题的因果关系。

　　从这一段中就可以看出：贾府喜欢喝茶，而且是饭后立即喝茶。贾府饭后有两个习惯，第一是饭后用茶水漱口，这个习惯非常好，可以清除口腔内的杂质，有利于口腔和牙齿健康，即便是在医学技术发达的今天，这个做法也相当值得提倡，茶水对于口腔的保健作用比名牌牙膏都强！

　　第二个习惯是饭后一杯茶，这显然就不正确了。小时候老人们都说："饭后一支烟，赛过活神仙。"实际上这是绝对错误的做法。这样的习惯只能让人尽早去西天。而饭后立即喝茶的危害虽然比不上饭后立即吸烟，但也相当不健康。尤其像林黛玉这样经常心悸失眠的人群，更不应该经常喝茶，不利于心脏的健康，睡眠质量也会降低。医学上历来提倡少女要少饮茶或者不饮浓茶，浓茶尤其容易造成缺铁性贫血。青春期的少女，月经刚刚来潮，十分不利于健康。清代医学家李时珍也曾说明：年老体弱者也不应该多饮茶。所以，年老体衰、精血亏损的人都是应该戒茶的一类人。先天不足的林黛玉,尤其该谨慎饮茶。以今天的眼光来看,林家的生活习惯显然要比贾家健康得多。如果林黛玉一直生活在自己家里,恐怕不会病体缠绵,也未必会早夭。但从整本书来看,茶是贾府主要的饮品,上至老人,下至小孩,不管饭后还是睡前,丝毫没有避忌,书中从没见有人喝过白开水,这固然是中国的千年文明所使,但以林黛玉这样的寒弱体质,而且有睡眠障碍的亚健康人群而论,多喝白开水显然比多喝茶有利。

另外,贾府喜欢彻夜狂欢。整夜地搞娱乐活动,固然是豪门常事,但林黛玉的身体状况显然不适于如此折腾。在《红楼梦》第十九回中,元宵夜狂欢了一整夜的林黛玉就曾经说:"我前儿闹了一夜,今儿还没有歇过来,浑身酸疼。"如此一看,折腾一夜,好几天歇不过乏来。身强体壮的倒也没什么,体弱多病的林妹妹就吃不消了。昼夜颠倒的生活会严重影响人的生物钟,加上日日饮茶影响睡眠,书中林黛玉一天最多只睡一两个更次,换算成现在的小时制是二至四个小时,对于一个处在发育期的少女而言,又如此用功于文学创作,实在是健康的最大杀手。睡不好,自然吃不好,豪门生活未必舒服!

最后再来说说食物。健康的两大关键是饮食和睡眠,可贾府的饮食相当不科学。这话薛宝钗已经替作者对林黛玉说过了:"古人说'食谷者生',你素日吃的竟不能添养精神气血,也不是好事。"贾府的食谱以甜腻为主,这是由于贾府上下大多祖籍金陵的缘故,南方人喜欢甜食,贾府尤甚。且贾府喜欢禽类食品,每天的肉食以鸡、鸭、鹅为主,餐餐都是熬鸡汤、炖鸭肉,吃这类食物时间久了,人会感觉乏力,没有精神。林黛玉在贾府过的是锦衣玉食的生活,但锦衣玉食不代表就是最好的生活。人活着得吃五谷杂粮,天天窝头、咸菜大嚼大啃的刘姥姥七十五岁依旧健步如飞，贾府的小姐们年纪轻轻却动不动腰酸腿疼，走两步路便娇喘吁吁，莫不是饮食太精细的缘故。吃得像个乞丐比吃得像个皇帝更能长命百岁！可贾府虽然处处富贵，却未必过得舒服。在贾府里，鸡鸭鱼肉不是好东西，刘姥姥带来的倭瓜、野菜才是稀罕物。吃多了油水自然渴望清淡，但富贵人家往往不明白健康养生的道理。可见，贾府的某些不良生活习惯是造成林黛玉疾病缠身的重要诱因。

爱自己，不代表要在生活中处处惯着自己，要想活得结实，一定别活得太仔细！

埋·金

金玉成空，

无情自是亦无缘

薛宝钗长期客居贾府的另一个真相

　　一提到宝钗，读者首先联想到的是"富贵"二字。说起薛家的产业，没有人不肃然起敬的，"珍珠如土金如铁"，有钱！薛家的祖上也是在朝廷中从政的官员，他们家的老祖宗薛公曾任紫薇舍人。所谓"紫薇舍人"，也叫中书舍人，是种官职，主要工作就是撰拟诰敕，简单来说就是代行皇帝旨意，性质有点类似于现如今的贴身秘书。但和贾家的袭爵制不同，这个职业是不可能世代相传的，所以后来的薛家接班人改行了，下海经商，凭着祖上的关系，当上了"皇商"，领着内帑钱粮，采办杂料。所谓"帑银"，是指国库的银钱。领取国家银行的钱行商的商人就是"皇商"。按理说，这样的人家应该相当有钱。的确，薛家若不是大富大贵，也上不了"护官符"的排行榜第四位。但凡事兴衰成败都有个过程，薛宝钗的父辈祖辈把家业经营得不错，所以有了当年的盛景，当领导人换成了薛蟠以后，这种状况就开始转变了，薛家渐渐败象连连。

虽说贾、史、王、薛是《红楼梦》中所极力描写的四大家族，作为读者，千万不要以为这四大家族就是那个时代顶级的富贵门户了，他们只不过是整个社会富贵势力中的一小撮，而且还是渐入没落的代表者。

第四回，这张护官符出现的时候，文中已经说明了"凡做地方官者，皆有一个私单，上面写的是本省最有权有势、极富极贵的大乡绅名姓，各省皆然"。可见，护官符上所写的贾、史、王、薛四大家族只是在金陵一带享有盛名，如果扩展到整个大清国，当然算不上巨富之家。像林如海这样的家庭也未必比薛家贫穷，没有登上四大家族排行榜的原因也许只是因为这张护官符是金陵当地的，而非姑苏一带的。文中这样写道：

> 贾不假，白玉为堂金作马。（宁国荣国二公之后，共二十房分，除宁荣亲派八房在都外，现原籍住者十二房。）
>
> 阿房宫，三百里，住不下金陵一个史。（保龄侯尚书令史公之后，房分共十八，都中现住者十房，原籍现居八房。）
>
> 东海缺少白玉床，龙王来请金陵王。（都太尉统制县伯王公之后，共十二房，都中二房，余在籍。）
>
> 丰年好大雪，珍珠如土金如铁。（紫薇舍人薛公之后，现领内府帑银行商，共八房分。）
>
> 雨村犹未看完，忽听传点，人报："王老爷来拜。"

来看最后一句："雨村犹未看完。"什么意思？如果这张护官符单单就是这四个家族的话，贾雨村看到这里就应该已经看完了，为什么作者要说他没看完呢？除非，这张单子上还有另外的家族，不单单只是这四家！

这极有可能，作者让这张护官符露了个头，然后再盖住，意思是这四个家族是相互间有姻亲连带关系的，后面还会有其他家族，但因为和这四个家族联系不大，不提也罢。把这四个家族刻画为四大家族，为的也是让他们之间千丝万缕的联系为故事情节服务。所以，解读四大家族的真正经济状况，不应该简单地停留在这张护官符之上。也许像贾、史、王、薛这样的家族，在金陵乃至整个大清朝还有很多很多，称不上什么国中巨富。《红楼梦》一开篇，四大家族就已经进入了没落阶段。排名首位的贾府早已入不敷出，排名第二的史家几乎已经全线破产，王家虽然没有明写，状况必定也好不到哪儿去，若是仍然巨富，后文贾府败落，王熙凤的哥哥王仁也没必要卖亲外甥女巧姐换钱了。如此一看，排名第四的薛家就更没什么资本了。

在此，我们单来看一下薛家的状况。从第四回开始，薛氏一家客居贾府，本身就是薛家家道败落的表现。书中对于薛家当时的情况是这样介绍的：

> 且说那买了英莲打死冯渊的薛公子，亦系金陵人氏，本是书香继世之家。只是如今这薛公子幼年丧父，寡母又怜他是个独根孤种，未免溺爱纵容，遂至老大无成；且家中有百万之富，现领着内帑钱粮，采办杂料。
>
> 这薛公子学名薛蟠，表字文起，五岁上就性情奢侈，

言语傲慢。虽也上过学，不过略识几字，终日唯有斗鸡走马、游山玩水而已。虽是皇商，一应经济世事，全然不知，不过赖祖父之旧情分，户部挂虚名，支领钱粮，其余事体，自有伙计老家人等措办。寡母王氏乃现任京营节度使王子腾之妹，与荣国府贾政的夫人王氏，是一母所生的姊妹，今年方四十上下年纪，只有薛蟠一子。还有一女，比薛蟠小两岁，乳名宝钗，生得肌骨莹润，举止娴雅。当日有他父亲在日，酷爱此女，令其读书识字，较之乃兄竟高过十倍。自父亲死后，见哥哥不能依贴母怀，她便不以书字为事，只留心针黹家计等事，好为母亲分忧解劳。

近因今上崇诗尚礼，征采才能，降不世出之隆恩，除聘选妃嫔外，凡仕宦名家之女，皆亲名达部，以备选为公主郡主入学陪侍，充为才人赞善之职。二则自薛蟠父亲死后，各省中所有的买卖承局、总管、伙计人等，见薛蟠年轻不谙世事，便趁时拐骗起来，京都中几处生意，渐亦消耗。薛蟠素闻得都中乃第一繁华之地，正思一游，便趁此机会，一为送妹待选，二为望亲，三因亲自入部销算旧账，再计新支——其实则为游览上国风光之意。

这两段文字把薛氏一家的家庭状况和进京的缘由说得十分清楚。从文中来看，薛姨妈四十岁左右，虽是王熙凤的亲姑母，治家的才能比起侄女来，差得不止十万八千里。丈夫死后，当家人换成了薛蟠。众所周知，薛姨妈这儿子是个没出息的纨绔子弟，一天到晚净忙着惹是生非。女儿宝钗虽然懂事，但年纪尚小，而且是一个没有出阁的女孩子，也没有办法抛头露面。薛家是商人之家，是专为宫廷采办购置各种用品的皇商。按理说这里面的利润是相当大的，但既然是生意，那就需要经营，做生意的人必须具备商业头脑和管理才能。想必薛宝钗的父辈经营能力很强，否则薛家也不会有过"珍珠如土金如铁"的盛景。但自从薛宝钗的父亲亡故以后，情况开始有所转变了。跟父亲不同，薛蟠的商业智慧差劲得很，甚至经常被下属员工欺骗，根本不是经商的材料。文中也说了，当时的薛蟠"虽是皇商，一应经济世事，全然不知，不过赖祖父之旧情分，户部挂虚名，支领钱粮"。很显然，如果不是靠着祖宗的脸面，恐怕薛蟠连这"皇商"的差事也会丢掉。以薛蟠这样的能力，不可能做好生意，能否盈利都是个问题。薛家在薛蟠这样的当家人领导之下，败落只是迟早的事。薛姨妈之所以进了京城却不回家里去住，反而到了姐姐的婆家贾府寄居，一是为了约束儿子，不让他胡作非为；二也是为了能够彼此有个照应，孤儿寡母的日子实在是难过得很。

关于薛家财政吃紧的问题，作者在书中虽没有明确地写出来，却有多次暗示。从整本书来看，薛姨妈是个和贾母、王夫人等贵族妇人思想观念不一样的贵族妇女。她十分节俭，而且连她的女儿薛宝钗生活也极为朴素，完全不像大富大贵人家的小姐，而她们对待自己身边的侍女，亦是非常俭朴。先来看一段原文：

> 香菱起身低头一瞧，那裙上犹滴滴点点流下绿水来。正恨骂不绝，可巧宝玉见她们斗草，也寻了些花草来凑戏，忽见众人跑了，只剩了香菱一个低头弄裙，因问："怎么散了？"香菱便说："我有一枝夫妻蕙，她们不知

道，反说我诌，因此闹起来，把我的新裙子也脏了。"宝玉笑道："你有夫妻蕙，我这里倒有一枝并蒂莲。"口内说，手内却真个拈着一枝并蒂莲花，又拈了那枝夫妻蕙在手内。香菱道："什么夫妻不夫妻，并蒂不并蒂，你瞧瞧这裙子。"

宝玉方低头一瞧，便哎呀了一声，说："怎么就拖在泥里了？可惜这石榴红绫最不禁染。"香菱道："这是前儿琴姑娘带了来的。姑娘做了一条，我做了一条，今儿才上身。"宝玉跌脚叹道："若你们家，一日糟蹋这一百件也不值什么。只是头一件既系琴姑娘带来的，你和宝姐姐每人才一件，她的尚好，你的先脏了，岂不辜负她的心？二则姨妈老人家嘴碎，饶这么样，我还听见常说你们不知过日子，只会糟蹋东西，不知惜福呢。这叫姨妈看见了，又说一个不轻。"

这是第六十二回，有关薛蟠侍妾香菱的一段文字。香菱跟大观园里一帮小丫鬟玩斗草游戏，被她们弄脏了裙子。斗草也叫斗百草，原为端午习俗，从南北朝时开始盛行。端午踏青归来，带回名花异草，以花草种类多、品种奇为比赛对象。以花草名相对，以答对精巧者为胜。这是一种深受年轻女孩子喜欢的游戏。然而在这一回文字里，斗草游戏不是主角，主角却是香菱的那条裙子。

按理说，像薛家这样的富商之家，绫罗绸缎应有尽有，算不上什么稀罕东西。贾府的绫罗不仅仅用来做衣服，还是拿来糊窗户的，贾母不就曾经说府里的软烟罗年代积压已久，太多了又用不着，要赶快拿出来给丫鬟们做衣裳，怕放久了会霉坏吗？衣服穿坏了总比放着发霉好吧？

　　这里香菱却因为弄脏了一条裙子而十分懊恼，或者说十分害怕，为什么呢？宝玉说出了两点理由：第一，这条裙子的布料是薛宝琴带来的礼物，只有宝钗和香菱才有，宝钗的仍崭新，香菱的却先坏了，恐怕宝琴不高兴；第二，害怕薛姨妈责备她浪费东西，不知节俭。这两条理由，第一条为辅，第二条才是主。宝钗、宝琴都是通情达理的女孩子，尤其宝琴，跟史湘云一样的豪爽豁达，断然不会把这些细微的俗事放在心上；再者宝钗也是个最体贴别人的女孩子，心思柔腻，更不会为这点小事见怪于香菱。更何况香菱还是哥哥的侍妾，也算是她们的"嫂子"，于情于理都不会为一件衣服怪罪香菱。实则这段文字是巧妙地说出了薛姨妈节俭的生活习惯。当然，以一个正常人来看，如果她所拥有的钱财花也花不完，富贵至极时，那是考虑不到节俭这回事的。所谓惜福是假，经济出现危机才是真。薛家"珍珠如土金如铁"的盛世光景已经不存在了，所以第五十七回，才有薛宝钗和邢岫烟的一段奇怪对话：

　　　　这日宝钗因来瞧黛玉，恰值岫烟也来瞧黛玉，二人在半路相遇。宝钗含笑唤她到跟前，二人同走到一石壁处。宝钗笑问她："这两天还冷得很，你怎么倒全换了夹的？"岫烟见问，低头不答。宝钗便知道又有了原故，因又笑问道："必定是这个月的月钱又没得。凤丫头如今也这样没心计了。"岫烟道："她倒想着不错日子给，因姑妈打发人和我说，一个月用不了二两银子，叫我省一两给爹妈送去，要使什么，横竖有二姐姐的东西，能着些儿搭着就使了。姐姐想，二姐姐也是个老实人，也不大留心，我使她的东西，她虽不说什么，她那些妈妈丫头，哪一个是省事的，哪一个是嘴里不尖的？我虽在那屋里，却不敢很使唤她们，过三天五天，我倒拿些钱来给她们打酒买点心吃才好。因一个月二两银子还不够使，如今又去了一两。前儿，我悄悄地把棉衣服叫人当了几吊钱盘缠。"

宝钗听了，愁眉叹道："偏梅家又阖家在任上，后年才进来。若是在这里，琴儿过去了，好再商议你这事。离了这里就完了。如今不先完了他妹妹的事，也断不敢先娶亲的。如今倒是一件难事。再迟两年，我怕你熬煎出病来。等我和妈再商议，有人欺负你，你只管耐些烦儿，千万别自己熬煎出病来。不如把那一两银子明儿也越性给了他们，倒都歇心。你以后也不用白给那些人东西吃，他尖刺让他尖刺，很听不过了，各人走开。倘或短了什么，你别存那小家儿女气，只管找我去。并不是作亲后方如此，你一来时咱们就好的。便怕人闲话，你打发小丫头悄悄地和我说去就是了。"岫烟低头答应了。

宝钗又指她裙上一个碧玉珮问道："这是谁给你的？"岫烟道："这是三姐姐给我的。"宝钗点头笑道："她见人人皆有，独你一个没有，怕人笑话，故此送你一个。这是她聪明细致之处。但还有一句话你也要知道，这些妆饰原出于大官富贵之家的小姐，你看我从头至脚可有这些富丽闲妆？然七八年之先，我也是这样来的，如今一时比不得一时了，所以我都自己该省的就省了。将来你这一到了我们家，这些没有用的东西，只怕还有一箱子。咱们如今比不得她们了，总要一色从实守分为主，不比她们才是。"

这一段文字，真是神来之笔，原本以为堂堂大观园，神仙福地，豪门千金哪会有衣食短缺之忧？可在富贵福地之中，偏偏写一位邢岫烟，于富贵之乡生活的贫家女，竟需典衣度日！宝钗能够体贴岫烟，既是她的善解人意，更表明她对于生活的认识要高于其他的女孩子。针对探春送给岫烟的碧玉珮，宝钗是这样说的："这些妆饰原出于大官富贵之家的小姐，你看我从头至脚可有这些富丽闲妆？然七八年之先，我也是这样来的，如今一时比不得一时了，所以我都自己该省的就省了。将来你这一到了我们家，这些没有用的东西，只怕还有一箱子。咱们如今比不得她们了，总要一色从实守分为主，不比她们才是。"

这段话对于研究薛宝钗及薛家的经济状况十分重要。可以看出，薛家现如今的经济状况确实不容乐观，宝钗之所以浑身上下已经没有富丽闲妆，是因为她觉得自己已经不是大官富贵人家的小姐了，同时她也说明了，七八年前的自己也是打扮得十分奢华的。可见，宝钗不论着装打扮还是收拾屋子都喜欢素净简单，崇尚简朴生活，不单单是性格爱好所使，也是家中的经济状况实在堪忧，不允许自己有过分的奢侈享受，所以能省就省了。"咱们如今比不得她们了，总要一色从实守分为主，不比她们才是。"这个"咱们"，既是指邢岫烟，也是指宝钗自己，而"她们"，明显是指贾家的几位小姐，可见宝钗内心已经承认自己确实不如探春等家境富贵。

类似这样的描写还有很多处。第四十八回中，薛蟠南下去做生意，走了以后，薛姨妈对薛家上下有这样的安排：

> 薛姨妈上京带来的家人不过四五房，并两三个老嬷嬷、小丫头，今跟了薛蟠一去，外面只剩了一两个男子。因此薛姨妈即日到书房，将一应陈设玩器并帘幔等物尽行搬了进来收贮，命那两个跟去的男子之妻一并也进来睡觉，又命香菱将她屋里也收拾严紧："将门锁了，晚间和我去睡。"宝钗道："妈既有这些人做伴，不如叫菱姐姐和我做伴去。我们园里又空，夜长了，我每夜做活，越多一个人岂不更好？"薛姨妈听了，笑道："正是，我也忘了，原该叫她同你去才是。我前日还同你哥哥说，文杏又小，道三不着两的，莺儿一个人不够服侍的，还要买一个丫头来给你使。"宝钗道："买的不知底里，倘或走了眼，花了钱事小，没的淘气。倒是慢慢地打听着，有知道来历的，买个还罢了。"一面说，一面命香菱收拾了衾褥妆奁，命一个老嬷嬷并臻儿送至蘅芜苑去，然后宝钗和香菱才同回园中来。

看了这一段文字，可叹薛家人丁单薄，连仆人也少得可怜，全部加起来也未必赶得上宝玉、黛玉、迎春等小辈主子一个人所使唤的仆人多。虽说是身居亲戚家里，可薛家所花费的都是自己的银子，即便多使两个用人也不会给亲戚找麻烦。而宝钗所居住的蘅芜苑中固然也有一些做粗活的仆人，但相当一部分是大观园各个住所原本就带着的管理房屋的人。宝钗正经的侍女只有莺儿和文杏，用薛姨妈的话来说"文杏又小，道三不着两"，能用得上的也只有一个莺儿。而贾家其他的小姐一出场，哪个不是一帮丫鬟、婆子团团围着？作为薛蟠侍妾的香菱还是过着半主半仆的生活，在家里还有不少活儿要做，可见其辛苦。而贾府里，即便是令人厌恶到底的"受气包"赵姨娘也没见她要一天到晚忙着做活儿的。宝钗这位正牌小姐更不可能闲着，每晚上要做针线活儿做到深夜，简直就是和家道已然败落的史湘云一样的处境。或许你可以把这理解成是薛宝钗勤劳的表现，但即便大户人家需要传授未出嫁的女儿一些生活技能，以将来取悦公婆，也没必要这样劳作。贾家的女孩儿们可不像她这样。林黛玉一年能做个香袋已经不错了，探春偶尔做双鞋也只是作为宝玉的礼物赠送而已，并非天天如此。贾家的小姐们一天到晚只不过下下棋、练练书法、弄弄丹青，修身养性。宝玉怡红院中的晴雯、芳官一天到晚"只是睡觉"，无所事事。林黛玉屋里的紫鹃、雪雁每日除了伺候一下黛玉的起居，也只是喂喂鸟儿，夜半陪着失眠的主人聊聊天，从没见有谁做活儿到深夜的。可见，宝钗的辛苦比晴雯、芳官等尤甚。大观园里，也只有宝钗能够体恤家道衰落的史湘云，此二人的境况其实相差不多。

薛宝钗是个在生活的不如意中逐渐长大的早熟女孩子。她有过幸福的童年，但长大之后要面临着家败的危机，小小年纪便已经深知生活的艰难。大观园里的女孩子，唯有她对钱财和地位有明确的概念，懂得勤俭持家，也才会不爱奢华衣饰。由此，也更能够理解薛氏母女的艰辛，明白薛姨妈为何想极力促成"金玉良缘"。毕竟，只有薛宝钗未来的夫家根基够厚，而且又能够无条件地帮忙，才有可能使得薛家的败落命运进一步推迟。不然，单靠着这个整日惹是生非的"呆霸王"薛蟠，恐怕只能让薛家离一败涂地越来越近。

由此看来，贾家虽然算不上最好的对象，也算是不错的选择。宝玉长相又好，姐姐又是正当红的贵妃娘娘，重要的是亲上加亲，日后有了麻烦，贾家总不能置薛家的孤儿寡母于不顾。

然而，宝玉和宝钗却实在不是一对合适的好夫妻，宝钗虽然对宝玉有些好感，却也只是女孩子的青春萌动而已，这两个人完全不是志同道合的姐弟俩。宝钗之所以想嫁给宝玉，大半的原因是出于家族的考虑。宝钗虽然没有黛玉那样纯真率直的个性，却比黛玉有着更强烈的责任心和担当力。宝钗之苦，苦在太懂事、太争气。薛蟠若有妹妹一半的心力，薛家必定大富大贵。只可惜，千斤重担落在了一个女孩子身上，要拿自己的婚姻来拯救整个家庭的没落，宝钗如何能够不苦？

黛玉之苦，是天性所致；宝钗之苦，则是社会所使。黛玉的悲剧令人感伤落泪；而宝钗的悲剧令人扼腕叹息。于是读者也就更加明白了薛氏母女在贾府的不容易。为了能够有所依傍，母女二人甘愿充当"门客"，每天承欢贾母膝下，又要时刻察言观色赔着小心。薛姨妈母女在贾府中并非如鱼得水，也是需要承受相当大的心理压力的。

薛宝钗海棠诗最著名的一句便是"淡极始知花更艳"，这是她自己精神追求的写照。但以红楼花语而论，她却是艳冠群芳的花王牡丹。怡红夜宴中，宝钗抽到的花签是"任是无情亦动人"，这句诗出自唐朝诗人罗隐的《牡丹花》：

似共东风别有因，绛罗高卷不胜春。

若教解语应倾国，任是无情亦动人。

芍药与君为近侍，芙蓉何处避芳尘。

可怜韩令功成后，辜负秾华过此身。

书中，宝玉也曾把宝钗比作杨贵妃，很自然读者会把宝钗跟"丰艳秾丽"等词语联系到一起。而且受87版电视剧的影响，对宝钗、黛玉这两人的扮相存在严重的误解：剧中的黛玉出场便是一身素衣，零星几支钗簪，清素得很；而宝钗动辄便是满头珠翠，锦衣华服。其实相当错位。薛宝钗名虽为"宝钗"，但并不爱好富贵饰物，且衣着打扮极尽朴素，这才符合她"雪"的特征。

在此要特地说一说宝钗那块著名的金锁。这块专为"金玉良缘"而配的金锁，在一概的影视剧中，都由宝钗天天大剌剌地挂在胸前，明晃晃的金子几乎就是"白富美"的注册商标。实则是对宝钗的误读。书中有宝玉、宝钗互看玉、锁一回文：

> 宝钗看毕，又重新翻过正面来细看，口内念道："莫失莫忘，仙寿恒昌。"念了两遍，乃回头向莺儿笑道，"你不去倒茶，也在这里发呆作什么？"莺儿嘻嘻笑道："我听这两句话，倒像和姑娘的项圈上的两句话是一对儿。"宝玉听了，忙笑道："原来姐姐那项圈上也有八个字，我也赏鉴赏鉴。"宝钗道："你别听她的话，没有什么字。"宝玉笑央："好姐姐，你怎么瞧我的了呢？"宝钗被缠不过，因说道："也是个人给了两句吉利话儿，所以錾上了，叫天天戴着；不然，沉甸甸的有什么趣儿。"一面说，一面解了排

扣，从里面大红袄上将那珠宝晶莹、黄金灿烂的璎珞掏将出来。宝玉忙托了锁看时，果然一面有四个篆字，两面八字，共成两句吉谶。亦曾按式画下形相：

不离不弃　芳龄永继

　　这透露了两个非常关键的信息：一则宝钗的金锁不是简单的一块金锁片，而是镶满各种珠宝的黄金璎珞一枚，更为华贵；二则宝钗的金锁是贴身佩戴、藏在内衣里的，所以宝钗进贾府已好长一段时间，宝玉竟然还不知宝钗有金锁一回事，非要莺儿说破，才有宝钗羞涩着回身解衣掏金锁的情节。

　　足见宝钗不是个爱奢华张扬的女孩，无论是言行还是着装，一概低调为本。相反林黛玉却是个标准的贵族小姐，衣着饮食无不极致讲究，服装色彩也多以红色系为主，这也才符合作者"爱红"的精神。作为钟爱黛玉的贾宝玉，更是视红色为最美的色彩。第一流的人物必定穿着第一流的色彩，黛玉平素一定少不了穿红着绿。而宝钗之所以不得宝玉、贾母等人的喜欢，跟她的个人爱好和打扮也是脱不了干系的。

　　贾母、贾宝玉等人毕竟是沉睡在富贵梦境中的迷糊之人，并不懂得"淡极始知花更艳"的真道理。林黛玉和薛宝钗，就好像是汉成帝时的赵飞燕和班婕妤，赵飞燕虽然妒忌成性，不惜残害后宫，但单以爱情而论，却也未必不可取，至少她对爱情的要求是相当高的，不允许其他女人分享。班婕妤却是一个著名的贤德女子，在汉代的后妃中享有盛誉。太后也曾夸奖她："古有樊姬，今有班婕妤。"以楚庄王著名的贤妃相比班婕妤，可见其高洁品质。但这个贤德美人在赵飞燕进宫后就立即失宠了，从此便侍奉太后了却余生，既是悲哀，也是她的聪明，躲在太后的羽翼之下，至少没有受到赵飞燕的残害。直到今天，班婕妤留给后人的就是那首著名的《怨歌行》：

> 新裂齐纨素，皎洁如霜雪。
> 裁作合欢扇，团圆似明月。
> 出入君怀袖，动摇微风发。
> 常恐秋节至，凉意夺炎热。
> 弃捐箧笥中，恩情中道绝。

可见，爱情面前，不论贤邪，即便皎洁如霜雪，也难免恩情中道绝。无论是薛宝钗还是班婕妤，都是输在太过贤惠。对男人而言，任性的女人往往更有吸引力。

己卯本曾于宝钗此海棠诗句后做出点评："好极，高情巨眼能几人哉？"

薛宝钗正是《红楼梦》一书中为数不多的"高情巨眼"之人。红楼众人多数都属"身后有余忘缩手，眼前无路想回头"之辈，只管尽享富贵，哪管风云变幻。即便林黛玉也是一样，虽然知道贾府的收支"出得多，进得少"，依然娇荣尊贵，过一日算一日，只沉浸在自己的小情调中。薛宝钗则能于富贵之中实施节俭，在尚未完全没落之时做日后之计，是难能可贵的清醒之人。

作者写了林黛玉、薛宝钗这两个旷古绝今的奇女子，表面看来是黛玉家贫，宝钗富足，实际恰恰相反。由此读者更加敬重宝钗的为人。她识时务，是坚强能干的女孩子；她有她的可怜之处，小小年纪却要承担生活的压力，又能够淡然处之，不卑不亢，坚守自己的立场，实属不易。相比之下，黛玉则不够成熟。当然，黛玉纯属于诗的产物，是一个从诗的意境中走出来的女孩子，她即便悲、即便苦，也是一种诗意。宝钗属于生活，黛玉则属于艺术，宝玉会爱上黛玉是再正常不过的事情，不过结了婚的人都会明白宝钗的优点，要说过日子，还是宝钗最踏实。从这个角度来看，宝玉确实没福气！

薛宝钗的女性禁欲观

　　《红楼梦》中女子无数，薛宝钗是其中最绮丽、最出色的一个，世人一说到薛宝钗总是跟"贞淑节烈"这样的道德名词联系到一起，却没有几个人能够意识到，薛宝钗其实是红楼人物中最具矛盾性的一个。宝钗博学多才，却不以为荣，反以为耻；明明诗才出众，却说这是不务正业；虽然是不务正业，却每每诗社夺冠，实在是个矛盾的女孩子。很多读者就说了，薛宝钗很虚伪，自己明明满腹诗书、出口成章，却总是劝别的女孩子不要学习文化知识，说"女子无才便是德"，岂不前后矛盾？

　　"女子无才便是德"这句话产生于明末，这种思想却由来已久，宋朝时已有雏形。宋代理学提倡"存天理，灭人欲"，尤其对女人，更是高度宣传禁欲理念，主要是由于统治阶级要加强对民众的控制所实行的"愚民政策"，而"女子无才便是德"便是政府首先推行的

"愚女政策"。因为受到了唐代元稹《莺莺传》等书的影响，当时统治者称"女子有才便容易不贞"。待字闺中的少女崔莺莺能文能诗，才会跟张生私传情诗，进而偷期私会，误了终身。唐朝时已经嫁为人妇的著名的步非烟，因为与丈夫武公业感情不和，而爱上了隔壁的少年书生赵象，两人一来一去，以诗定情，暗中来往了两年，后被武公业发现，活活打死！武公业也算是维护了封建礼教的尊严。世人眼中，知识女性多会有出轨的行径。作为名门淑女，即便有学习文化知识的机会，也要放弃，只专心于家务工作，以证明自己的贞节淑德。

由于祖上也是爱读书、爱藏书的人家，薛宝钗这样聪明的女孩子，耳濡目染也必定知识丰富，她却觉得自己的博学多才是不恰当的，女孩子作诗填词难免会"移了性情"，所以才会经常性地劝导其他姐妹要"务正"，多以针线工作为己任。这并非是薛宝钗的虚伪，而是她希望天下的女子都能"从正途"，做社会喜欢的女孩子，无欲无求。这正是薛宝钗被封建礼教所同化而造成的。

其实，即便是古代圣贤，也同样承认人的欲望的合理性，只要懂得正确的需求和适当的节制，便不会在欲望中迷失自我。儒家宣扬适当节欲，而不是禁欲的思想，荀子说："性者，天之就也；情者，性之质也；欲者，情之应也。"《礼记·曲礼》中讲："欲不可从（纵），乐不可极。"可见，宋代的理学实际上背离了人性本我。深受此学说影响的薛宝钗要时时刻刻在自律中艰难度日，丝毫没有享受到一个女孩子青春时代的快乐！

虽然薛宝钗的思想和作风引得贾府上上下下赞赏有加，但也有例外，宝钗的魅力没有感染到的第一人便是——贾母。

薛宝钗不讨贾母的喜欢，就如同林黛玉不讨王夫人的欢心一样，既是血缘的关系，更是双方性格的不相投。虽然社会流行"女子无才便是德"的统治思想，但备受老祖宗宠爱的女孩子个个都是才华横溢的，从元春到惜春，个个身怀绝技，而亲戚家的女孩子黛玉、湘云更是了不起的女诗人。从贾母对这些女孩子的疼爱程度可以看出，这位老太太不迂腐，并非事事遵循社会正统思想，反而把女孩子的才华当成是家庭教育良好的表现。

四大家族的另外一家——王家，却极不重视女儿的教育，王夫人为人愚顽、重德轻才，不欣赏才华型的女孩子，她的侄女王熙凤身为豪门小姐，甚至大字不识一个。薛宝钗虽有满腹才华，却日日忏悔，宣扬"女子读书无用论"，实在煞风景得很！

贾母亦是喜欢风光热闹之人，可王夫人偏偏爱好清静，这一点，她的外甥女宝钗比她有过之而无不及。儿媳妇既然已经不合自己的心意了，如何还能让孙子再娶个更不合自己心意的孙媳妇呢？说到这里，你可能会说，文中不是说黛玉喜散不喜聚吗？理应林黛玉比薛宝钗更爱清静才对啊！

事实并非如此。

林黛玉喜散，是出于害怕散场的感伤，若能长聚，则不会有这样的想法了。大观园中每有活动，首当其冲的参与者或是组织者便是林黛玉，她的组织才能，在文中是不次于探春的。探春组建了大观园中的第一个民间社团——"海棠诗社"，黛玉不仅大力支持，还建议每人起个称号，大张旗鼓干起来，颇有领袖气度。后来"海棠诗社"疏于组织，众人渐渐把作诗的心思淡了，这个社团眼看要散架子，此时又是林黛玉重组班子，改名"桃花社"，自任社主，成了这个社团的第二任领导。这种积极参与组织活动的行为，在薛宝钗身上则几乎绝迹，宝钗即便参与，也是碍于面子被动加入。

这还只是作诗一件事情，书中另有很多文字可以看出宝钗的懒于"交际应酬"。元春的平安醮，贾府上下人人争着出府看戏，乐不可支，又唯独宝钗不想去，认为"没意思"，真是迎头一盆冷水，大煞风景！

这样的性格不光跟贾母，跟园中其他人也是大相径庭的。宝钗实在不像个青春少女，太缺乏朝气，让人看着就提不起精神，贾母无论如何不可能喜欢宝钗。这并不单纯是血缘的关系。宝钗的堂妹宝琴一来贾府，不就立刻受到了贾母的极度宠爱吗？睡觉都要搂在怀里，连黛玉都没有享受过这样的待遇！显而易见，贾母并非是那种小肚鸡肠"唯亲主义"的老太婆，她偏疼黛玉，不喜宝钗，是有原因的。

另外，再来说说贾母和宝钗两个人审美观的不同。

贾府上下人人一双富贵眼睛，贾母也不可能例外。但相对于他人，贾母显然更有涵养和气度。贾母自然知道薛家已渐败落的家庭经济状况，日子久了，明眼人都看得出来。薛宝钗虽是一味务实，可一个少年女孩儿的节俭却偏偏不讨贾母的欢心。贾母是一路富贵走过来的，爱好物质享受，喜欢奢靡的生活，当然看不惯薛氏母女克己节俭的做派。在第四十回中，贾母带领刘姥姥等一行人游园到蘅芜院时，有这样的描写：

> 贾母因见岸上的清厦旷朗，便问："这是你薛姑娘的屋子不是？"众人道："是。"贾母忙命拢岸，顺着云步石梯上去，一同进了蘅芜苑，只觉异香扑鼻。那些青草仙藤愈冷愈苍翠，都结了实，似珊瑚豆子一般，累垂可爱。

及进了房屋，雪洞一般，一色玩器全无，案上只有一个土定瓶中供着数枝菊花，并两部书，茶奁、茶杯而已。床上只吊着青纱帐幔，衾褥也十分朴素。

　　贾母叹道："这孩子太老实了。你没有陈设，何妨和你姨娘要些。我也不理论，也没想到，你们的东西自然在家里没带了来。"说着，命鸳鸯去取些古董来，又嗔着凤姐儿，"不送些玩器来与你妹妹，这样小器。"王夫人、凤姐儿等都笑回说："她自己不要的。我们原送了来，她都退回去了。"薛姨妈也笑说："她在家里也不大弄这些东西的。"贾母摇头道："使不得。虽然她省事，倘来一个亲戚，看着不像；二则年轻的姑娘们，房里这样素净，也忌讳。我们这老婆子，越发该住马圈去了……"

　　贾母对于宝钗的批评可谓严重："虽然她省事，倘来一个亲戚，看着不像；二则年轻的姑娘们，房里这样素净，也忌讳。我们这老婆子，越发该住马圈去了。"这话里，已经把批评理由表述得淋漓尽致了。第一层理由，虽然宝钗自己是朴素简淡，万一来了亲戚，看着不像样子，不像个贵族小姐住的房子。知道的说是宝钗自己喜欢朴素，不知道的还以为是贾府亏待了她们母女。而刘姥姥就是现成的亲戚，还是王夫人、薛姨妈娘家的亲戚，这个亲戚来到了贾府，看到的是一片锦绣生活，贾母的房间、黛玉的房间、探春的房间，都如仙宫一般，偏偏王家亲戚薛宝钗的房间如此寒酸，这不明显让刘姥姥感觉贾府不仁义吗？有慢待亲戚之嫌！贾母带领刘姥姥来游园，又主动去宝钗的屋子里参观，原本是想跟亲戚炫耀的，偏偏碰上了薛宝钗这个不配合的，真是活打嘴了，心里定然不痛快！第二层理由，贾母喜欢奢华享受，中意的女孩子都是那种有才干、会生活、懂享受、爱打扮的类型，比如黛玉、晴雯。大家都说她们懒，可在贾母眼里，这正是她们懂得享受的性格，才能称之为女人，女人就要会享受生活，苦行僧不适合女人去做。贾母对一天到晚吃斋念佛的王夫人已经不满意，更别提愿意过简朴日子的薛宝钗了。

以此可见，贾母跟薛氏母女的关系只是客气而已。从来只见贾母称呼众女孩子"某某丫头"，只有对宝钗称呼过"薛姑娘"，客气但是疏远。宝钗居所，贾母必定极少光顾，如果早点儿光顾，也就不会有这一回书了，贾母就更加不会有这一次在刘姥姥面前丢脸的尴尬了。这一段中的贾母言行看似平淡，实际已经生气到了极点。一路张牙舞爪的刘姥姥至此鸦雀无声，是她懂得察言观色，明白自己最好还是闭嘴为妙！

每次读到有关薛宝钗的段落，总会令读者不由得想到中国历史上那个著名的女人——班昭。班昭出身于世家，兄妹三人都是名垂千古的人物。大哥班固是著名的文学家和史学家，是《汉书》的主要作者；二哥班超投笔从戎，两番出使西域，是铺下"丝绸之路"的千古功臣。即便两位兄长如此出色，身为妹妹的班昭仍是与他们不相上下。班昭十四岁嫁给了曹世叔为妻，没多久便丧夫成了寡妇。在帮助大哥班固编修《汉书》时大展才华，被汉和帝所赏识，于是召她入宫，为后宫的嫔妃讲课，传授儒家文化。七十岁时，班昭完成了《女诫》，包括"卑弱""夫妇""敬慎""妇行""专心""曲从"和"叔妹"七篇，一时风靡全国。其所倡导的"三从四德""夫有再娶之义，妇无二适之文""男子以刚强为贵，女子以柔弱为美，无论是非曲直，女子应当无条件地顺从丈夫"等思想影响了中国妇女近两千年。在当时社会，统治阶级虽然对女子有很多的行为戒律，但对女性的思想控制方面，《女诫》是最彻底的。由于这是女性自己宣扬的行为准则，更加被统治者利用，从这个角度来看，班昭实在是中国女性的千古罪人！

薛宝钗便是一个班昭似的人物，论才学、论能力，样样强过男人，却仍极力宣扬"女人比男人卑微"的思想。你不能怀疑薛宝钗的真诚，就如同不能怀疑班昭创作《女诫》的出发点一样，她们不是生来就想害人的人，而只是一个受害者，比其他女人尤甚。别的女人脑子里至少还有过平等的幻想，而她们压根儿就觉得那是罪过，连思想都献给了社会，可怜！可叹！

"真淑女"还是"伪淑女"

在读者的眼里，薛宝钗是红楼第一淑女，博学大度，雍容华贵，是艳冠群芳的花王牡丹，且性格十分随和，成熟知礼，不像林黛玉之辈，是不懂事的小女孩儿。薛宝钗在《红楼梦》一书中，算得上性格缺点最少的女孩子之一。即便是她性格中的缺点，也是俗世之人所能够理解和体谅的。

这仅仅只是读者眼中的薛宝钗，曹雪芹笔下真正的薛宝钗却未必是如此。薛宝钗到底是不是一位淑女？她到底是否完全符合封建道德的淑女标准呢？这都成了一系列疑问。

有不少拥钗派始终否认宝钗母女赖在贾家长年不走是别有意图，认为宝钗来京的原因就是为了待选"才人"，为的是伺候皇帝，薛宝钗心目中的理想丈夫应该是皇帝，绝对不会稀罕什么"金玉良缘"。

这是对历史的不了解所致。这里"才人"与"秀女"不同，她们的工作就只是陪伴公主、郡主读书。在清廷，被选入宫的女孩子也分为几种：秀女、才人、宫女。秀女是最高一级，被选中后，要么伴驾，成为皇帝的小老婆，要么被许配给皇子、皇孙或是亲王、郡王以及他们的子孙，总之都能够嫁入皇家。最底层的是宫女，分配给各个宫院的主人役使，当皇帝宠幸她们的主子时，宫女也要根据要求侍奉皇帝，有点通房丫头的意思。但中间一层的才人跟皇帝沾不上边，她们只是公主、郡主的伴读，自始至终就是一帮女孩子凑在一起，跟皇帝关联不大。

有评论家说"薛宝钗的最终目标是当上元春那样的皇妃，而不是荣国府里的少奶奶"。这话是存在问题的。如果说宝钗心里有这样的梦想，可以理解，但实际上才人和秀女是两条路上的两种人，如果想成为元春第二，宝钗岂不是一开始就走错了路？

说到这里，大多数的读者都会提出疑问：都说薛宝钗要进宫应选，可在贾府住下以后，怎么自始至终就没见她再提这茬儿了呢？

书中虽没有写明，但宫廷的选拔活动肯定是进行过的，也许由于种种原因，宝钗落选了，所以作者干脆不提。同时可以肯定，错过了这次机会的宝钗再想进宫恐怕已经是不可能的事情了。在乾隆帝继位之前，选秀活动都是不定期的，并未规定几年一选，主要依据皇帝的谕旨。到了乾隆帝时，才把这项活动明文规定了下来：三年一选。

清制规定，秀女一般从满、蒙八旗中遴选，凡年龄在十三岁以上、十六岁以下、身体健康无残疾的旗籍女子，都必须参加阅选，落选者才可自由论及婚嫁。秀女年满十三岁称"及岁"，超过十六岁称"逾岁"。"逾岁"者一般不再参加挑选，如因故未能阅选者，必须参加下届阅选方可再论婚嫁，违者将受惩处。符合条件的旗女在未经宫廷阅选便私自与他人结婚者，也将治罪。如果说旗女不具备参选秀女的条件，则要经过各旗层层上报，最后由本旗都统呈报给户部上奏皇帝认可后才能免选。大概，宝钗进京待选也未必是出于本身意愿，仅仅是一项必须遵循的法律规定而已。再者，薛宝钗来到京城时已经接近十五岁，如果这届没选中，说明宝钗已经进宫无望。

薛氏母女既然选择了在贾家长住，就必然要有自己的打算。这个目的恐怕每个人心里都很清楚，包括贾母。黛玉原本就是贾母为宝玉选定的妻子人选，忽然又来一个宝钗，既是王夫人的亲戚，又深得王夫人的欢心，明摆着是要破坏贾母计划的，贾母怎肯服输！读者不要忘了，宝玉向来就是贾母和王夫人婆媳关系的斗争焦点。贾母喜欢孙子，也想彻底占有孙子的爱，作为宝玉的亲妈，王夫人当然不愿意，可是没有办法，身为儿媳妇，她不能反抗婆婆的意愿。

读者都知道袭人是王夫人安插在怡红院的"耳报神"，却忘记了宝玉屋里的丫鬟实际上全是由贾母派过去的，这其中也自然有贾母的"耳报神"，这个"线人"极有可能就是晴雯。这也才是王夫人必须根除晴雯的根本原因。

晴雯曾经抱怨过宝姑娘"有事没事跑来坐着，叫我们三更半夜的不得睡觉"。从晴雯的抱怨话里可以看出，宝钗不是一次而是多次，在很晚的时候还到这位宝玉表弟屋里聊天玩耍，这对于一位道德淑女而言未尝不是一件影响形象的事。书中多次写到宝钗在晚间或是在宝玉午睡期间独自来到怡红院串门儿，甚至还为宝玉绣过肚兜。这对于一位淑女而言，实在是极为不妥。书中就几乎未曾写过黛玉在宝玉睡觉时来串门儿的。这对于这两位小姐的真正性格，算得上是个对比。再加上晴雯又是贾母所极为喜爱的一位丫鬟，经常见面也是正常的，以晴雯的性格，难免不会在偶尔的家常絮语中带出对宝钗的牢骚之语，势必会引起贾母对于宝钗的不满，所以贾母"掰谎记"中所说的"见了一个清俊男人，不管是亲是友，便想起终身大事"，不是宝钗是哪个？

仔细来回顾一下《红楼梦》，凡书中写到宝玉、宝钗单独相处之时，总要把场景设置在卧室或床边，以喻示这种青春期的性萌动，也在某种程度上是对宝钗的暗讽，一向标榜淑女风范的宝钗，并非那么"正经"。

第三十四回中，宝玉挨了贾政的板子，回房后，袭人正在为他清理伤口，这时候宝玉是在卧室的床上，屋里除了同居女友袭人外，什么人都没有。但宝钗竟然大刺刺地冲了进来，着实吓人一跳！不光宝玉、袭人没防备，连读者都是心惊肉跳！果不其然，宝玉裤子也来不及穿，一个小伙子，光着屁股怎么见人啊？袭人慌忙拿了一张毯子替他遮盖了。试想，一个女孩子去一个男孩子的卧室，理应有些回避才是，尤其是知道下半身挨了板子，肯定是会裸露身体处理伤口的，要是衣服来不及穿怎么办？这个女孩子岂不是太鲁莽？即便是送药，也没必要急成这个样子，宝钗往日的涵养和优雅竟然全都不见了，实在不该。

如果这事发生在湘云身上，必然不会有什么刺眼之感，湘云是个大大咧咧、没心没肺的女孩子，偶尔莽撞也是正常。宝钗却不一样，这个时时处处留心留意的宝钗怎么会做出这样没脑子的事来呢？确实奇怪。可见，宝钗的家教修养未必如读者想象中那么好，只是她自己想要努力维持那种所谓的淑女风范罢了！毕竟宝钗出身于商人世家，在那个时代，是不受尊重的一个阶层。古代等级制度森严，一流门第要富贵兼之，二流门户是贵但不富，三流人家是富但不贵。贾府算是社会二流阶层，虽还有官位袭爵，但经济上已捉襟见肘。而薛家即便生意兴隆，也顶多算三流阶层，在那个时代，富商算不上真正的贵族。相信贾母不赞成二宝的婚事，其中有一个重要的原因就是因为宝钗的门第问题。毕竟，光有钱也是解决不了根本问题的，贵族门第的婚姻讲究的是血统，而像黛玉这样诗书世族出身的女孩子才算得上是真正有身份根基的人。所以表面看来好像是黛玉天天哀叹身世，实则在家世这个问题上，真正不自信的人是薛宝钗，门第的自卑感才会让她逢人便说："我们祖上也是读书人……"

门第的自卑心理，才是迫使宝钗要加倍维持"淑女"形象的本源。

贾政夫妇对待宝玉婚姻问题的不同态度

　　读者一般总觉得贾母和王夫人是宝玉婚事中的关键人物，却恰恰忘了真正主导宝玉婚姻的人物其实是宝玉的父亲贾政。封建社会男子择妾一般由母亲做主，但娶妻一事，是非要经过父亲的首肯才行的。《红楼梦》里似乎正好相反，父亲贾政对于儿子的婚事并无过问，反倒是对儿子的妾室问题有过一次讨论。当然，这是由于母亲史太君仍然健在，且宝玉是由她一手带大的，贾母更有决定宝玉终身大事的权力。

　　即便贾政在宝玉婚姻问题上的权力不那么明显，作为父亲，对于儿子婚姻中的两个关键女孩子——宝钗和黛玉，所持的态度如何？这值得讨论。

　　历来，支持贾政偏爱宝钗的占大多数，因为宝钗的思想更接近于贾政的成熟世故，所以想当然地认为贾政肯定支持宝钗、宝玉的金玉良缘。而续书中最终宝玉的婚事也由于贾政的出面干涉，导致了黛玉的死亡。

有研究者认为，黛玉最终死于悍妇的"毒舌"，是受到了不公正的诋毁，不得已为保全名誉而选择了死亡，和晴雯的结局相类似，宝玉的《芙蓉女儿诔》名义上是悼念晴雯，实际上是悼念黛玉。这篇《芙蓉女儿诔》中有两句："惭违共穴之盟""愧迨同灰之诮"，是从白居易的"生为同室亲，死为同穴尘"和李白的"十五始展眉，愿同尘与灰"演化而来，都指夫妻的盟约。宝玉、黛玉虽然最终没有缘分，心中却有夫妻之盟，故唯有黛玉堪受此诔。大家同时认为，残害晴雯的悍妇是以"王善保家的"为首的一群恶妇，而诋毁黛玉的应该是赵姨娘一党。赵姨娘善于向贾政吹枕边风，贾政因此相信了宝玉跟黛玉有了"不干净的关系"，因而发怒，联合元春，促成了宝钗和宝玉的金玉良缘。

这样的观点实在是站不住脚的。诋毁黛玉名誉的是赵姨娘一党没错，这在前八十回里已经有过不少的暗示。但赵姨娘如果真要诋毁黛玉，"掌握了证据"后，肯定不能向贾政揭发，一边是儿子，一边是外甥女，贾政不傻，当然愿意大事化小，息事宁人，很有可能干脆让宝、黛二人成婚了事。如果把所掌握的"证据"交给王夫人，效果就就大大不同了！

第六十七回中，薛蟠从南方出差回来，带给了宝钗不少礼品。宝钗把这些礼品分赠给了贾府中的公子小姐们，其中也包括贾环。赵姨娘十分高兴，拿着这些礼品去奉承王夫人，结果讨了个没趣。还是能够看得出来，赵姨娘作为一个大家庭中的姨太太，时时处处是要以正房太太王夫人为中心的，讨好、巴结，有了问题还要请示批准，这也是规矩，小老婆的任务不光是陪睡生孩子，还得是正房太太的副手。

所以，赵姨娘为什么有机会就要监视宝玉和黛玉的行踪？必然也是得到过王夫人的暗示和授权的。另外，以王夫人和薛宝钗的关系来看，如果能够搞倒林黛玉，赵姨娘也算是大功一件，在王夫人面前有面子，能得到些实惠的好处。

再者，每个月进宫探视元春的是王夫人，而非贾政。元春进了宫，当了贵妃，就不单纯是贾政的女儿了，贾政见了她也得称臣，更得避忌讳，自然不如太太王夫人方便"沟通"，贾政想要联合元春搞"金玉良缘"，恐怕也没有机会。要影响元春对宝钗、黛玉的态度和看法，动员元春下懿旨促成金玉良缘，也只有王夫人有这个便利条件。

事实上，从文中的描写来看，贾政偏爱黛玉远胜过宝钗。贾政其人，虽然难免俗世之陋处，却不是个坏人，且有着十分强烈的是非观念和正义观。他对于林黛玉的父亲、自己的妹夫林如海，是十分欣赏的。林黛玉在进京前，林如海在向贾雨村托付时有过这样的描写：

> 　　如海道："天缘凑巧，因贱荆去世，都中家岳母念及小女无人依傍教育，前已遣了男女船只来接，因小女未曾大痊，故未及行。此刻正思向蒙训教之恩未经酬报，遇此机会，岂有不尽心图报之理？但请放心。弟已预为筹划至此，已修下荐书一封，转托内兄务为周全协佐，方可稍尽弟之鄙诚，即有所费用之例，弟于内兄信中已注明白，亦不劳尊兄多虑矣。"雨村一面打恭，谢不释口，一面又问："不知令亲大人现居何职？只怕晚生草率，不敢骤然入都干渎。"如海笑道："若论舍亲，与尊兄犹系同谱，乃荣公之孙，大内兄现袭一等将军，名赦，字恩侯；二内

兄名政，字存周，现任工部员外郎，其为人谦恭厚道，大
有祖父遗风，非膏粱轻薄仕宦之流，故弟方致书烦托。否
则不但有污尊兄之清操，即弟亦不屑为矣。"

"（贾政）为人谦恭厚道，大有祖父遗风，非膏粱轻薄仕宦之
流，故弟方致书烦托。"林如海对于贾政的评价很高，也说明了林如海
和贾政的关系很不错。红学界也有过"贾政、林如海实为一人"之说，
意思是说这两人的根基、品性、爱好都极为相似。为了能让黛玉进京
并在贾家长住，不得不写林如海亡故，于是在贾政的身上隐写了林如
海。贾政欣赏贾雨村的才华，可见也是个重文采之人。以林如海这样
的读书人品格，贾政更是极为欣赏的。林如海的女儿林黛玉，既是出
身于书香门第的才女，又是自己的外甥女，贾政不可能不十分爱护。
在宝、黛二人读《西厢记》一段文字中，宝玉惹急了黛玉，黛玉半羞
半恼半撒娇地声称要向舅舅贾政去告状。虽然贾政是宝玉的父亲，是
宝玉最害怕的长辈，但从林黛玉动不动搬出舅舅贾政来做救兵这件事
就可以看出，贾政和林黛玉的关系是比较融洽的——年轻女孩子肯定
不会把自己讨厌或是害怕的人搬来做救兵，这是个正常的心理惯性。

另外在第七十六回中，对大观园中的两处景点凸碧堂和凹晶馆，
林黛玉曾对史湘云说过这样的话：

"……实和你说吧，这两个字还是我拟的呢。因那
年试宝玉，因他拟了几处，也有存的，也有删改的，也有
尚未拟的。这是后来我们大家把这没有名色的也都拟出来
了，注了出处，写了这房屋的坐落，一并带进去与大姐姐

瞧了。他又带出来，命给舅舅瞧过。谁知舅舅倒喜欢起来，又说：'早知这样，那日就该叫他姊妹一并拟了，岂不有趣。'所以凡我拟的，一字不改都用了……"

通篇看来，贾政这个人物就是个不苟言笑的老古板，从未见他有过什么高兴的事情，就连女儿当了贵妃这样的大喜事，书中也没有描写他有多"喜欢"，可在这里看了林黛玉所拟的两个景点名称却"喜欢起来"，要知道这项任务本应该是由宝玉来完成的。宝玉才疏，由黛玉暗中代劳，作为父亲，贾政知道后不仅没有责怪，反而很高兴，甚至后悔"那日就该叫他姊妹一并拟了"，还命令凡黛玉拟的额联都一字不改，全都用了，足见对于这个外甥女的疼爱程度。

贾政这个人经历了多年的官场宦海沉浮，已经变得俗气世故了。但这个人本身不仅不坏，还一心追求高雅学问。对宝玉不断地责骂教训也是为了能让儿子更求上进，不要一天到晚混迹于女人堆里荒废了学业，对于一个父亲，这当然是可以理解的。书中关于贾政对贾雨村的人品评价并没有涉及，但对于他的才华，贾政是十分肯定的。贾雨村也的确是有些不同凡响的才华，虽然人品确实存在问题，但对于一个钟爱读书人的贾政而言，学问也许是大过一切的，所以林家父女无论如何，都能够博得贾政的好感。

薛氏一家则不同。薛家一出场就是因为薛蟠惹上了人命官司，打死了人，要靠贾家出面调停。宝钗虽然争气，但摊上薛蟠这么一个"呆霸王"哥哥，成日只会惹事，如果跟他们结了亲，今后必定是麻烦不断、官司缠身。作为一个颇具正义感的官员，贾政其实很不愿意结上这样的亲戚。更重要的是，薛氏一家是王夫人的至亲，贾政素来讨厌王夫人，对王夫人的亲戚也不会有好感。书中但凡写到贾政和宝钗有接触的地方，总是会写出贾政的反感或是不良情绪，宝钗制的灯谜，贾政看过也皱眉"制谜者恐非福寿永久之人"。王夫人和薛姨妈所盼望的金玉良缘，贾政是没有任何理由支持的。对于宝玉的婚事，贾政明显是倒向贾母一边的。所以赵姨娘断然不会去贾政面前吹"金玉良缘"的枕边风，否则就是找骂了！

作为薛姨妈的姐姐、贾宝玉的母亲，王夫人在这件事情上的立场还是最为尴尬的：自己明明不中意林黛玉，却又没有办法。对于一个母亲而言，娶了媳妇的儿子就等于一半的归属权属于另外一个女人了，如果那个女人与自己不和，就等于是失去了整个儿子！

另外，王夫人和贾政的关系向来不和，贾政一次次严厉地教训宝玉，很大一个缘由是因为宝玉是王夫人生的孩子，他的身上遗传了很多与王夫人相似的东西，一看到宝玉就会想到王夫人，这是最让贾政反感的。其实，贾政并不是个不讲亲情道理的父亲，像贾环那样龌龊的儿子也从来没见他这个做父亲的有过什么厌弃和打骂，相反对于出色的宝玉却有些不近人情，从某种程度上来讲这是孩子母亲的问题！

王夫人其实也很明白地意识到了这一点：自己已经失去了丈夫的心，所以就把全部希望都放在儿子身上，如果他真能顺着母亲，那将来自己还能有个依靠；如果连儿子都不偏向自己了，那王夫人就真的成孤家寡人了！不用说，林黛玉明显就是贾母那边的人，宝玉从小是跟着贾母长大的，对于祖母的感情比对她这个母亲还要深厚，这一点王夫人一直耿耿于怀！选宝钗还是选黛玉，不光是儿媳妇的问题，更关系到自己的终身依靠！即便日后王夫人对林黛玉痛下杀手，作为读者，也应该充分理解，趋利避害是人之常情，王夫人亦不能免俗。

宝钗、宝玉的"金玉成空"之谜

　　《红楼梦》里，围绕着主人公贾宝玉婚姻的一段金玉良缘流传了两百多年，但又有多少读者说得清楚：为什么偏偏是金玉良缘，而不是什么金木良缘、珠玉良缘呢？为什么主人公贾宝玉的玉就必须用金来配呢？

　　这涉及《红楼梦》成书时代的婚姻风俗。

　　清朝时候，男女双方若是有了结亲的意思，男方会派人到女方家相看姑娘，如果男方家中意，要赠送玉如意、金饰钗钏等礼物作为定礼，名曰"小定"。"金、玉"两种物品本身代表的就是婚姻的意思。以此来看，单单从宝、黛、钗三人的命名就可知晓作者的本意：宝钗是宝玉婚姻的局内人，而草木人黛玉即便受万千宠爱，最终也只能和宝玉的婚姻无缘。

　　在此，先不说宝、黛两人的木石前盟，集中来看宝玉的金玉良缘。

　　《红楼梦》里的二宝是众多红学家研究的焦点所在。所有的焦点一般都集中在宝玉、宝钗到底有没有婚姻，如果有过婚姻，那婚后是否有过性生活。

　　热点也代表了民意，这一点很有趣：薛宝钗是个道德的贞女，偏偏读者渴望看贞女做爱，不能不说是种奇怪的心理。薛宝钗其实是个灵与肉的完美结合体。她性感，相貌、身段足以令最挑剔的男人流口水；她贞洁，言行举止足以令最封建的学究赞叹激赏。她是个矛盾的结合体，故而容易让人想入非非。这也是世人最普遍的心态。对男人而言，最有诱惑力的女人不在青楼欢场中，而是住在贞节牌楼里。说白了，这叫作"被拒绝"的诱惑力！

　　许多研究者认为，宝玉、宝钗确实结过婚，但婚后一直没有肉体关系，只是一对"假凤虚凰"，原因在于宝玉始终不能忘怀黛玉，故而不愿意与宝钗过正常的夫妻生活。这种说法对于偏爱宝黛恋、反对金玉良缘的读者来说实在是大快人心，有大出恶气的畅快。实际上，这种说法多有站不住脚的地方。

　　我们先来看书中有关宝玉对宝钗内心感受的描写。

　　如果说宝玉跟黛玉是完全的精神恋人，那宝玉对于宝钗则完全是世俗的情欲感官了。宝钗一进贾府，作者便把宝玉对宝钗的种种观察和内心思量逐一写来，可以看出，贾宝玉对自己这位表姐完全是存了世俗人的情爱成分的。第二十八回的"薛宝钗羞笼红麝串"，宝玉对着宝钗雪白的膀子想入非非，最直接地表达了宝玉对宝钗的肉体向往。《红楼梦》里宝玉和宝钗的几次单独相处都有着极其暧昧的意味。当然，有趣的是，每次在宝玉和宝钗的故事单独发展之际，作者总会适时打断，故而形成了断章故事形态。集中来看以下三个片段：

第一个断章："金""玉"首现。

《红楼梦》第八回，是一个重要的章节，在这一个回目中，金玉之说头一次被摆上了桌面，宝、黛、钗三角之势，已然成立。宝玉去探望生病的宝钗，两人相处，有这样的描写：

> 宝玉掀帘一迈步进去，先就看见薛宝钗坐在炕上做针线，头上绾着漆黑油光的鬏儿，蜜合色棉袄，玫瑰紫二色金银鼠比肩褂，葱黄绫棉裙，一色半新不旧，看去不觉奢华。唇不点而红，眉不画而翠，脸若银盆，眼如水杏。罕言寡语，人谓藏愚；安分随时，自云守拙。宝玉一面看，一面问："姐姐可大愈了？"宝钗抬头只见宝玉进来，连忙起身含笑答说："已经大好了，倒多谢记挂着。"说着，让他在炕沿上坐了，即命莺儿斟茶来，一面又问老太太姨娘安，别的姐妹们都好，一面看宝玉头上戴着累丝嵌宝紫金冠，额上勒着二龙抢珠金抹额，身上穿着秋香色立蟒白狐腋箭袖，系着五色蝴蝶鸾绦，项上挂着长命锁、记名符，另外有一块落草时衔下来的宝玉。
>
> 宝钗因笑说道："成日家说你的这玉，究竟未曾细细地赏鉴，我今儿倒要瞧瞧。"说着便挪近前来。宝玉亦凑了上去，从项上摘了下来，递在宝钗手内。
>
> ……
>
> 宝钗看毕，又重新翻过正面来细看，口内念道："莫失莫忘，仙寿恒昌。"念了两遍，乃回头向莺儿笑道，"你不去倒茶，也在这里发呆作什么？"莺儿嘻嘻笑道："我

听这两句话，倒像和姑娘的项圈上的两句话是一对儿。"宝玉听了，忙笑道："原来姐姐那项圈上也有八个字，我也赏鉴赏鉴。"宝钗道："你别听她的话，没有什么字。"宝玉笑央："好姐姐，你怎么瞧我的了呢？"宝钗被缠不过，因说道："也是个人给了两句吉利话儿，所以錾上了，叫天天戴着；不然，沉甸甸的有什么趣儿。"一面说，一面解了排扣，从里面大红袄上将那珠宝晶莹、黄金灿烂的璎珞掏将出来。宝玉忙托了锁看时，果然一面有四个篆字，两面八字，共成两句吉谶。亦曾按式画下形相：

不离不弃　芳龄永继

宝玉看了，也念了两遍，又念自己的两遍，因笑问："姐姐这八个字倒真与我的是一对。"莺儿笑道："是个癞头和尚送的，他说必须錾在金器上……"宝钗不待说完，便嗔她不去倒茶，一面又问宝玉从哪里来。

宝玉此时与宝钗就近，只闻一阵阵凉森森甜丝丝的幽香，竟不知系何香气，遂问："姐姐熏的是什么香？我竟从未闻见过这味儿。"宝钗笑道："我最怕熏香，好好的衣服，熏得烟燎火气的。"宝玉道："既如此，这是什么香？"宝钗想了一想，笑道："是了，是我早起吃了丸药的香气。"宝玉笑道："什么丸药这么好闻？好姐姐，给我一丸尝尝。"宝钗笑道："又混闹了，一个药也是混吃的？"

这一回说的是宝玉去梨香院探望生病的薛宝钗，那是书中描写的宝玉、宝钗第一次深入交流。宝玉眼中的宝钗如何？"头上绾着漆黑油光的鬓儿，蜜合色棉袄，玫瑰紫二色金银鼠比肩褂，葱黄绫棉裙，一色半新不旧，看去不觉奢华。唇不点而红，眉不画而翠，脸若银盆，眼如水杏。"这时候的宝钗坐在炕上做针线，很温暖的一幅冬闺艳图。每当看到这里总觉得这样一幅场景是十分暧昧的。一男一女两个少年，坐在炕上闲聊清谈，宝钗的身上还散发着青春少女的阵阵香气，不由得宝玉这样一个风流情种不想入非非。紧接着又有了莺儿的些微露意，道出了金玉良缘，两个人不由自主地接触到了"婚姻"这个话题，你能说这不暧昧？也难怪林黛玉会放心不下，心急火燎地赶了过来，换了谁的女朋友，在这个时候都会坐不住的。可假设一下，如若没有林黛玉急匆匆地赶来，宝玉和宝钗接下来的话题将会往什么方向发展呢？曹公十分聪明，必须到此处戛然而止，否则真真唐突了宝钗姑娘的清白名声了，岂不应了贾母元宵夜"掰谎记"里"私订终身"的话了？那薛宝钗情何以堪！

但两个小儿女第一次说"金玉"，一个懵懂，一个羞涩。作者如此大篇幅来写宝玉、宝钗的金和玉，只是障眼法而已，日后宝钗、宝玉"金玉成空"，到结局处读者忽然领悟到其中的真意，有一种大梦初醒的辛酸滋味。

第二个断章：宝钗未解的"销魂"之谜。

每个主人身边，都应该有个能说会道的丫鬟做点缀，关键时刻也可以充当自己的传声筒。莺儿之于宝钗，同样如此。第三十五回莺儿为宝玉打络子一段描写：

> 宝玉一面看莺儿打络子，一面说闲话，因问她："十几岁了？"莺儿手里打着，一面答话说："十六岁了。"

宝玉道："你本姓什么？"莺儿道："姓黄。"宝玉笑道："这个名姓倒对了，果然是个黄莺儿。"莺儿笑道："我的名字本来是两个字，叫作金莺。姑娘嫌拗口，就单叫莺儿，如今就叫开了。"宝玉道："宝姐姐也算疼你了。明儿宝姐姐出阁，少不得是你跟去了。"莺儿抿嘴一笑。宝玉笑道："我常常和袭人说，明儿不知哪一个有福的消受你们主子奴才两个呢。"

莺儿笑道："你还不知道我们姑娘有几样世人都没有的好处呢，模样儿还在次。"宝玉见莺儿娇憨婉转，语笑如痴，早不胜其情了，那更提起宝钗来！便问她道："好处在哪里？好姐姐，细细告诉我听。"莺儿笑道："我告诉你，你可不许又告诉她去。"宝玉笑道："这个自然的。"正说着，只听外头说道："怎么这样静悄悄的！"二人回头看时，不是别人，正是宝钗来了。

宝钗的丫鬟莺儿为宝玉打络子，两人或有意或无意地聊起了宝钗，这是再自然不过的事情。文中有一句"宝玉见莺儿娇憨婉转，语笑如痴，早不胜其情了，那更提起宝钗来"，这一句话写得好，透露出了两重意思：其一，宝玉对莺儿动心，至少有了生理反应，不然不会"不胜其情"；其二，通过莺儿想到了宝钗，就更不能自已了。在这里，作者显然是不忍心荼毒圣洁的宝姐姐，所以让她身边的丫鬟来做分身，含蓄地表达了宝玉对于宝钗的动心动情。当然，这种感情更大程度上是由于青春期的生理萌动。更妙的是，正说到关键处，宝钗来了，又是戛然而止，否则若是任由莺儿真把宝钗的好处一五一十地讲个明白，不光有辱宝钗清名，更会令宝玉乃至读者顿觉寡然失味。这个打断，实在是妙中之妙。毕竟，宝钗的"好处"，何须莺儿来啰唆一遍？等到二宝日后独处时，自会一一妙见，这是为后文做埋伏。

第三个断章：宝钗最失身份的"床边戏"。

紧接着下一回，就到了宝钗为宝玉绣鸳鸯兜肚的文字了：

> 宝钗独自行来，顺路进了怡红院，意欲寻宝玉谈讲以解午倦。不想一入院来，鸦雀无闻，一并连两只仙鹤在芭蕉下都睡着了。宝钗便顺着游廊来至房中，只见外间床上横三竖四，都是丫头们睡觉。转过十锦槅子，来至宝玉的房内。宝玉在床上睡着了，袭人坐在身旁，手里做针线，旁边放着一柄白犀麈。宝钗走近前来，悄悄地笑道："你也过于小心了，这个屋里哪里还有苍蝇蚊子，还拿蝇帚子赶什么？"袭人不防，猛抬头见是宝钗，忙放下针线，起身悄悄笑道："姑娘来了，我倒也不防，唬了一跳。姑娘不知道，虽然没有苍蝇蚊子，谁知有一种小虫子，从这纱眼里钻进来，人也看不见，只睡着了，咬一口，就像蚂蚁夹的。"宝钗道："怨不得。这屋子后头又近水，又都是香花儿，这屋子里头又香。这种虫子都是花心里长的，闻香就扑。"
>
> 说着，一面又瞧她手里的针线，原来是个白绫红里的兜肚，上面扎着鸳鸯戏莲的花样，红莲绿叶，五色鸳鸯。宝钗道："哎哟，好鲜亮活计！这是谁的，也值得费这么大功夫？"袭人向床上努嘴儿。宝钗笑道："这么大了，还戴

这个？"袭人笑道："他原是不戴，所以特特地做得好了，叫他看见由不得不戴。如今天气热，睡觉都不留神，哄他戴上了，便是夜里纵盖不严些儿，也就不怕了。你说这一个就用了工夫，还没看见他身上现戴的那一个呢。"宝钗笑道："也亏你耐烦。"袭人道："今儿做得工夫大了，脖子低得怪酸的。"又笑道，"好姑娘，你略坐一坐，我出去走走就来。"说着便走了。宝钗只顾看着活计，便不留心，一蹲身，刚刚的也坐在袭人方才坐的所在，因又见那活计实在可爱，不由得拿起针来，替她代刺。

……

这里宝钗只刚做了两三个花瓣，忽见宝玉在梦中喊骂说："和尚道士的话如何信得？什么是金玉姻缘，我偏说是木石姻缘！"薛宝钗听了这话，不觉怔了。

试想，一个夏日的中午，贾宝玉只穿着睡衣躺在床上睡觉，表姐薛宝钗却坐在床边帮他绣起了只在睡觉时穿的贴身兜肚，而且还是鸳鸯戏莲的图案，明显带有性的暗示意味！作为一个青春期的少女，宝钗也是遐思不断。当然，鸳鸯自然是夫妻的寓意，暗示宝玉和宝钗会有婚姻的牵扯。但这场婚姻未必会有结果，因在宝钗绣得正专注之时，宝玉一句梦话又让宝钗的遐思戛然而止。不少分析者认为，宝玉这句梦话实际是故意说给宝钗听的，以便让她绝了金玉良缘的念头。这话或许不假，至少可以肯定的是，宝钗在此之前对自己和宝玉的婚姻还是抱有一定期望的，不然听了这话也不会"不觉怔了"。若真是心中没有故事，就不会有这样的反应。

不论怎么说，这三次打断，是作者的刻意为之，让宝钗成了最接近宝玉婚姻的过客。可见宝钗只是金玉良缘的过场人物，不是最终的主角。宝钗在大观园里居住的房舍名为"蘅芜苑"，谐音便是"恨无缘"。其实大观园里的小姐们，并不是只有林黛玉这样的浪漫派才做过青春的美梦，连薛宝钗这样现实的女孩子，同样也会有爱情的萌动。只可惜，红楼一梦，你争我斗，全是输家！

下面，就来详解宝钗、宝玉"金玉成空"之谜。

第五十八回，藕官曾有过这样的言论："男子丧了妻，或有必当续弦者，也必要续弦为是。但只是不把死的丢过不提，便是情深义重了。若一味因死的而不续，孤守一世，妨了大节，也不是理，死者反不安了。"当时宝玉反应如何？"宝玉听了这篇呆话，独合了他的呆性，不觉又是喜欢，又是悲叹，又称奇道绝。"只这一句便可看出宝玉和藕官原是一种呆人，有同样的思想见地。这段话可看作是后文黛玉死后宝玉娶妻的征兆之一，而宝玉的婚娶必定也是自愿的，婚后生活也十分美满，只是心中仍旧不忘黛玉罢了。

著名红学家周汝昌先生赞成宝玉、宝钗婚后无性论这种说法。他还举出了明义《题红楼梦》诗为证：

> 锦衣公子茁兰芽，红粉佳人未破瓜。
> 少小不妨同室榻，梦魂多个帐儿纱。

一般研究者认为这首诗是题宝、黛二玉的关系。黛玉初来贾府，住在碧纱橱，和宝玉同室。但周汝昌认为存在疑点：黛玉住碧纱橱是红楼开篇不久的事情，明义诗二十篇，大致都有首尾结构，不至于在

第八十回将完时才开始写当年宝、黛同室的事情；再者，"红粉佳人"的称呼也绝对不适合年仅五六岁的幼女；另外，宝、黛当年也仅仅是同室而已，并未同榻，算不上"同室榻"。故而，周汝昌先生认为此诗是写第八十回后，宝玉、宝钗的婚姻生活，虽同室同榻，却无实质的性生活，未破瓜的"红粉佳人"并非指黛玉，而指宝钗。

这种说法亦是存在问题。"少小不妨同室榻"，所谓"少小"，必定是指成年之前。黛玉死后，宝钗与宝玉订婚时已经二十岁左右，在那个时代看来，是大龄女青年了，当然不是"少小"女子。

对此，红学研究者张爱玲女士也做过研究，认为"红粉佳人"非指黛玉，亦非指宝钗，而是指晴雯，是为晴雯屈死所做的剖白，虽然同室榻，但并无沾染。以晴雯的年龄和姿色来论，"红粉佳人"一词再合适不过。若"红粉佳人"指宝钗，那夫妻婚后自然要同室同榻，何须"不妨同室榻"？张爱玲也认同宝玉对宝钗的肉体一直存有幻想和憧憬，这二人若真有婚姻，不可能"毫无沾染"，以宝玉的性格，不会以这种方式为黛玉守节。

以周汝昌先生为代表的不少红学家认为宝玉是先娶宝钗，钗死湘继。这有一定道理。但实际情况应该是：宝玉和宝钗最终是没有成婚的，只是有过婚约而已，宝钗并没有等到过门就死掉了。

可以来看看"薛宝钗"这个名字。吴世昌先生曾说，在古典诗词中，"钗"是分离的象征，而薛宝钗的"宝钗"亦是生离死别的象征。第六十二回"射覆"时宝玉所引的那句"敲断玉钗红烛冷"直指日后宝钗的境况。所谓玉钗，《千家诗》曾有注解，是烛花的意思，夜深人静敲断烛花，悲凉至极，也许是思念被迫离家在外的宝玉而整夜难眠，是宝钗命运至悲之兆，绝不像续书中所写的那样，日后宝钗的儿子与贾兰"兰桂齐芳"，宝钗终于苦尽甘来。

宝钗在大观园中居住的院落是蘅芜院，此院落之所以如此命名，是因为院中种满珍稀花草，香草类的有杜若蘅芜，取蘅芜香草之名也是为了暗合宝钗浑身冷香的特征，这"蘅芜香"的典故出处却极有深意。

传说汉武帝宠妃李夫人死后，汉武帝不胜悲切，日夜思念。一夜梦中，李夫人袅袅而来，手携一物赠予武帝，并说："这是蘅芜香。"武帝梦醒惊觉，回忆刚才的梦境，如同亲历；又闻到一阵香气，经久不息。李夫人梦中所赠的香虽然没有了踪影，枕席衣襟却沾满了香气，汉武帝遂改延凉室名为"遗芳梦室"。由此可见，这蘅芜香虽然珍奇，却是生离死别的意思，是宝钗的薄命征兆。

再来看在第二十二回中，宝钗的那首灯谜诗：

> 朝罢谁携两袖烟，琴边衾里总无缘。
> 晓筹不用鸡人报，五夜无烦侍女添。
> 焦首朝朝还暮暮，煎心日日复年年。
> 光阴荏苒须当惜，风雨阴晴任变迁。

这首诗谜的谜底是更香。更香是古代为夜间打更计时所制造的一种线香，每燃完一支就是一更。来看这一句："琴边衾里总无缘。"琴，琴瑟；衾，衾枕，二者都是夫妻的意思。无缘做夫妻，可见日后宝玉、宝钗金玉成空。周汝昌先生亦持此种看法，不同的是，他认为宝玉、宝钗所谓的"无缘"、没有做成夫妻，是指结婚后没有正常的夫妻生活，虽然同床共枕，但没有肉体关系。

前文已经说过这种论点的不可能性了。宝玉的灵与肉很多时候是分离开来的，挚爱黛玉，同时也能与袭人、麝月肉体交欢。若真与宝钗入了洞房，也万万没有为追念黛玉而肉体守节的道理。

在程乙本以及甲辰本中，把这首灯谜诗安在了黛玉身上，且高鹗续书中也有关于黛玉抚琴的描写。这样的说法显然不通。在前八十回中，黛玉进贾府已经十年左右，十年中从未有黛玉学过琴技的任何介绍，忽然写一段黛玉抚琴实在不妥当，而且突兀。这一段描写恐怕也只是为了引出宝玉末尾的那句"对牛弹琴"，而令黛玉感伤命运罢了。在此版本中，不光把这首诗谜移为黛玉作品，还另外为宝钗创作了一首诗谜：

有眼无珠腹内空，荷花出水喜相逢。

梧桐叶落分离别，恩爱夫妻不到冬。

因为高鹗续书中有宝玉婚后不久便出家为僧的一段故事，所以续书作者特意在这里添加这样的诗谜以作预示。也许他觉得在这样的重要场合里没有黛玉的作品极为不当，而且"焦首朝朝还暮暮，煎心日日复年年"似乎正合黛玉内心之苦，所以算作黛玉作品。

这实在是不恰当，以宝钗端庄凝厚的诗文风格，断然作不出这样轻浮的诗谜。"恩爱夫妻不到冬"一句之俗更是折杀宝钗的身份，颇有凤姐的大俗做派。而《更香》一诗的含蓄浑厚则更为符合宝钗的文学风格。这首《更香》诗谜，也蕴含了宝玉、宝钗最终的金玉成空之谜。宝玉对宝钗多为感官上的评价，见了宝姐姐雪白的膀子还想摸上一摸，这样的两个人如果结了婚怎么可能会没有性呢？

但宝钗这诗谜中的意思却又明显带着遗憾的意味，为什么琴边衾里都没有缘分呢？黛玉死后，按理说没有什么阻力可以干涉宝玉、宝钗的金玉良缘了，既然没有了林妹妹，宝玉自然也会塌下心来接受第一流的人物宝姐姐，这两个人如果不出意外，肯定是会入洞房的。但恰恰是出了意外，出了生离死别的大事！

这首诗应该是宝钗临死时的心情写照："焦首朝朝还暮暮，煎心日日复年年。"自打宝钗进贾府，薛氏母女就开始了日复一日、年复一年的公关策略，算得上焦首又煎心，可最终落得一场空。所以最后一刻她还是感叹时间的不留情面："光阴荏苒须当惜。"时间就这么迅速地流走了，多么可惜。

这首诗还有另外一层意思：贾母、黛玉相继死后，王夫人做主为宝玉聘定了宝钗为未婚妻。但还未曾正式过门，宝玉就因为战乱及其他原因而被迫从军远行或是离家在外，在等待宝玉归来的这段时间里，宝钗因担忧宝玉安全等诸多原因，身染重病，没有正式结婚就死去了。所以在此诗的结尾处，"风雨阴晴任变迁"，大有旁观心态，一切超然了。世间万事，也唯有死亡可以让一个人做到真正的超然物外。在贾政眼里，宝钗这首诗谜属不祥之兆，恐怕不是福寿永久之人。而宝钗和黛玉在薄命司中排行是并列的，不分上下，可见此二人的命运应该是同等可怜，自身遭遇在很大程度上也有相似之处。

"假凤虚凰"一段文字对于日后宝、黛、钗三人的关系也有过暗示：藕官曾经的恋人是菂官，菂官死后又爱上了蕊官，实际上这三个人同为女子，不可能有真正的婚姻。藕官所扮的角色是小生，扮演男人，菂官和蕊官都是小旦，是戏中藕官的妻子。死去的菂官预示了日后的黛玉，后来爱上的蕊官则是宝钗的丫鬟，可见代表的是宝钗。

小生藕官的思想行为都和宝玉一致，被宝玉引为知己，必然代表了宝玉。这三个人"假凤虚凰"的故事，暗示了宝玉和黛玉、宝钗最终也同样是两对假凤虚凰，都没能做成真正的夫妻。

也有不少研究者，比如红学家胡文彬先生，赞成黛玉死后宝玉娶宝钗继而出家为僧的观点，似乎唯此才符合"空对着山中高士晶莹雪，终不忘世外仙姝寂寞林"的状况。另外，胡文彬先生还以刘禹锡的《怀妓》四首作为宝钗、宝玉这段并不美满的金玉良缘的诗文注解。在《红楼梦》中，作者曹雪芹往往喜欢把人物命运的真实结局隐藏于历代经典的诗句之中。来看一下《怀妓》中的第一首：

> 玉钗重合两无缘，鱼在深潭鹤在天。
> 得意紫鸾休舞镜，能言青鸟罢衔笺。
> 金盆已覆难收水，玉轸长抛不续弦。
> 若向蘼芜山下过，遥将红泪洒穷泉。

第一句便是"玉钗重合两无缘"，如此明显的暗示意味实在不能不引起读者的关注。由此，胡文彬先生坚信诗中的"玉"为宝玉，"钗"为宝钗，所谓"重合"即为结婚的意思，结了婚又没有缘分，可见宝玉是新婚出家。而"金盆已覆难收水，玉轸长抛不续弦"，似乎也都有宝玉为黛玉守节而抛弃宝钗的暗示。

读者都知道，在真本《红楼梦》的结局篇章中，作者曹雪芹曾经构思过一个"情榜"，不光是层层十二钗的众多女子在册，贾宝玉、柳湘莲、蒋玉菡等众多男子也历历在籍。贾宝玉的"情号"是"情不情"，第一个"情"是动词，付出的意思，第二个"情"是名词，感情的意思。这个封号的意思是：即便对自己没有感情的人和物也要付出感情。

试想，这样一个博爱之人，如何能够狠心抛下宝钗这样艳冠群芳的贤妻出家为僧呢？这显然不符合宝玉的性格。

作者曹雪芹在薛宝钗和林黛玉这两个女主人公的安排上另有深意，其余红楼十二钗各层女子皆是一人一画一诗，唯独钗、黛二人共一幅画一首判词，很显然，作者就是要把这两个女子的命运紧合在一起，或者说，把一个人物分成了两个女子来写，钗、黛二人代表了一个人性格的两极，宝钗有姣花一般的容貌，黛玉有纤柳一样的身姿，写宝钗着重写相貌，写黛玉着重写风姿，而真正的绝世美人，又恰恰两者兼得。既然是同一人物的两个分身，试想，这两个女孩的命运又怎会大相径庭？

畸笏叟早本《红楼梦》时曾有一条眉批："将薛、林作甄玉、贾玉看书，则不失执笔人本旨矣。"意思是说薛、林二女如同甄、贾二宝玉，是同一个人的两个分身。另外，畸笏叟在第四十二回回前总批也是钗、黛一人论："钗玉名虽二个，人却一身，此幻笔也。"可见，钗、黛合一论，是古来存之已久的声音。而近现代的研究者，如俞平伯等人，更是此种观点的强力支持者。

顺着胡文彬先生的思路，我们可以重新来看这句"玉钗重合两无缘"。这里的"钗"指宝钗应该没有问题，而这个"玉"并非是指宝玉，而是指黛玉。如果把钗、黛二人当成一个人来看，那"重合"二字就更好理解了：化为一人。所谓"两无缘"，恐怕就是指宝玉与这两个女子都没有实际的缘分。

曹雪芹是习惯把一个人分成了几份来写。把一个完整的人分成了宝钗、黛玉两份。既然宝钗、黛玉是同一个人的两个极端，宝玉命中真正的那块"金"就一定不是宝钗。无论是宝钗还是黛玉，最终都是和宝玉无缘的人，这两个人的存在完全是虚数。只有湘云和宝玉有过一段真正的夫妻缘分，她的存在是实在的，应该是曹雪芹真实生活中存在的人物。而宝钗和黛玉则是作者虚拟出来的间色人物，也许是他的理想爱人，但因为没有缘分，最终没有理想的结局。

如果宝钗和黛玉是一个人，就更有意思了。《红楼梦》中的宝钗和黛玉在某种程度上来讲是一对敌人，水火不容。剖白人性，大多数的时候，我们总是自己跟自己较劲，根本弄不清楚真正的对手隐藏在哪里。这就是人性。每个人都明白自己有多重个性，可个性和个性之间的冲突有时候也会害了自己。

宝玉和湘云最终的金玉良缘

　　既然说宝钗不是宝玉命中的"金"，那宝玉的金玉良缘到底指的是谁呢？宝钗之外，另一个有"金"的女孩子——湘云，便跳入了我们的视线。

　　周汝昌先生极爱湘云，考证出书中的史湘云，是现实中曹雪芹的表妹李大姑娘，所谓"湘云"实为"香筠"，是李大姑娘的名字。不仅如此，周汝昌还认为宝玉"木石前盟"的对象为湘云，而非黛玉。因黛玉是灵河岸边的"绛珠草"，是"草"，非"木"，灌溉它的是神瑛侍者，而非顽石宝玉。而湘云，无论是实际生活中的"李"，还是书中的海棠——湘云，都是真木，故而可与宝玉有段木石前盟。

　　这推断极具理想色彩，若果真如此，宝玉、黛玉反倒成了不相干的两个人，用现代人的话来讲"你我的相遇原本是一场美丽的错误"，林黛玉岂不是投胎找错了家门？这只是周先生的个人理想而已。《红楼梦》中，曹雪芹已经为此辟谣了，第五回中的那曲《终身误》，说的便是宝、黛、钗这段三角情债：

> 都道是金玉良姻，俺只念木石前盟。空对着，山中高士晶莹雪；终不忘，世外仙姝寂寞林。叹人间，美中不足今方信。纵然是齐眉举案，到底意难平。

如果木石前盟是说宝、湘二人，那后文何来"晶莹雪""寂寞林"之说？贾宝玉跟薛宝钗成了夫妻后，若心里挂念的不是黛玉而是湘云，那令黛玉何堪？贾宝玉，这个众人眼中的情种，岂不成了玩弄少女感情的淫贼？不敢想，也不敢信。

宝玉、湘云二人的感情多是骨肉兄妹的亲情，绝非男女之间的爱情，这二人在家败人亡之后结为夫妻共同生活以图照应是合情合理的事情。在现实生活中，促使男女双方结婚的原因有很多种，并不单单只有爱情才可以结婚，而宝玉和湘云的婚姻即是为了生活所迫。即便这二人最终成了夫妻，也无须扯出一大段的前盟姻缘之说。因为宝玉的感情是丰富的，可以给予无数的女孩子，但宝玉真正的爱情只有一份，随着黛玉的死去也一同埋葬了。剩下的，只有努力地活着，以及对过往的追忆。

我们再来看《红楼梦》中对宝、湘二人这段"金玉良缘"的暗写。

宝玉、湘云的首次金玉并提

第四十九回到第五十回是全书堪称热闹的两个章回，芦雪庵联诗是全书中金陵各钗最为齐全的章回，这两回对于整本书来讲显得格外重要。读者一般读到这一部分，普遍会把目光和心思都放在各人的诗句上，想借此来分析主要人物的命运结局。第四十九回却有一件小事吸引了笔者的注意：平儿丢镯。

一般来讲，这样一段小插曲放在这里不会引起读者太多的注意，它的细小真的难以跟文中的即景联句相抗衡，但它的存在又无法不引人关注。曹雪芹是个语言大师，更是个构思大师，他不会无缘无故地把一个无关紧要的环节放在这么重要的章回中，既然放在这里，那就一定有他不同寻常的用意。先来看一下这件事的前因后果：

> 一时众姊妹来齐，宝玉只嚷饿了，连连催饭。好容易等摆上来，头一样菜便是牛乳蒸羊羔。贾母便说："这是我们有年纪的人的药，没见天日的东西，可惜你们小孩子吃不得。今儿另外有新鲜鹿肉，你们等着吃。"众人答应了。宝玉却等不得，只拿茶泡了一碗饭，就着野鸡爪斋忙忙地咽完了。贾母道："我知道你们今儿又有事情，连饭也不顾吃了。"便叫"留着鹿肉与他晚上吃"，凤姐忙说"还有呢"，方才罢了。史湘云便悄悄和宝玉计较道："有新鹿肉，不如咱们要一块，自己拿了园里弄着，又顽又吃。"宝玉听了，巴不得一声儿，便真和凤姐要了一块，命婆子送入园去。
>
> 一时大家散后，进园齐往芦雪庵来，听李纨出题限韵，独不见湘云、宝玉二人。黛玉笑道："他两个再到不了一处，若到一处，生出多少故事来。这会子一定算计那

块鹿肉去了。"正说着，只见李婶也走来看热闹，因笑向李纨道："怎么一个戴玉的哥儿和那一个挂金麒麟的姐儿，那样干净清秀，又不少吃的，他两个在那里商议着要吃生肉呢，说得有来有去的。我只不信肉也生吃得的。"众人听了，都笑道："了不得，快拿了他两个来。"黛玉笑道："这可是云丫头闹的，我的卦再不错。"

李纨等忙出来找着他两个说道："你们两个要吃生的，我送你们到老太太那里吃去。哪怕吃一只生鹿，撑病了不与我相干。这么大雪，怪冷的，替我作祸呢。"宝玉笑道："没有的事，我们烧着吃呢。"李纨道："这还罢了。"只见老婆们拿了铁炉、铁叉、铁丝�来，李纨道："仔细割了手，不许哭！"说着，同探春进去了。

凤姐打发了平儿来回复不能来，为发放年例正忙。湘云见了平儿，哪里肯放。平儿也是个好顽的，素日跟着凤姐儿无所不至，见如此有趣，乐得顽笑，因而褪去手上的镯子，三个围着火炉儿，便要先烧三块吃。那边宝钗、黛玉平素看惯了，不以为异，宝琴等及李婶深为罕事。探春与李纨等已议定了题韵。探春笑道："你闻闻，香气这里都闻见了，我也吃去。"说着，也找了他们来。李纨也随来说："客已齐了，你们还吃不够？"湘云一面吃，一面说道："我吃这个方爱吃酒，吃了酒才有诗。若不是这鹿肉，今儿断不能作诗。"说着，只见宝琴披着凫靥裘站在那里笑。湘云笑道："傻子，过来尝尝。"宝琴笑说："怪脏的。"宝钗道："你尝尝去，好吃的。你林姐姐弱，吃了不消化，不然她也爱吃。"宝琴听了，便过去吃了一块，果然好吃，便也吃起来。

一时凤姐儿打发丫头来叫平儿。平儿说："史姑娘拉着我呢，你先走吧。"小丫头去了。一时只见凤姐也披了斗篷走来，笑道："吃这样好东西，也不告诉我！"说着也凑着一处吃起来。黛玉笑道："哪里找这一群花子去！罢了，罢了，今日芦雪庵遭劫，生生被云丫头作践了。我为芦雪庵一大哭！"湘云冷笑道："你知道什么！'是真名士自风流'，你们都是假清高，最可厌的。我们这会子腥膻大吃大嚼，回来却是锦心绣口。"宝钗笑道："你回来若作得不好了，把那肉掏了出来，就把这雪压的芦苇子揿上些，以完此劫。"

说着，吃毕，洗漱了一回。平儿戴镯子时却少了一个，左右前后乱找了一番，踪迹全无。众人都诧异。凤姐儿笑道："我知道这镯子的去向。你们只管作诗去，我们也不用找，只管前头去，不出三日包管有了。"

由海棠社的联诗引发了宝玉、湘云带头吃烤鹿肉，又因为吃烤鹿肉让平儿丢了镯子，可以明白地看到第四十九回到第五十回，这两个章回中，真正的女主角是湘云，从提议吃鹿肉，到独战黛玉、宝钗、宝琴，这两回中的湘云可谓一枝独秀。湘云出场这么久，至此方畅畅快快做了一回女一号。由此可见，这两回书必然关系湘云日后的命运。

吃鹿肉这一回中，李婶说："怎么一个戴玉的哥儿和那一个挂金麒麟的姐儿，那样干净清秀，又不少吃的，他两个在那里商议着要吃生肉呢，说得有来有去的。"李婶这样的深宅豪门夫人，自然没见过宝玉、湘云这副做派，她对这二人的怪异行为感到稀奇是十分自然的。但这句"一个戴玉的哥儿和那一个挂金麒麟的姐儿"十分重要，可以说是这一回的文眼，能说出这样的话，可见这李婶也是有缘分的人。

书中金玉并提的情节并不少见，但如此大胆地把宝玉、湘云这一玉一金并提的情节还是头一次。可想黛玉、宝钗内心反应如何，无怪乎一向公允无争的宝钗亦会加入黛玉的阵营，力战湘云。

另外，第五十回宝玉乞红梅一段文字，首次乞梅成功后，宝玉的那首《访妙玉乞红梅》中写道：

> 酒未开樽句未裁，寻春问腊到蓬莱。
> 不求大士瓶中露，为乞嫦娥槛外梅。
> 入世冷挑红雪去，离尘香割紫云来。
> 槎枒谁惜诗肩瘦，衣上犹沾佛院苔。

来看这两句："入世冷挑红雪去，离尘香割紫云来。"这其中暗含了两个女孩子的名字，雪（薛宝钗）和云（史湘云），而这两个女孩子正是宝玉日后的两位太太。说到这里，思路更明晰了——在联诗这一段故事中，宝玉共去乞了两次梅（媒），暗示他有两次婚姻。头一次乞梅时，湘云曾开玩笑说："你吃了我们的酒，你要取不来，加倍罚你。"可见湘云是必要取（娶）来的。而第二次的宝琴是薛家人，让读者轻易就能想到宝钗。在这里要说明：第二次同去的宝琴只是作者的障眼法而已。宝琴一来到贾府，贾母便逼着王夫人认了干女儿，实际上与宝玉就等同兄妹了。若果真有心娶她做孙媳，贾母不会如此鲁莽行事，否则以黛玉的警惕心，对没有影儿的宝钗、湘云尚且防备，怎么对宝琴却是一味热情，甚至干脆以"妹妹"相称？可见是把男朋友贾宝玉的"干妹妹"薛宝琴当成了未来的"小姑子"看待的。后文所谓的贾母意图替宝玉求娶宝琴，也许是薛姨妈神经过敏，错会了她的意思，只是泛泛闲语。

偷"金"窃"玉"暗含了什么故事真相

平儿的这只虾须镯丢在第四十九回，又在第五十二回找到了，这在书中的时间只隔了两天，真是应了凤姐的那句话"不出三天包管就有了"。

这个偷镯子的人是谁？

是坠儿，宝玉怡红院中的小丫鬟。

在第五十二回中，平儿跟麝月之间有过一段奇怪的对话，很引人注意：

> 只闻见麝月悄问道："你怎么就得了的？"平儿道："那日洗手时不见了，二奶奶就不许吵嚷，出了园子，即刻就传给园里各处的妈妈们小心查访。我们只疑惑邢姑娘的丫头，本来又穷，只怕小孩子家没见过，拿了起来也是有的。再不料定是你们这里的。幸而二奶奶没有在屋里，你们这里的宋妈去了，拿着这只镯子，说是小丫头坠儿偷起来的，被她看见，来回二奶奶的。我赶着忙接了镯子，

想了一想，宝玉是偏在你们身上留心用意、争胜要强的，那一年有一个良儿偷玉，刚冷了一二年，间还有人提起来趁愿，这会子又跑出一个偷金子的来了。而且更偷到街坊家去了。偏是他这样，偏是他的人打嘴。所以倒忙叮咛宋妈，千万别告诉宝玉，只当没有这件事，别和一个人提起。第二件，老太太、太太听了也生气。三则袭人和你们也不好看。所以我回二奶奶，只说：'我往大奶奶那里去的，谁知镯子褪了口，丢在草根底下，雪深了没看见。今儿雪化尽了，黄澄澄的映着日头，还在那里呢，我就捡了起来。'二奶奶也就信了。所以我来告诉你们，你们以后防着她些，别使唤她到别处去。等袭人回来，你们商议着，变个法子打发出去就完了。"

平儿和麝月这段对话，庚本批注："妙极。红玉既有归结，坠儿岂可不表哉？可知'奸贼'二字是相连的，故'情'字原非下道。坠儿原不情，也不过一愚人耳。可传奸，即可为盗。"这话主要针对小红对贾芸的思春一事。批注者认为小红和坠儿原本同是奸邪之婢。小红才高，可以被凤姐所用；而坠儿庸愚，只好寻个由头被逐出园子，还大观园一份清白。这种分析并不是作者真意。

平儿这句话："宝玉偏在你们身上留心用意、争强好胜的，那一年有个良儿偷玉，刚冷了一二年，间还有人提起来趁愿，这会子又跑出一个偷金子的来了。"

大家请注意，症结点就在这里：曹雪芹写坠儿偷金，恐怕是为了暗写良儿偷玉，更是为了金玉连写，是要告诉大家，有玉更有金。而这金是谁？是湘云！

坠儿窃金的插曲猛然使人联想到了第三十一回宝玉丢金麒麟那一段。作者最后也没写明，宝玉的那个金麒麟最终是归谁了，湘云捡到后有没有还给宝玉呢？那个金麒麟是宝玉特地留给湘云的礼物。古时人家生了儿子，别人要送麒麟挂饰作为贺礼，湘云是个女孩子，从小佩戴金麒麟，恐怕也是古代家庭特为"招弟"的缘故。但湘云的父母早亡，湘云还在襁褓中时便成孤儿，她父母自然没有再生儿子的可能性了，这个金麒麟真成了讽刺。麒麟大的为母，小的为公。宝玉的那个比湘云的又大又有文采，自然是母的，有人就此推断湘云是个趋于男性化的女人，实不敢苟同。之所以要把宝玉的这个说成母的，恐怕作者就是要通过宝玉的手亲自把这个金麒麟送到湘云手中。把这块金送到湘云手中，这既是宝玉亲手所赠，同时也是道士的法器，这才叫天赐的姻缘。

相信看过《红楼梦》的人几乎都会觉得"金玉良缘"说的是宝玉和宝钗，其实不然。宝钗虽然也有金，可那个金锁的真实性有待考证，连林黛玉都对那块金持怀疑态度，更别说贾母和王熙凤这样的人精了。贾母对薛氏母女是百分之百的礼貌，可就是看不出一点儿亲切，明显没把她们当自己人，如果有意和人家结亲家，是不会这样客气疏远的。更何况，即使宝钗的金是真的，的确是和尚道士给的，也并不能肯定她就是宝玉的妻子。以薛家日渐败落的状况和薛宝钗的个人性格来看，哪一点都不合贾母的心意。正因为如此，薛氏母女才更要久居贾府，进行公关策略，进一步做通贾母的思想工作。这个状况在第五十七回"慧紫鹃情辞试忙玉"一回中得以结束。紫鹃几句黛玉回乡的玩笑话引起了宝玉的癫狂，以此也让贾母、王夫人乃至薛姨妈都意识到了宝玉跟黛玉之间感情的牢不可破。薛氏母女终于认命了，对金玉良缘开始不再抱以太大的希望，只是她们没有想到黛玉会有早亡的一天。后文黛玉早卒，王夫人聘下宝钗做儿媳妇，在旁人眼中，宝钗、宝玉"金玉良缘"就要成为事实之际，谁料想又生变故，宝钗没有等到过门便"金玉成空"。如此情节铺排，也是表达了一种人算不如天算的无可奈何。

言归正传，再来说湘云，文中虽然没有说湘云以前的金麒麟是如何得来的，但第二个金麒麟的确是道士通过宝玉之手赠予她的，也就是说，宝玉亲手把自己命中的那块真金送给了湘云，这意思难道还不明显吗？

第二十九回，宝玉在道观中得到金麒麟，还引得黛玉对宝钗闹了一点儿小意见，事实上黛玉和宝钗也是宝玉婚姻中的关键人物。宝玉说要把这麒麟送给黛玉时，黛玉因为醋意大发而断然拒绝，可见她与宝玉的金玉良缘无缘。而宝钗虽然关心宝玉的玉乃至别人身上的金，也和这块金无缘，自然也是金玉良缘中的无缘人。

再回到第五十二回，这一回的主人公是湘云，宝钗、黛玉、宝琴三人共战湘云，在这样的局面中，只有湘云才称得上是主角中的主角。这一回中丢失的金，理所当然就是湘云。丢玉和丢金，是两种暗示，暗示宝玉和湘云都丢失过，或者说都有过短暂的婚史或者婚约，却又终于能够结合到一起，实属不易。看到这里读者也许会有异议，如此可爱的史湘云，怎么可能是"二婚"呢？贾宝玉一生赞叹没有出嫁的女孩子是无价之宝，怎么最终却娶了个"二婚"女子呢？

有过婚史这样的描写，放在红楼其他女孩子身上，可能是件挺煞风景的事，若说黛玉、宝钗嫁过人，足以令读者跌足哀叹，但放到史湘云身上，却更能彰显其名士风流之风范。如同历史上著名的才女蔡文姬，十六岁时嫁到河东世族卫家，不到一年，丈夫卫仲道便咯血而死。婆家人嫌她克死了丈夫，才高气傲的蔡文姬毅然回到娘家。二十三岁时遭遇战乱，被掳到了胡地，成了匈奴左贤王的王妃。十二年后，曹操花重金将她赎回，配给了董祀为妻。蔡文姬一生坎坷，有过三次婚姻三个丈夫，但后人对她的评价依然相当之高，即便在当时社会，也并未受到过歧视，是世之罕见的才女！

在《红楼梦》中，史湘云的诗词多有李清照的风格，那首咏絮的《如梦令》更似从李清照咏海棠的《如梦令》中脱胎一般。李清照一生二嫁，暗示了湘云与她一样，嫁给宝玉时也是二婚。在第三十一回中透露：湘云有了对象，已经订婚了。对于古代女子而言，就算是有了夫家的人了。随着故事的进展，湘云最后有没有嫁过去却不敢肯定，也许跟宝玉、宝钗一样，也是一对假凤虚凰。但不论怎么说，从社会的层面来看，即便没有正式过门，他日再嫁宝玉也算二婚了。宝玉、湘云在患难中，应该有过一段幸福的时光。但幸福只是短暂的，没过多久，两人又天人永隔了。

湘云最终的命运结局是死亡而非守寡

《红楼梦》第三十一回写宝玉、湘云和金麒麟，回目便叫"因麒麟伏白首双星"。以此，周汝昌认为宝玉、湘云最终白头偕老，是真正的金玉良缘。

所谓"双星"是哪双星呢？

《焦林大斗记》记载："天河之西有星煌煌，与参俱出，谓之牵牛；天河之东有星微微，在氐之下，谓之织女。世谓双星。"而"牛郎星""织女星"是夫妻分离的象征，而一旦分离，天上人间，永世难以复合。宝玉、湘云若是牛郎、织女二星，又谈何白头偕老？

对于湘云日后的"才貌仙郎"到底是谁的问题，红学界还一直存在争议。有研究者认为，是前八十回从未正面出过场的公子卫若兰，史湘云与他结婚后有过一段幸福美满的生活，后来因宝玉所赠的那个金麒麟，使卫若兰心生疑忌，认为宝、湘二人曾有"不才之事"，而导致了夫妻二人的决裂。更多一些的研究者认为：日后的湘云沦落成丐，被卫若兰搭救，在得知其和宝玉的亲戚关系后，撮合二人成为夫妻。宝玉、湘云的这段金玉良缘才最终实现。但不论是哪种猜想，都否定不了湘云薄命的惨局。

再来看一下《红楼梦》一书中湘云所对应的花品。

推敲红楼女子所对应的花品，宝钗是牡丹，黛玉是芙蓉，而湘云是海棠，周汝昌更把湘云比作宝玉怡红院中的那棵西府海棠，称湘云是怡红院日后的真主人。宝钗、黛玉对应的花品向来无有异议，但把湘云比之于海棠似乎略有争议，另一种花卉——芍药，似乎更契合她的命运。第六十二回，宝玉生日，湘云醉眠芍药裀，这一幕场景，堪称红楼一绝，直逼黛玉葬花的风致。芍药丛中的湘云是花中的极品仙子，但芍药不是一种意思简单的花卉。早在《诗经》中，便以芍药来表达恋人之间的离愁别恨。古人称芍药为"离草"，在亲人、恋人别离之时赠送以示思念。从湘云日后的命运来看，芍药确实更能够代表她的最终结局。历来红学研究者都认为湘云最终的命运是守寡，她判词中的图案是几缕飞云，一湾逝水。所谓逝水，是干涸的象征，是湘云的薄命之兆。湘云判词曰：

富贵又何为，襁褓之间父母违。

展眼吊斜晖，湘江水逝楚云飞。

另外，湘云的命运之曲为《乐中悲》，唱词为：

襁褓中，父母叹双亡。纵居那绮罗丛，谁知娇养？幸生来，英豪阔大宽宏量，从未将儿女私情略萦心上。好一似，霁月光风耀玉堂。厮配得才貌仙郎，博得个地久天长，准折得幼年时坎坷形状。终久是云散高唐，水涸湘江。这是尘寰中消长数应当，何必枉悲伤！

看到这里，不少人就认为她是守寡而终的，总觉得《红楼梦》中死去的女孩子太多了，不应该再添一个孤魂野鬼了，否则便显重复。但这词曲中主要说的是湘云命运的悲剧：云散高唐，水涸湘江。云散，水涸，正是一个人生命的终结之兆。持此看法的还有俞平伯先生，同样认为水逝云飞是夭折的象征。可见，湘云未必是长命之人。

宝玉生命里的"真金"，最终还是失去了，于是万般无奈之下，才最终迫使他看破了红尘，出家为僧。否则以宝玉的性格，有湘云这样的娇妻在侧，即便生活艰苦，也断然不会狠心若此，只能说，宝玉是在走投无路、万般无奈的情况下才出家为僧的，而非续书中，因为黛玉的亡故而心灰意冷，年纪轻轻便当了和尚。这并不符合原著精神。

在甫塘逸士《续阅微草堂笔记》中有记载："（《红楼梦》）八十回后，皆不与今同，荣宁籍没后，均极萧条。宝钗亦早卒。宝玉无以家，至沦于击柝之流。史湘云则为乞丐。后乃与宝玉仍成夫妇。"所谓击柝的"柝",是打更用的梆子,木头制成。打更人即为更夫,是古代最低收入的职业,而且不分冬夏整夜巡游,可谓苦中之最。而第六十二回宝玉生日之时,大家饮酒行令,说起"宝玉"二字出处时,香菱曾引用了一句古诗"此乡多宝玉"。这诗句出自唐代诗人岑参的《送杨瑗尉南海》:

> 不择南州尉,高堂有老亲。
> 楼台重蜃气,邑里杂鲛人。
> 海暗三山雨,花明五岭春。
> 此乡多宝玉,慎莫厌清贫。

这句诗之所以放在这里出现,关键点并不是这句"此乡多宝玉",而是下一句"慎莫厌清贫"。不少研究者都指出,在宝玉生日之时,由香菱点出此诗,是宝玉日后贫穷潦倒的象征,不可能是新婚之际家境尚且富裕之时决然出家,这样才符合脂评所透露的宝玉日后"寒冬噎酸齑,雪夜围破毡"的悲苦境况。让宝玉走投无路,被迫出家,这样的事实更有感染力,更能反映出悲剧的震撼力!红楼一梦,伤痕累累,是人间的悲剧,亦是时代的悲剧。

俞平伯先生曾说宝玉一生有"三妻一爱人",三妻分别为可卿、宝钗、湘云,爱人则为林黛玉。这极有道理。可卿是宝玉梦中的妻子,由警幻仙姑做主配婚;宝钗是宝玉世俗生活中的第一个妻子,在古代,定亲即为婚姻,不论过门与否,宝钗都算宝玉的发妻;湘云则是续妻,宝钗早卒之后,与宝玉有过一段婚姻,但也只是过眼云烟。红楼中极为出色的四个女性都与宝玉有着不凡的情缘，是贾宝玉作为一个男人的福气。当这四个女性一个又一个地离他而去，阴阳永隔时，贾宝玉又该是怎样的痛心之至！梦中之妻可卿死时，宝玉尚且口喷鲜血，更何况黛玉等心头挚爱？而这，也只有作者本人能体会其中滋味了！

顽·石

绝世情人，
一腔情毒误平生

贾宝玉，旷古烁今的绝世情人

一部《红楼梦》，写尽人世百态炎凉，写尽天下女子痴怨情愁。读解红楼女性，却不能不提男主人公贾宝玉。他是书中的"绛洞花王"，是百花之主，天生的那股痴性——爱红，更表达了对天下女孩儿的兼爱之心。大爱若此，世之罕有！

《红楼梦》开篇，便写一僧一道要携女娲补天所剩的那块顽石下凡，到"那昌明隆盛之邦，诗礼簪缨之族，花柳繁华地，温柔富贵乡去安身乐业"，脂砚斋于此有批语："何不再添一句云，择个绝世情痴做主人！"

"绝世情痴"四个字说透宝玉心性。清代"读花人"涂瀛曾在《红楼梦赞》中对贾宝玉有这样的评价："宝玉圣之情也。"是个世间难得的多情种子，甚至算得上"情圣"，但这个"情圣"显然是个多情情圣，而非专情情圣。贾宝玉对于女孩子的爱是一种大爱、博爱，他愿意把自己的爱给予全天下所有可爱的女孩子，为她们的快乐而服务。在这个给予的过程中，他可能会有所偏倚，给哪个人多一点儿，给哪个人少一点儿。总体上来说，《红楼梦》里的薄命女子都是他的"爱人"。

提到贾宝玉就不能不说林黛玉。贾宝玉固然多情，但对林黛玉的爱则是独一无二的，林黛玉是贾宝玉心中的头号爱人。书中开篇先写林黛玉和贾宝玉是前世的缘分，绛珠仙子前世受神瑛侍者灌溉之恩，特地下凡来报恩。这个报恩的方法十分特别：还泪——前生欠你雨露，今生还你清泪。泪水既是伤感之时的自然流露，那就注定了林黛玉一生的眼泪都为贾宝玉而流。

林黛玉在贾宝玉的心中能占有独一无二的位置，有两个原因：一则林黛玉和他是前世的情因，今生牵扯不断；二则林黛玉与他趣味相投，是他生活中的精神同类。此外，林黛玉绝尘的才情和个性，亦是令贾宝玉魂牵梦萦的关键。然而，即便已经有了林黛玉这样独一无二的完美恋人，贾宝玉仍不肯老老实实放下对其他女孩子的关爱之情，这也正是林黛玉对这份爱情不放心的原因。

贾宝玉的绯闻，书中介绍得不少。从年少懵懂时的性启蒙者秦可卿，到后来的同居女友袭人，从发生过短暂性行为的丫鬟麝月、碧痕，到调情嬉闹的金钏，更有内心倾慕过的鸳鸯、龄官二丫头以及晴雯、芳官等一系列暧昧过的闺中知己。虽然只是个青春期的少年，贾宝玉的感情生活却极为香艳，特殊的生活环境，也使得一个十几岁的男孩过度早熟，无论是感情上还是生理上。

贾宝玉的爱情观十分特别，或者说十分现实，这跟他希望女孩子永远不要长大的理想化心理又构成矛盾。曹公曾经借丫鬟藕官的口说出了贾宝玉的心里话："比如男子丧了妻，或有必当续弦者，也必要续弦为是。但只是不把死的丢过不提，便是情深义重了。若一味因死的不续，孤守一世，妨了大节，也不是理，死者反不安了。"这话意思说了，男人若是死了老婆，一定是要重新成家续娶的，只要是不把死去的爱人忘记，就是重情重义了，但若是因为死去的人而难过，一辈子不再成家，便是不合规矩和道理的，就是死了的人，也会觉得心中不安。

宝玉极力认同这番话，而藕官又是黛玉房中的丫头，可见日后黛玉亡故，宝玉必然另娶他人。贾宝玉这个所谓的绝世情痴，不仅不憨不傻，相反理性得很，对待感情有着自己独到的见识。足见得，贾宝玉是个既懂感情，又能玩转感情的情场高手。

影响贾宝玉一生的两个同性恋人

虽然贾宝玉有着卓然不凡的思想特质，仍不能否认他是个在畸形情爱环境下成长起来的多情少年——不仅认同男女之情，甚至也沉迷于同性恋情。

同性恋的传统在中国实在是由来已久。最早的记载见于《杂说》："娈童始于黄帝。"《诗经》中的《郑风》一篇又有"两男相悦"的记述。商周时代，关于同性恋的记载已经为数不少了，可见，这是一种古老的感情形态。到了汉代，男风大兴。据记载，从西汉的高祖到东汉的宁帝，有十个帝王都有过这样的经历，最著名的汉武大帝刘彻，所拥有的同性伴侣达五个之多。高祖的籍孺、惠帝的闳孺、文帝的邓通、景帝的周仁、昭帝的金赏、武帝的李延年、宣帝的张彭祖、元帝的石显、成帝的淳于长、哀帝的董贤……因汉代不以同性恋为羞，这些人个个都被记入正史，成为历史上响当当的人物。其中最著名的就是汉哀帝和董贤的同性爱情：汉哀帝与董贤同枕共眠，董贤压住了哀帝的袖子，哀帝不忍惊醒他而割断了自己的袖子，从此便有了"断袖"的称谓。董贤与哀帝如同夫妻，连放假也不肯回家一次，哀帝只好命董贤之妻进宫和董贤同住。身为九五之尊，哀帝竟然愿意和另外的女人分享一个男人，实在令人匪夷所思。

同性恋还有"龙阳""分桃"等别称，分别出自魏王宠龙阳君和卫灵公宠弥子瑕的典故。这些男宠一旦得宠得势，所拥有的特权无数，汉文帝宠幸邓通，甚至赋予了他私自制钱的特权。

著名的男宠李延年不仅亲身侍君，还把自己的妹妹推荐给了"情人"汉武帝，就是日后赫赫有名的李夫人，兄妹二人共事一夫，也算是开天辟地的新鲜事！

元代的《诚斋杂记》中，还记载了春秋战国时期士人阶层中潘章和王仲先从相见到相爱，情同夫妇，甚至同死的故事。他俩合葬的墓冢后来长出一棵枝叶相抱的树，谓之"共枕树"，一时间被世人传为美谈。可见那时男风习气已经"飞入寻常百姓家"了。

再到宋代，不光同性恋的问题严重，甚至男人已经开始公然为娼，也做起了接客的生意，这里的嫖客都是男人。宋末徽宗时，不得不立法禁止"男娼"，足见其严重程度。而明代时的闽南一带，同性恋甚至成了被社会所公开认可的恋爱形式，即便是他们的家人也视若寻常。

明清时候，男风达到了顶峰。由于法律禁止官吏嫖女娼，一些好色成性的男人为了避免法律的制裁，开始公然以男娼代替。这些男娼的来源途径很广，既有家中买来的清秀小厮，也有长相俊美的戏子。可见，在那样的时代里，命运悲苦的也不仅仅只是女子而已，如果

"身为下贱"，即便是男人，也逃不开命运的捉弄！

今天我们不多说历史，只是来看看《红楼梦》中贾宝玉的两个同性恋人。

秦钟：贾宝玉的畸形恋启蒙者

红学界有不少索隐派的研究者，致力于《红楼梦》所影射的真实历史的研究。有学者推断出主人公贾宝玉乃影射康熙的废太子胤礽。所谓"宝玉"，是指玉玺，宝玉爱吃的胭脂是指印玺必需的印油。这样的论点不多做评述，巧合的是，历史上的这个胤礽，也是个著名的同性恋。

胤礽是康熙和孝诚仁皇后所生的儿子，出生不久，皇后就死了，于是康熙对这个儿子更加疼爱，很早就立他为太子。但这个胤礽实在不争气，三番五次地搞同性恋，从皇宫的御厨到茶楼的伙计，从跟班小厮到叔伯兄弟，同性绯闻满天飞，终于被忍无可忍的康熙爷下令废黜。

这是历史上的故事，而书中的贾宝玉，一生中的几个同性恋人对他的影响同样是难以忽视的。

贾宝玉的第一位同性情人是秦钟，这个少年也是和宝玉最默契的一位。秦钟是宝玉同性的初恋。这个小男生不简单，年纪轻轻，想法挺多，在学堂里不好好念书，倒去泡小厮；姐姐死了去送殡，途中还在庙里跟小尼姑搞上了床。这孩子是典型的性早熟，浑身上下洋溢着病态且妖冶的美丽。书中对于秦钟的出场有过十分细致的刻画：

（秦钟）较宝玉略瘦些，眉清目秀，粉面朱唇，身材俊俏，举止风流，似在宝玉之上，只是怯怯羞羞，有女儿之态，腼腆含糊，慢向凤姐作揖问好。凤姐喜得先推宝玉，笑道："比下去了！"便探身一把携了这孩子的手，就命他身旁坐了，慢慢地问他：几岁了，读什么书，弟兄几个，学名唤什么。秦钟一一答应了。

……

那宝玉自见了秦钟的人品出众，心中似有所失，痴了半日，自己心中又起了呆意，乃自思道："天下竟有这等人物！如今看来，我竟成了泥猪癞狗了。可恨我为什么生在这侯门公府之家，若也生在寒门薄宦之家，早得与他交结，也不枉生了一世。我虽如此比他尊贵，可知锦绣纱罗，也不过裹了我这根死木头；美酒羊羔，也不过填了我这粪窟泥沟。'富贵'二字，不料遭我荼毒了！"秦钟自见了宝玉形容出众，举止不凡，更兼金冠绣服，娇婢侈童，秦钟心中亦自思道："果然这宝玉怨不得人溺爱他。可恨我偏生于清寒之家，不能与他耳鬓交接，可知'贫窭'二字限人，亦世间之大不快事。"二人一样的胡思乱想。忽然宝玉问他读什么书。秦钟见问，因而答以实话。二人你言我语，十来句后，越觉亲密起来。

秦钟一出场便写得妙，不写出宝玉的感受，只先写凤姐的反应。凤姐何等的见识，她眼中的秦钟面貌举止"似在宝玉之上"，那就说明秦钟真的相貌胜过宝玉。而"怯怯羞羞，有女儿之态，腼腆含糊，慢向凤姐作揖问好"，更描画了秦钟有女孩子的风流妩媚气质，这样的男孩子如何能够不中宝玉之意?

再来看看宝玉初会秦钟的心理描写如何——那宝玉自见了秦钟的人品出众,心中似有所失,痴了半日,自己心中又起了呆意,乃自思道:"天下竟有这等人物!如今看来,我竟成了泥猪癞狗。可恨我为什么生在这侯门公府之家,若也生在寒门薄宦之家,早得与他交结,也不枉生了一世。我虽如此比他尊贵,可知锦绣纱罗,也不过裹了我这根死木头;美酒羊羔,也不过填了我这粪窟泥沟。'富贵'二字,不料遭我荼毒了!"

秦钟的心里又是另外一番景象——秦钟自见了宝玉形容出众,举止不凡,更兼金冠绣服,骄婢侈童,秦钟心中亦自思道:"果然这宝玉怨不得人溺爱他。可恨我偏生于清寒之家,不能与他耳鬓交接,可知'贫窭'二字限人,亦世间之大不快事。"

可以来研究对比一下宝玉、秦钟二人的心理有何不同点。

宝玉对于秦钟是单纯的对其品貌的倾慕,很自然的情感流露。宝玉这个人很有意思,见了秦钟以后,他在内心把自己贬成了"泥猪癞狗""死木头""粪窟泥沟"。现代人是很难理解的。虽然秦钟面貌出众,但宝玉也不差啊,在秦钟眼里,宝玉不就是"形容出众,举止不凡"吗?宝玉至于这么自惭形秽、没有自信吗?宝玉其人心理上有一种先天的自卑感,这种自卑感只在遇到美丽的女孩子或是男孩子时才会被激发出来。也就是说,贾宝玉天生有一种对美丽的膜拜心理,把这当成信仰。书中就有多次提到身为贾府"小皇帝"的贾宝玉情愿为奴婢做奴婢,当然,这些奴婢都是最聪明漂亮的丫鬟。长相粗鄙的丫鬟小厮可没这样的待遇。

所以就不难理解宝玉见到秦钟时的心理了。当一个人见到一个比自己品貌还要出色的人，难免会存有那种自惭形秽的自卑感。尤其是贾宝玉。

宝玉有这样的审人态度也不为怪，毕竟贾府上下判断一个人的人品是否优良，基本上也是本着"看脸"的态度来评判。贾母、王夫人等对秦钟的态度也是如此：

> 贾母见秦钟形容标致，举止温柔，堪陪宝玉读书，心中十分欢喜，便留茶留饭，又命人带去见王夫人等。众人因素爱秦氏，今见了秦钟是这般人品，也都欢喜，临去时都有表礼。贾母又与了一个荷包并一个金魁星，取"文星和合"之意，又嘱咐他道："你家住得远，或有一时寒热饥饱不便，只管住在这里，不必限定了。只和你宝叔在一处，别跟着那些不长进的东西学。"

贾母只因为秦钟"形容标致，举止温柔"就觉得堪陪宝玉读书了，也是典型的以貌取人；嘱咐秦钟"别跟着那些不长进的东西学"。"那些不长进的东西"指谁？自然是贾府中那些品貌粗陋的子弟。

贾府上上下下都对贾环不存好感，并不单单因他是小老婆赵姨娘所生，另一个重要原因是贾环形象猥琐，气质不佳。迎春、探春也是小妾所生，探春和贾环还是一母所出，待遇却完全不同。贾环出场时也不过只是个十岁左右的小孩子，即便顽劣，又能够坏到哪儿去？比起贾琏、贾蓉这些真正的浪荡败家子来，简直小巫见大巫。但因为相貌英俊，贾琏、贾蓉照样深得贾母宠爱。贾府评判一个人的标准，向来是相貌排第一，人品排第二，于是宝玉身边才会经常出现一些真正的"不长进的东西",助长了他的异常情爱观。

在这段初会秦钟的文字中,秦钟的想法比起宝玉则要复杂得多。其中明显包含了一些情爱的成分。

秦钟恨自己生得贫寒,不能与宝玉"耳鬓交接"。"耳鬓交接"四个字说得甚为奇怪。男孩子不同于女孩子,女孩子喜欢身体接触亦表示亲密感,女孩子之间手拉手、咬耳朵也属正常。但男孩子不同,社会传统要求他呈现以更独立的姿态,即便如今,两个大男人之间拉拉扯扯也会让人看着心里别扭。秦钟作为一个男孩子,却渴望与宝玉"耳鬓交接"。两个都处在青春期的男孩子为什么要耳鬓交接?这其中的意思已然明显。秦钟是个性早熟的孩子,在贾家的私塾里,就跟香怜、玉爱搞起了同性恋,姐姐秦可卿死后,他不仅没有悲痛之情,在出殡的路上遇到了"二丫头",和宝玉极其暧昧地调笑"此卿大有意趣",而这个"意趣"是什么,不言而喻。到了庙里做法事,秦钟的行为则更为出格了:

> 谁想秦钟趁黑无人,来寻智能。刚至后面房中,只见智能独在房中洗茶碗,秦钟跑来便搂着亲嘴。智能急得跺脚说:"这算什么!再这么我就叫唤。"秦钟求道:"好人,我已急死了。你今儿再不依,我就死在这里。"智能道:"你想怎样?除非等我出了这牢坑,离了这些人,才依你。"秦钟道:"这也容易,只是远水救不得近渴。"说着,一口吹了灯,满屋漆黑,将智能抱到炕上,就云雨起来。
>
> 那智能百般地挣挫不起,又不好叫的,少不得依他

了。正在得趣，只见一人进来，将他二人按住，也不则声。二人不知是谁，唬得不敢动一动。只听那人嗤的一声，撑不住笑了，二人听声方知是宝玉。秦钟连忙起来，抱怨道："这算什么？"宝玉笑道："你倒不依，咱们就叫喊起来。"羞得智能趁黑跑了。宝玉拉了秦钟出来道："你可还和我强？"秦钟笑道："好人，你只别嚷得众人知道，你要怎样我都依你。"宝玉笑道："这会子也不用说，等一会儿睡下，再细细地算账。"一时宽衣安歇的时节，凤姐在里间，秦钟、宝玉在外间，满地下皆是家下婆子，打铺坐更。凤姐因怕通灵玉失落，便等宝玉睡下，命人拿来塞在自己枕边。宝玉不知与秦钟算何账目，未见真切，未曾记得，此是疑案，不敢纂创。

这段描写堪比贾琏偷情的淫秽，不仅秦钟的腼腆文秀形象不复存在，连宝玉性格中的浪荡一面也刻画得淋漓尽致。宝玉所说的"这会子也不用说，等一会儿睡下，再细细地算账"，指的是什么，不说自明。按理说，一个十来岁的半大孩子，撞见了这样的事情应当害羞害怕才对，即便宝玉跟袭人有过性行为，也是偷偷摸摸做的事情。秦钟是自己的好朋友，看到好友跟一个女孩子在做爱，那场景必然尴尬。宝玉非但不难堪，且十分自然地跟他们调笑，可见他跟秦钟已经有过"坦诚以对"的非友谊式经历。作者在这里真是不写而写，所谓"宝玉不知与秦钟算何账目，未见真切，未曾记得，此是疑案，不敢纂创"，明摆着告诉读者：这二人夜间准有故事！

喜爱贾宝玉这个人物形象的读者在此恐怕会有异议，这时候的贾宝玉和秦钟都只不过是十岁出头的小孩子，怎么可以把他们的行为想象得如此肮脏龌龊呢？曹雪芹如何能够忍心把自己小说中的男一号描写成这样一个淫棍呢？

在古代，富贵人家历来有豢养娈童的风气，不仅同性恋流行，恋童癖更是流行。这里的"童"，指男童，他们相貌姣好，与女子相类。尤其清代，淫狎娈童的风气简直达到了顶峰，家中蓄养娈童的男子极多。清朝的笔记中，常有记录。《阅微草堂笔记》的作者纪晓岚曾讲过这样的故事："相传某巨室喜押（狎）狡童，而患其或愧拒，乃多买瑞丽小儿，未过十岁者，与诸童戏，时使执烛侍侧，种种淫状，久而见惯，视若当然……"可见，十岁左右的小孩子就已经开始明确地接触到了"性"。从小生活在这样的环境中，对人的心理会潜移默化地扭曲。在这种环境下长大起来的人，往往成为社会中最浪荡不堪的男性代表。即便是曹雪芹，生在那样一个时代，也对这样的"畸形恋"多持肯定态度，于是为"情圣"贾宝玉和"情种"秦钟这对同性恋人安排了一些情爱戏份。

秦可卿和秦钟姐弟二人就是宝玉性启蒙的两个导师。秦可卿教会了他男女之情，秦钟则教会了他同性之爱。当然，作者也只能安排宝玉的这两位导师要尽快地死去，试想，如果这两个人一直健健康康活在贾宝玉的生活中，那渐渐长大成人，宝玉日后该有多难堪啊！在认识秦钟之前，贾宝玉其实还蛮纯洁的，就算跟袭人有过性事，也是偷偷摸摸胆战心惊，秦钟的出现为他打开了一扇奇异的性爱之门，算是他同性恋爱的启蒙者。作为母亲的王夫人，光想着肃清宝玉身边的女性狐狸精，而忘记了有些男人也是"狐狸精"，一样会勾引人！不过，从后文来看，宝玉对这位初恋情人显然感情颇深，一直念念不忘。

蒋玉菡：富贵生活的调剂品

清代的男风达到了顶峰时期，同性恋人群尤以官员士绅占主体，包养优伶更是蔚然成风。古代唱戏以男子为主，不少朝代都明令禁止女戏，公然登台的旦角儿也都是男子所扮演。蒋玉菡便是《红楼梦》中所描写的当时著名的戏曲名角儿。

古代旦角戏子通常都兼职"面首"的工作。所谓"面首"，按今天的话来说，就是"男妓"，专门为年老色衰失去夫宠的贵族妇人解决"性问题"。有文字记载的"面首"，大概可以上溯到战国时期的商人吕不韦，他先把赵姬送给异人赢得天下，后来又做了赵姬的入幕之宾床上客。然而确定"面首"这个称谓的，是南北朝时期南朝刘宋的前废帝刘子业。虽然荒淫残暴，但刘子业对姐姐山阴公主却是亲善细致。《宋书·前废帝纪》记载山阴公主生活放荡，曾对前废帝说，你的后宫姬妾很多，我只驸马一人，这很不公平。于是刘子业就替她"置面首，左右三十人"。当然，这里"面首"一词是指英俊帅男，后来才专指男宠。然而，随着时间的推移，"面首"的工作范围有所拓展，不仅要为年老色衰的贵族妇人服务，同时也要成为贵族男人的"性用品"。蒋玉菡便是《红楼梦》一书中最著名的一个"面首"。

无疑，蒋玉菡是《红楼梦》里又一个美男子，但贾宝玉跟他显然更多的是逢场作戏，明知道他被众多男人包养但毫不吃醋，甚至还要分一杯羹，多半是年少胡闹的玩心而已。忽而想到日后袭人误打误撞嫁给了蒋玉菡，真如续书中所言，蒋玉菡敬她是宝玉房中人而多加善待？我始终心内存疑，露水情缘，戏子心性，这二人之间又能有多少所谓真情实意呢？

关于贾宝玉和蒋玉菡的初次见面，是这样的：

少刻，宝玉出席解手，蒋玉菡便随了出来。二人站在廊檐下，蒋玉菡又赔不是。宝玉见他妩媚温柔，心中十分留恋，便紧紧地搭着他的手，叫他："闲了往我们那里去。还有一句话借问，也是你们贵班中，有一个叫琪官的，他在哪里？如今名驰天下，我独无缘一见。"蒋玉菡笑道："就是我的小名儿。"宝玉听说，不觉欣然跌足笑道："有幸，有幸！果然名不虚传。今儿初会，便怎么样呢？"想了一想，向袖中取出扇子，将一个玉玦扇坠解下来，递与琪官，道，"微物不堪，略表今日之谊。"琪官接了，笑道："无功受禄，何以克当！也罢，我这里得了一件奇物，今日早起方系上，还是簇新的，聊可表我一点亲热之意。"说毕撩衣，将系小衣儿一条大红汗巾子解了下来，递与宝玉，道，"这汗巾子是茜香国女国王所贡之物，夏天系着，肌肤生香，不生汗渍。昨日北静王给我的，今日才上身。若是别人，我断不肯相赠。二爷请把自己系的解下来，给我系着。"宝玉听说，喜不自禁，连忙接了，将自己一条松花汗巾解了下来，递与琪官。

二人方束好，只见一声大叫："我可拿住了！"只见薛蟠跳了出来，拉着二人道，"放着酒不吃，两个人逃席出来干什么？快拿出来我瞧瞧。"二人都道："没有什么。"薛蟠哪里肯依，还是冯紫英出来才解开了。于是复又归坐饮酒，至晚方散。

这次聚会，本是冯紫英做东。出席这次宴会的共有五个主要人物：冯紫英、薛蟠、妓女云儿、蒋玉菡、贾宝玉。剩下的就是些唱小曲的男性小戏子。这些来陪酒的除了妓女就是戏子，在那个时代统称"娼优"，属于身份最低贱的人。这些人实际上也没有太高雅的情趣爱好，从后文他们在席间所行的酒令可以看出，除了宝玉的酒令还算清新健康以外，其他的都是些淫词浪调，在今天看来仍觉得很黄很低俗。这样一群人的聚会，也算那个时代的高层时尚派对了，可格调十分淫俗，就类似于现如今的"性派对"，是以肌肤滥淫而悦己为直接目的，在这样的环境下即便发生再怎么离谱的事情都不应该奇怪。

兼之贾宝玉和蒋玉菡互相倾慕已久。蒋玉菡是个戏子，但也是个明星，所以连宝玉这样的人都一直惦记着。当然了，贾宝玉也十分出名，荣国府贾家最受宠的孙子，加之那块举国闻名的通灵宝玉，知名度不亚于如今网红的"国民老公"，蒋玉菡想要投其所好，一心巴结，再正常不过了。

宝玉和蒋玉菡独处时，"宝玉见他妩媚温柔，心中十分留恋，便紧紧地搭着他的手"，这句话说得缠绵暧昧。两个大男人站着说说话，拉手干什么？换了今天也是一样，两个大男人走在街上手拉着手，多半也会被人讽之为"变态"。宝玉和蒋玉菡此举，可见这二人此时已然彼此有意了。接下去是互送情物。宝玉送了蒋玉菡一个玉玦扇坠，蒋玉菡回赠了一条汗巾子。

这汗巾子就是腰带，古代常说"宽衣解带"，所谓解带，就是解腰带。两个大男人在廊檐下互相脱了衣服解下腰带互赠对方，这本身已经让人有太多想象空间！可以想见，在当时的情况下，宝玉和蒋玉菡必然有过肉体上的不正常接触，不然也不会想到送对方腰带。那个时代的腰带是定情物，男女之间互相赠送，以示爱意，所以宝玉的枕边人袭人才会用自己的腰带"拴着"宝玉，也是一种爱意缠绵。直到今天，女孩子还是喜欢送男朋友腰带作为礼物，表示"一生一世拴住他"。所以，蒋玉菡的这条腰带送得实在暧昧。

也有人会说了，厕所？多恶心的环境啊！贾宝玉这样的公子哥儿怎么会在这种环境下谈风月呢？

持这种观点的读者多半是受了《红楼梦》中刘姥姥二进荣国府，酒后于大观园内匆匆寻坑解手的描写影响，另外，书中亦有对迎春的贴身大丫鬟司棋在园中露天解手的暗写，故而在读者的印象中，似乎古代的厕所都是简陋污秽之所，绝非如今五星级酒店中的抽水马桶可比。实际上这种观念是有误的。司棋这样的丫鬟自然可以露天如厕，但宝、黛、钗这样的贵族少爷小姐是无论如何不能"露天"的，否则"贵族"二字就跟"贫民"等同了。

南朝刘义庆的《世说新语》中有这样的故事：西晋大将王敦被晋武帝招为驸马，新婚之夜使用公主府的厕所时觉得富丽堂皇，远胜过民间住宅。厕所里有漆箱盛着干枣，完事后，侍婢端来一盘水，还有一个盛着"澡豆"的琉璃碗，王敦没见过这些"规矩"，还以为是"蹲坑零食"，大吃大嚼，结果引来婢女的"掩口而笑"，原来，干枣是便溺时用来塞鼻子防臭气的，而"澡豆"则相当于如今的肥皂。

在西晋时候，富贵皇家厕所已经如此完善，更何况是中国封建文化巅峰期的清朝！且古代的厕所并不像咱们现在的厕所那么用途单一，只是解手而已，它还是一个重要的休息场所。很多富贵人家的厕所是十分豪华的，不是单间，而是套间，最次也相当于现在的两居室，里面有不少婢女伺候，烟酒糖茶样样不少，同时这里又是一个重要的性爱场所，不少人都喜欢在这里"行房"，然后稍作休憩，甚至还有人干脆住在里面整月不出的。汉武帝就是在姐姐家的厕所里第一次宠幸了自己日后的第二任皇后卫子夫。武则天还是唐太宗李世民的才人时，就常常在翠微宫的厕所里跟日后的高宗私会偷情。所以，贾宝玉若是和蒋玉菡在厕所里有了性行为，完全不是什么不可想象的事情，反而是极方便的。宝玉回到家中，睡觉脱衣服的时候袭人发现腰带被换掉了，书中写道："睡觉时只见腰里一条血点似的大红汗巾子，袭人便猜了八九分。"这句话写得好，袭人到底猜着了什么？从小就伺候宝玉长大的袭人，当然最了解宝玉的本性，对宝玉的断袖情结也知之甚多，于是才会生气不理宝玉，否则只是换了一条腰带而已，不至于动气，何况贾宝玉还是拿着自己的一条普通腰带换了蒋玉菡一条国际名牌的腰带，按理说是划算的交换，可见袭人的"气"不在物上，而在事上。贾宝玉和蒋玉菡白天的"不雅交往"也只能留给有心人去细细体会了。

再来说说蒋玉菡。这个戏子不简单，包养过他的男人不少。他既是忠顺王爷心尖儿上的人，同时也跟北静王爷关系密切。这条茜香国女国王所贡的汗巾子，正是北静王所给。大家注意，蒋玉菡在这里提及北静王时，并没有使用敬语。按理说这样一个身份卑微的戏子，王爷赏了东西，怎么也该用个敬语，他却直接说"昨日北静王给我的"，语气暧昧得很，足见蒋玉菡的后台不止忠顺王爷，还有北静王爷。书中忠顺王爷和北静王爷是政敌关系，夹在中间的蒋玉菡日后当然不会有什么好的下场。再来看一段原文：

忽有回事人来回：“忠顺亲王府里有人来，要见老爷。”贾政听了，心下疑惑，暗暗思忖道：“素日并不和忠顺府来往，为什么今日打发人来？”一面想，一面令“快请”，急走出来看时，却是忠顺府长史官，忙接进厅上坐了献茶。

未及叙谈，那长史官先就说道：“下官此来，并非擅造潭府，皆因奉王命而来，有一件事相求。看王爷面上，敢烦老大人做主，不但王爷知情，且连下官辈亦感谢不尽。”贾政听了这话，抓不住头脑，忙赔笑起身问道：“大人既奉王命而来，不知有何见谕，望大人宣明，学生好遵谕承办。”那长史官便冷笑道：“也不必承办，只用大人一句话就完了。我们府里有一个做小旦的琪官，一向好好在府里，如今竟三五日不见回去，各处去找，又摸不着他的道路，因此各处访察。这一城内，十停人倒有八停人都说，他近日和衔玉的那位令郎相与甚厚。下官辈等听了，尊府不比别家，可以擅入索取，因此启明王爷。王爷亦云：‘若是别的戏子呢，一百个也罢了；只是这琪官随机应答，谨慎老诚，甚合我老人家的心，竟断断少不得此人。’故此求老大人转谕令郎，请将琪官放回，一则可慰王爷谆谆奉恳，二则下官辈也可免操劳求觅之苦。”说毕，忙打一躬。

贾政听了这话，又惊又气，即命唤宝玉来。宝玉也不知是何原故，忙赶来时，贾政便问：“该死的奴才！你在家不读书也罢了，怎么又做出这些无法无天的事来！那琪官现是忠顺王爷驾前承奉的人，你是何等草芥，无故引逗他出来，如今祸及于我。"宝玉听了唬了一跳，忙回道："实在不知此事。究竟连'琪官'两个字不知为何物，岂更又加'引逗'二字！"说着便哭了。

贾政未及开言，只见那长史官冷笑道："公子也不必掩饰。或隐藏在家，或知其下落，早说了出来，我们也少受些辛苦，岂不念公子之德？"宝玉连说不知："恐是讹传，也未见得。"那长史官冷笑道："现有据证，何必还赖？必定当着老大人说了出来，公子岂不吃亏？既云不知此人，那红汗巾子怎么到了公子腰里？"宝玉听了这话，不觉轰去魂魄，目瞪口呆，心下自思："这话他如何得知！他既连这样机密事都知道了，大约别的瞒他不过，不如打发他去了，免得再说出别的事来。"因说道："大人既知他的底细，如何连他置买房舍这样的大事倒不晓得了？听得说他如今在东郊离城二十里有个什么紫檀堡，他在那里置了几亩田地、几间房舍。想是在那里也未可知。"那长史官听了，笑道："这样说，一定是在那里。我且去找一回，若有了便罢，若没有，还要来请教。"说着，便忙忙地走了。

这一段文字，为宝玉挨打埋下了炸弹。都说贾政迂腐，可沉下心来想想，换了哪个父亲，对这样的儿子会手下留情？在家里调戏丫鬟不说，到了外面竟然还调戏男人！真正的大逆不道、丢人现眼！

还真不能说宝玉是冤枉的，蒋玉菡有了私宅，连包养他的主人忠顺王爷都不知道，宝玉却知道得一清二楚，这里面不能说没有故事。和蒋玉菡互换汗巾子一事被忠顺王府知道后，宝玉"不觉轰去魂魄，目瞪口呆，心下自思：'这话他如何得知！他既连这样机密事都知道了，大约别的瞒他不过，不如打发他去了，免得再说出别的事来'"，连宝玉都知道这样的事情算是"机密事"，可见其见不得光，也足见宝玉和蒋玉菡来往密切。坦荡之人何须如此魂飞魄散？贾政是经历过这些的人，自然明白其中的奥秘，不大发雷霆才怪！眼看着儿子不争气、不长进，任哪个父母都会失去理智。但宝玉不是那么容易放手的：

> 这里宝玉昏昏默默，只见蒋玉菡走了进来，诉说忠顺府拿他之事；又见金钏儿进来哭说为他投井之情。宝玉半梦半醒，都不在意。忽又觉有人推他，恍恍惚惚听得有人悲戚之声。宝玉从梦中惊醒，睁眼一看，不是别人，却是林黛玉。
>
> 宝玉犹恐是梦，忙又将身子欠起来，向脸上细细一认，只见两个眼睛肿得桃儿一般，满面泪光，不是黛玉，却是哪个？宝玉还欲看时，怎奈下半截疼痛难忍，支持不住，便"哎哟"一声，仍就倒下，叹了一声，说道："你又做什么跑来！虽说太阳落下去，那地上的余热未散，走两趟又要受了暑。我虽然挨了打，并不觉疼痛。我这个样儿，只装出来哄他们，好在外头布散与老爷听，其实是假的。你不可认真。"此时林黛玉虽不是号啕大哭，然越是这等无声之泣，气噎喉堵，更觉得利害。听了宝玉这番话，心中虽然有万句言语，只是不能说得，半日，方抽抽

喳喳地说道：“你从此可都改了吧！”宝玉听说，便长叹
一声，道：“你放心，别说这样话。就便为这些人死了，
也是情愿的！”

挨打后的宝玉依旧痴心不改。此时林黛玉的心情可想而知，十分
心疼。但又不只是心疼，“心中虽然有万句言语，只是不能说得，半
日，方抽抽喳喳地说道：‘你从此可都改了吧！’”这句话十分传神
地勾画出了林黛玉的矛盾心理，她既不愿意宝玉挨打受教训，也不愿
意逼宝玉舍弃自己的生活方式，同时更不愿意让宝玉跟这些同性恋人
继续来往，但作为一个女孩子，这些事情又不能够大大方方开口说，
所以，“半日，方抽抽喳喳地说道：‘你从此可都改了吧！’”此一
句，包含了万语千言，百种滋味挠心。可惜宝玉毫不为动，“就便为
这些人死了，也是情愿的！”这句话，恐怕是谶语一句，日后宝玉虽
不至死，却一定生不如死。忠顺王爷在贾府坍塌的过程中，一定起到
了关键的推波助澜作用。

与秦钟相比，贾宝玉对蒋玉菡的感情还是有些游戏成分在里面
的。富家子弟结交戏子，不算什么新鲜事。作为戏子，如果坚持气
节，不肯向达官贵人献身，很难成为“名角儿”。所谓戏台上的“角
儿”都是捧出来的。什么叫捧？就是投资。一个演员再有才华，没人
肯出钱包装，很难红得起来，再好的唱腔，再美的身段，若是长年累
月只一套行头，出出进进无人应承，台上台下无人捧场，这样的演员
只能在三线挣扎。即便大师也都有过如此不堪回首的经历，不止蒋玉
菡。日后蒋玉菡年老色衰，离开了舞台，终于过上了正常人的生活，
但他和宝玉、袭人之间的关系，实在是尴尬得很。所谓宝玉的“痴

心"，未尝不是富家公子的胡闹任性。只有随着环境的巨变，这些"痴心"才会慢慢消磨掉。日后宝玉沦落成丐，从人上跌至人下，才终于明白：所谓"痴心"，有时候也是物质的产物。平民百姓的日子往往是最健康的，远胜过豪门富户的骄奢淫逸。

贾芸改变了"义父"贾宝玉的最终命运

　　另外一个对贾宝玉的命运起到关键作用的男人是他的干儿子贾芸。贾芸是个上进心强、白手起家的奋斗型人才，从一贫如洗、三餐不继，到大观园里负责花草树木的总管事，进而过上了富裕的小康生活，这一切都源于他的上进和努力。论起来，这个芸二爷也是个不一般的人物。按辈分，他是贾宝玉的侄子；按关系，他又是贾宝玉的"干儿子"，算是《红楼梦》全书中，贾宝玉唯一出过场的"后人"。从书中来看，这个贾芸和他的"父亲"贾宝玉之间的关系又有些非比寻常的暧昧。

　　第二十六回，宝玉的奶妈李嬷嬷曾和红玉有过这样的对话："好好的又看上了那个种树的什么云哥儿雨哥儿的，这会子逼着我叫了他来。明儿叫上房里听见了，可又是不好。"这话里，云雨连用，明显带有性暗示的意味，不然李嬷嬷为什么害怕让上房里听见？虽说大观园并不欢迎外人进来，但贾芸是亲戚，而且跟荣国府走动频繁，凤姐不就对贾芸的母亲熟悉得很吗？且贾芸当时又负责大观园中的花草树木栽种工作，按理说上房即使知道宝玉跟他有来往也没有不高兴的理由，除非他们之间的交往不光是聊聊那么简单。

贾芸一开始是跟贾琏关系密切，后来借助贾琏才跟宝玉搭上了关系。第二十四回中：

> 见过贾母，出至外面，人马俱已齐备。刚欲上马，只见贾琏请安回来了，正下马，二人对面，彼此问了两句话。只见旁边转出一个人来，"请宝叔安。"宝玉看时，只见这人容长脸，长挑身材，年纪只好十八九岁，生得着实斯文清秀，倒也十分面善，只是想不起是哪一房的，叫什么名字。贾琏笑道："你怎么发呆，连他也不认得？他是后廊上住的五嫂子的儿子芸儿。"宝玉笑道："是了，是了，我怎么就忘了。"因问他母亲好，这会子什么勾当。贾芸指贾琏道："找二叔说句话。"宝玉笑道："你倒比先越发出挑了，倒像我的儿子。"贾琏笑道："好不害臊！人家比你大四五岁呢，就替你做儿子了？"宝玉笑道："你今年十几岁了？"贾芸道："十八岁。"

> 原来这贾芸最伶俐乖觉，听宝玉这样说，便笑道："俗语说的，'摇车里的爷爷，拄拐的孙孙'。虽然岁数大，山高高不过太阳。自从我父亲没了，这几年也无人照管教导。如若宝叔不嫌侄儿蠢笨，认作儿子，就是我的造化了。"贾琏笑道："你听见了？认儿子不是好开交的

呢。"说着就进去了。宝玉笑道:"明儿你闲了,只管来找我,别和他们鬼鬼祟祟的。这会子我不得闲儿。明儿你到书房里来,和你说天话儿,我带你园里玩耍去。"说着扳鞍上马,众小厮围随往贾赦这边来。

这一段,真把宝玉的浪荡公子形象刻画得淋漓尽致。虽说贾芸是比自己晚一辈的侄子,年纪上却比自己大四五岁,可宝玉戏称他像自己的"儿子",换了其他人,肯定觉得这是对自己母亲的侮辱,身处于劣势的贾芸当然不敢愤怒,还得高高兴兴地领这个情,自愿给宝玉当"儿子"。这既说明了贾芸的势利心,也说明了宝玉的放诞无礼,可见宝玉也不是时时刻刻都那么彬彬有礼的,尤其是对待男人的时候。

贾芸是一个极其重要的关键人物,大观园中的文学社团"海棠诗社"便是因他所送的两盆白海棠而得名,可见这个贾芸亦有诗缘。宝玉为自己的屋子亲题三个大字"绛芸轩",恰恰占了一个"芸"字,而贾芸日后的爱人小红又暗合"绛"字,可见贾芸、小红有主人之分,绝不会是落了泛泛的过场人等,在第八十回后必定有贾芸大展身手的文字。现存的一百二十回全书中,后四十回续书作者把贾芸的性格来了个一百八十度的大转弯,刻画成了忘恩负义的奸角,成为贩卖凤姐女儿巧姐的"奸兄"之一,此番逆转实在可惜。

脂评手抄本《石头记》中,点评者曾多次点到贾芸日后的"义举",给予这个人物充分的肯定。脂砚斋曾点评贾芸,说他堪比《水浒传》中的杨志,是落魄的英雄。醉金刚倪二借钱给贾芸一段,庚辰本也有畸笏叟眉批:"醉金刚一回文字,伏芸哥仗义探庵。"庚辰本第二十四回亦有批注："孝子可敬。此后来荣府事败，必有一番作为。"此"孝子"正是比"父亲"贾宝玉还大四五岁的贾芸。而贾芸的这个"芸"字，是指芸草，古文本中曾有"芸草可以死而复生"的传说记载，贾芸正是一剂让贾宝玉日后死而复生的良药。从《红楼梦》前文来看，贾芸这个人虽然一心巴结向上，甚至会不顾颜面趋炎逢迎，但这不过是为生计所迫，实际上这个人还是颇有侠义心肠的，否则不会让市井豪侠倪二倾囊相助。按今天的话来说，倪二是个地痞级人物，但作者对这个人持着十分肯定的态度，说他是"义侠"，是个市井中的英雄。能被这样的市井侠客看重的人，足见贾芸不是个俗人，亦不会是日后的忘恩负义之人。

真本八十回后，贾府大厦倾覆，家破人亡，宝玉被囚禁在狱神庙中，贾芸开始发挥起重要作用。"狱神庙"是封建时代设在监狱里的庙堂或神案，供奉的是"狱神"，故而得名。当时的习俗是：罪犯刚押入狱中时，或判刑后，起解赴刑前，都要祭一下狱神。这个"狱神"也有人事变动之说。明朝之前，"狱神"为皋陶，到了清初则换成了萧何。当然，在"狱神庙"的文字中，皋陶还是萧何，都不是主角儿，主角儿是贾芸、小红、茜雪等人。那时的贾芸和小红应该已经结婚，这对夫妻不忘旧恩，联合茜雪、倪二等人救出了贾宝玉以及凤姐等重犯，算得上起死回生的大作为了！宝玉的这个"儿子"终究没有白认。

说到这里，你可能会觉得纳闷，贾宝玉只不过是个"富贵闲人"，富家公子能有什么大不敬，最终沦落到重刑犯的地步呢？难道只是因为他是贾府中的男性后代吗？既然如此，为什么同样身为男性后代的贾兰却安然无事呢？

我们都知道，贾政对于儿子贾宝玉的态度不仅冷淡而且恶劣，作为父亲，又是常年宦海浮沉的官员，当然明白作为臣子，言行举止的重要性。宝玉不讨父亲的喜爱，原因是多方面的，其中一条，便是他"言论自由"的个性。贾宝玉心中多有人人平等、重女轻男等思想，没有任何政治觉悟的他，经常说些疯癫之语，做些疯癫之事。贾家盛时，一般人当然不会与之计较，但日后家族面临了危机，墙倒众人推，难免不会成为贾家政敌攻击的武器，贾宝玉大概是受了自己当年那些"歪理邪说"的连累，成了重罪犯人。

这绝非妄自猜想。清代禁止自由言论，已达顶峰，之前的各代，虽然朝中也常有奸佞作梗，但国家制度是鼓励言论自由的。清代府学、县学都有"明伦堂"，每个明伦堂里都设有一块横躺着的石碑，称为"卧碑"，上面刻有禁令：第一，生员不得言事；第二，不得立社结盟；第三，不得刊刻文字。明令禁止知识分子的言论自由。顺治时期著名的文人金圣叹就是因为触犯了禁令而被杀头的！《红楼梦》也是一部浓缩的历史，红楼诗社中的一干才女，实在比朝中那些迂腐官员聪慧。但这在统治者眼中是大忌。有这样的儿子，贾政不能不提心吊胆，这些也正是贾宝玉日后遭难的根源。如若不是贾芸等人的仗义相救，贾宝玉也许早上了断头台。

一开始，在宝玉跟贾芸的几次交往中，对贾芸并没有什么实质性的尊重和好感，甚至不如对待蒋玉菡这样的优伶戏子。但在贾芸眼里，宝玉是有用处的，至少将来有用处。可到了最后，宝玉非但没有帮上贾芸的忙，反而是贾芸救下了宝玉，也算得上一场荒唐剧了。同时也是对于富贵人家的一种抨击，有钱财未必有善心，能救人命的也未必全是权贵之人。于故事结尾处回头再看前事，不由引人一泪！

贾宝玉的男女观

解盦居士评价贾宝玉"宝玉生平，纯是天真，不脱孩提之性"。

孩童心性至真至诚，宝玉的纯然可想而知。凡写宝玉，必以"痴、傻、疯癫"等词冠之，似乎写宝玉这个荒唐人的荒唐事，才更能够突出作者"满纸荒唐言，一把辛酸泪"的本旨。不少读者也被曹雪芹所骗，认为宝玉是个不可理喻之人。然冷子兴演说荣国府，说起贾宝玉的荒唐言行，贾雨村曾代为辩驳，将其归为陶潜、阮籍、唐明皇、宋徽宗、秦少游、唐伯虎、卓文君、红拂等人一类。此一类族群，不论是君王贵胄，抑或文人娼优，都是轻名利、重情义，不拘于礼教，独具非凡才情之人，足见贾宝玉的资质才情是高于世人的。曹雪芹曾借警幻仙姑之口说出了对贾宝玉的真实评价："天分高明，性情颖慧。"除此之外，贾宝玉天生带来的那些"疯癫""呆性"甚至"意淫"，也不过都是"天才"的性格表现——所谓天才，往往是世人意外之人。

脂砚斋所评的宝玉，是个"今古未有之人"，亦是个"开天辟地绝无仅有之人"。作为《红楼梦》中当之无愧的第一主角，整个贾府的兴衰过程，也就是贾宝玉个人的成长史。以贾宝玉的生活为线索，写出了一系列的才情女子。曹雪芹的《红楼梦》其实也就是贾宝玉的一场青春梦。当然，因为贾宝玉的这场梦实在太美，几百年来，爱屋及乌，读者对于贾宝玉的评价空前一致：温柔才子、人权卫士、世间情圣……几乎都是正面的评价。但贾宝玉作为一个封建等级社会的亲历者，光是正面的评价，显然不足以全面地了解这个人。

《红楼梦》的读者以女性居多，爱贾宝玉的人更以女性读者占主体。在男性读者眼里，贾宝玉总不免有点"女性化性格倾向"，一天到晚混在女人堆里，满脑子的风花雪月，动不动还滴两滴"猫尿"，除了生理构造是个男人，其他的没有一点儿男性化倾向。但女人往往不这么看，贾宝玉那句"女儿是水做的骨肉，男人是泥做的骨肉。我见了女儿，我便清爽；见了男子，便觉浊臭逼人"，两百年来俘虏了不知多少女读者的心。一个男人能够把对女人的爱上升到如此境界，这种体贴，不是谁都能做到的。于是读者开始说：贾宝玉是男女平等的代言人！

实际上不是这样的，贾宝玉倡导的不是男女平等，而是重女轻男思想。

《红楼梦》开篇，不写宝、黛、钗，不写荣宁府，先写一段女娲补天的故事，并不单单是要引出"贾宝玉"这块顽石。女娲，在古代传说中，是人类的始祖，她有三项功劳：第一是造人。用黄泥造出男人、女人的传说，每个中国人都烂熟在心。第二是补天、治水。《淮南子·览冥训》有记载："女娲炼五色石以补苍天，断鳌足以立四极，杀黑龙以济冀州，积芦灰以止泾水。"为世间的人创造了舒适的居住环境。第三则是创造了婚姻。东汉学者应劭的《风俗通》记载：婚姻由女娲所置。女娲娘娘亦算得上东方爱神。

女娲实在是中国神话传说中最伟大、最优秀的女性形象，她涵盖了世间所有的美和善。混沌的人世，由于她的出现，变成了清明世界，她既是人类的母亲，也赋予了所有儿女爱情和婚姻。《红楼梦》以女娲开篇，是在为天下的女性唱颂歌，亦是对男权社会的一种讽刺：当男人把女人踩在脚下的时候，可曾想到过人类的伟大母亲？善待女人，也是人性的一种回归！

古代四大名著中的其他三部皆以褒扬男性贬斥妇女为主题。《三国演义》中的貂蝉、孙尚香等美女皆为政治阴谋的产物；《西游记》中的白骨精、蜘蛛精、蝎子精都是雌性产品，即便是月中嫦娥，也连累得天蓬元帅被贬下凡错投猪胎；尤其是《水浒传》的作者，几乎可算作心理变态，凡是书中妇女，除梁山的三位女好汉外，其余非奸即淫，是罪恶之源，潘金莲偷情杀夫、潘巧云因奸栽赃、林娘子的美色害了林冲一生的前途，在这里，女人等同于灾难。

《红楼梦》则不同，写尽天下女子的辛酸苦楚，为真善美代言。这正是曹雪芹的伟大之处。毕竟，在封建时代，女子即便再奸再恶，也依旧是社会中的弱势群体，是生活在男权社会下的弱者，怎么能够跟男人的大奸大恶相提并论呢？但这种主题思想仍然要从曹雪芹创作《红楼梦》的初衷说起。

曹雪芹经历过人生的大起大落，从巨富到赤贫，生活来了个一百八十度的大转弯。如果一个人天生就是生活在贫寒之中，自然是能安于现状的，也许会为生活发愁，但一定不会怅然若失。曹雪芹不一样，童年时期的他是一个现实版的贾宝玉，锦衣玉食，金奴银婢，贵不可言，后来遭遇了抄家的变故后，一贫如洗，这样一个生长于富贵之家的落魄公子又没有基本的求生技能，日子越过越穷，以至于三餐不继。俗话说，由俭入奢易，由奢入俭难。享惯了富贵的人一旦被扔到了贫困之中，必然是极度的不甘心、不情愿，同时也很难接受这样的现实。也正是这样急剧的贫富生活交替，使得曹雪芹开始反思：富贵下面隐藏的真相是什么？

但生活跟他开的这个玩笑又是令他不满的，对于男权社会的当权者，他提出的不仅仅是质疑，还有赤裸裸的斥责。虽然在今天看来，其中的某些斥责难免偏激，但了解曹雪芹的心理历程对于研究贾宝玉的性格十分有帮助。在曹雪芹的笔下，贾宝玉秉承了他的愤世嫉俗，对男权社会的统治者进行了深刻的抨击。

当然，即便是贾宝玉的这种重女轻男的思想，也是存在着极大的狭隘性的。贾宝玉所重的"女"，单指女孩子，再进一步说是那些未婚女子以及年轻貌美的女子。

贾宝玉说过，女孩子在未嫁之前是颗珍珠，无价之宝，等嫁了人就变成了鱼眼珠了，再过些时候，愈加变成死鱼眼珠了。

古代未婚的女子不出闺门，不接触社会生活，是个纯自然的人，嫁人之后参与了家庭的事务，渐渐地变得务实世故。这是个成长的必然过程，贾宝玉却不认同，他是个崇尚自然美的人，也拒绝人的自然成长。毕竟，少年阶段是最无忧无虑的时候，这既是贾宝玉一生中的黄金阶段，更是作者曹雪芹一生中的黄金阶段。

贾宝玉的所谓男女平等观，实际上是一种对于社会现状的排斥心理，是对于男性腐败统治的一种反抗。但贾宝玉的排斥就整个社会而言是微不足道的。《红楼梦》中的才情女子都是"薄命司"中人，也就表达了曹雪芹的一种无奈：有才无运，生不逢时——这是对自身命运的一种悲叹，更是对身边那些活在男权重压下的才情女子的同情和扼腕。

鲁迅曾评价贾宝玉："悲凉之雾遍被华林，然呼吸而领会者独宝玉一人而已。"意思是，世人皆醉，唯宝玉独醒。他对封建社会表现了强烈的不满，渴望人权平等，以此来看，贾宝玉的确是卓越不凡之人。

悼·红

滴滴成血，
割不断的胭脂恨

晴雯疑案，双重身份遭受双重打压

晴雯是现存的《红楼梦》版本中结局最为完整的一个人物，同时也是受极了读者喜爱的一个姑娘。晴雯只是个丫鬟，并非书中主角，但她的地位无可取代。她是黛玉的影子，美貌风姿出类拔萃，死后又赢得了宝玉的一首《芙蓉女儿诔》，可谓红楼中第一出彩的丫鬟！

大多数的读者喜欢晴雯是因为她的个性，晴雯的性格尤其符合现代人的审美喜好，聪明爽利，不端不装。

晴雯的腰杆为什么那么硬

晴雯是整部书中身份特质最奇怪的一个。许多人喜欢她是觉得她没有奴性，具有反抗压迫的精神。可不禁要问：晴雯到底是什么样的身份？怎么偏偏她的腰杆那么硬？晴雯第一次正面出场是在第八回，宝玉从梨香院饮酒归来：

> 晴雯先接出来，笑说道："好，好，要我研了那些
> 墨，早起高兴，只写了三个字，丢下笔就走了，哄得我们
> 等了一日。快来与我写完这些墨才罢！"宝玉忽想起早起
> 的事来，因笑道："我写的那三个字在哪里呢？"晴雯笑
> 道："这个人可醉了。你头里过那府里去，嘱咐贴在这门
> 斗上，这会子又这么问。我生怕别人贴坏了，我亲自爬高
> 上梯地贴上，这会子还冻得手僵冷的呢。"宝玉听了，笑
> 道："我忘了。你的手冷，我替你渥（焐）着。"说着便
> 伸手携了晴雯的手，同仰首看门斗上新书的三个字。

　　这一段写得实在是好，把两个小儿女的情态描绘得淋漓尽致。
更可爱的是这个晴雯，天真率直，全没把宝玉当成主子，言语之间称
"你"道"我"，毫无等级界限。当然了，宝玉身边的丫鬟对他都
是有些随便的，毕竟宝玉天生就是个愿意为女孩子当奴才的人。不过
晴雯的这种"随便"可有点不太一般。如果说袭人对宝玉有些拿捏那
是因为两个原因：其一，是从小就在宝玉身边陪着他长大的人，宝玉
对她有一定的依赖性；其二，袭人与宝玉有了肉体上的亲密接触，时
时处处总爱拿捏一把，宝玉既重感情又有需求，自然也买账。晴雯却
不一样，她并不是陪着宝玉一起长大的，先是赖嬷嬷这个奴隶的奴
隶，后来成了贾母的丫鬟，再后来就跟了宝玉。赖嬷嬷买她的时候她
已经十岁，伺候贾母已经是十岁以后的事情了，并不是从小就伺候宝
玉的"老员工"，资历不算深。再者，晴雯自始至终都跟宝玉没有任

何肉体关系，她不像袭人那样具有可以拿乔的资本。可晴雯仍旧"很狂"，甚至狂到了怡红院之最的地步，连袭人、麝月、秋纹一干跟宝玉有过那方面关系的丫鬟也比不上她的狂劲儿。原因到底是什么？仅仅是因为她的漂亮吗？

当然不是。《红楼梦》里最不缺的就是美人，没有姿色是无法在里面立足的。晴雯之所以比别的丫鬟傲气，原因就在于她坚实的后台老板——贾母。

不少评论家说晴雯是贾母为宝玉预备的姨太太人选，这一点没有错。但还不止于此，晴雯应该还是贾母放在宝玉屋里的"小秘书"，要随时汇报工作的。晴雯一进大观园工作就已经被划定了，绝非简单的仆役。书中曾有两次写到晴雯的指甲，一次是在第五十一回晴雯生病，胡庸医为晴雯把脉一段文字："晴雯从幔中单伸出手去。那大夫见了这只手上有两根指甲，足有三寸长，尚有金凤花染得通红的痕迹。"另一次是在第七十七回"俏丫鬟抱屈夭风流"一段文字中，宝玉去探望晴雯，临走前"晴雯拭泪，就伸手取了剪刀，将左手上两根葱管一般的指甲齐根铰下"。书中对于其他女孩子的描写，不论是小姐还是丫鬟，都没有再提及第二人有晴雯这样的一副指甲。身为丫鬟奴婢是得干活的，两三寸长的指甲在手，能拿什么针，捻什么线？即使日常起居也不方便。印象中，似乎清宫中的慈禧老佛爷有这样的指甲，不是养尊处优之人，就没有这样好的"保养"。天天干活的人，恐怕两三毫米的指甲都嫌碍事，更别提两三寸了。用袭人的话说，晴雯懒得"横针不拈，竖线不动"，整部书始终在说晴雯心灵手巧，心灵倒是有不少的描写，真正手巧的只有"病补雀金裘"那一回里的精彩演出。让人不禁想问：宝玉房里的丫鬟真这么享福吗？连史湘云、薛宝钗这样的正牌主子小姐都得半夜做针线，怎么这个丫鬟倒做起主子来了？难道没有人管她吗？

怡红院中的丫头并不都像晴雯那样。袭人的针线活从来没断过，秋纹、碧痕甚至还担过水，可见她们并非一天到晚都是闲着的。可晴雯就这么闲着了，不光没有人管，连说也没有人说。虽说袭人是怡红院里名副其实的女主人，可这个女主人也有一怕——晴雯。袭人心里当然是深恨晴雯的，却不敢表现出来。晴雯是怡红院里的一个监督者，贾母让她过来就是为了让她做自己的"耳报神"，以便于了解宝玉以及和宝玉相关的一切情况。第二十回中：

> 宝玉听了这话，公然又是一个袭人，因笑道："我在这里坐着，你放心去吧。"麝月道："你既在这里，越发不用去了，咱们两个说话顽笑岂不好？"宝玉笑道："咱两个做什么呢？怪没意思的。也罢了，早上你说头痒，这会子没什么事，我替你篦头吧。"麝月听了便道："就是这样。"说着，将文具镜匣搬来，卸去钗钏，打开头发，宝玉拿了篦子替她一一地梳篦。

> 只篦了三五下，只见晴雯忙忙走进来取钱。一见了他两个，便冷笑道："哦，交杯盏还没吃，倒上头了！"宝玉笑道："你来，我也替你篦一篦。"晴雯道："我没那么大福。"说着，拿了钱，便摔帘子出去了。

> 宝玉在麝月身后，麝月对镜，二人在镜内相视。宝玉便向镜内笑道："满屋里就只是她磨牙。"麝月听说，忙向镜中摆手，宝玉会意。忽听嗡一声帘子响，晴雯又

跑进来问道："我怎么磨牙了？咱们倒得说说。"麝月笑
道："你去你的吧，又来问人了。"晴雯笑道："你又护
着。你们那瞒神弄鬼的，我都知道。等我捞回本儿来再说
话。"说着，一径出去了。

晴雯的锋利在怡红院里可谓人人皆知的，麝月自然不愿意多招惹
她。晴雯那句"你们那瞒神弄鬼的，我都知道"绝不是泛泛之语，之
所以"知道"，是因为她的工作使命使然，否则麝月不会"忙向镜中
摆手"，示意宝玉莫要多言，实际上也是对晴雯的三分忌怕。当然，
这也是晴雯不会做人的地方，既然知道，何必多讲，又不是什么光彩
的事情。这姑娘心直口快，不免给别人造成尴尬，更不免频频为自己
树敌。以晴雯和袭人对照来看，晴雯一身傲骨却难免尖刻，袭人虽有
媚骨却善于笼络，麝月、秋纹等为求自保焉能不投靠袭人？若是投靠
了"眼里不容沙子"的晴雯，恐怕一个一个都逃不了收拾铺盖走人的
下场。一个单位中的高层管理者，一般都秉承着中庸的思想，唯此才
能够兼顾各方的平衡。像晴雯这样，即便才高八斗，也难堪重用。和
谐社会需要的更多是"忍性"，而不是"锐性"！

晴雯被逐而亡的疑案

晴、袭二人是红楼中两个联系得最紧密的丫鬟，如同黛玉、宝
钗，是很难分开解读的。说起晴雯，自然不能不说袭人。多半研究者
都认为，晴雯的被逐是和袭人的告密脱不了干系的，袭人因此背了两
百多年的骂名。《红楼梦》第五十二回"勇晴雯病补雀金裘"一段是

晴雯正传。俞平伯先生曾说，此回的晴雯颇有诸葛丞相"鞠躬尽瘁"之风，在袭人看来真是心腹大患，叫她如何能够放得下。就如同香菱之于夏金桂，是莫大的威胁，袭人难免心生"宋太祖灭南唐之意"。

持俞平伯先生这种观点的人还有千千万，晴雯被逐之后，乃至宝玉也怀疑到了袭人头上，实在不敢说袭人是百分之百的清白。即便如此，袭人陷害晴雯也只能算是桩疑案，有嫌疑，但无证据。从文中来看，袭人虽势利心强，却并非那种良知全无的女子，金钏死后，念及曾经的友谊，不禁伤心落泪，可见对于晴雯，不到万不得已，倒也不至于狠心陷害。时至今日，晴雯真正的被逐原因还是疑案待解。也许真像有些研究者所说的那样，晴雯纯是受了黛玉的牵连，千不该万不该"眉眼像极了林妹妹"，惹得王夫人气急败坏，要杀鸡儆猴，同时也是为了扫除婆婆贾母的心腹。从逐晴雯始，王夫人全面夺权开始。

王夫人是个尴尬人物，而且不亚于邢夫人。邢夫人无儿无女，又是个继室，难免气短。王夫人却不同，堂堂荣国府的当家夫人，贵妃娘娘的亲妈，四大家族的出身，哪一样都够她享用一世，可她就是不得意。虽有个贵妃女儿，可远在宫里，事事不能替她做主；生了个宝贝儿子，又被婆婆霸占，想亲近一下也不容易。再加上儿子宝玉屋里的丫鬟都是贾母指派的，王夫人想安插自己人又没这个权力。儿子如果一直这么按照婆婆的意愿长大，将来就必定完全跟自己这个当妈的不一条路线了。王夫人着急，只能从敌人的阵营里搞同化，这才降服了袭人。袭人实在是个好下属，实实在在为王夫人立下了汗马功劳。可晴雯不一样，她的身份和袭人差不多，是贾母正宗嫡派亲信，袭人只是半道上投靠了王夫人。按理说晴雯的地位要比袭人牢靠，可偏偏没落下好结果！究其原因，晴雯实在不是一个"好间谍"！

　　相信贾母也的确是从晴雯那里了解到一些情况的，比如宝钗。贾母之所以不喜欢宝钗，除了她的性格及家庭因素之外，恐怕还有别的原因。比如"半夜三更跑到宝玉房里坐着"，经常拿着自己的金锁暗示和宝玉的玉是一对儿，诸如此类。相信在这些地方，晴雯还是做了一些贡献的。但晴雯输就输在把怡红院的斗争形势想象得太过简单，或者说她的心里还存有慈悲，反正在贾母面前，她并没有出卖过一个同事，甚至不如宝玉的王嬷嬷汇报工作细致。在王嬷嬷的嘴里，袭人是个"狐媚子，专门勾引宝玉"，这话传到贾母耳朵里，肯定会对袭人的印象大打折扣。但王嬷嬷是个糊涂的人，且自从有了袭人，宝玉对王嬷嬷的依赖便渐渐减少乃至最终全无，王嬷嬷不喜欢袭人，有争风吃醋之嫌，对她的话贾母只会半信半疑。虽然对晴雯寄予厚望，最终贾母还是失望了，聪明伶俐如晴雯，却没有完成好如此简单的任务，实在引人深思。可见，心怀坦荡的晴雯从心底里不喜欢尔虞我诈的政治斗争，虽目不识丁，却有着浪漫的诗人气质。然而在荣国府这样的名利场中，诗人气质也是最容易导致失败的性格特质。当晴雯被王夫人逐出贾府时，贾母未必不知情，只不过由于环境原因，不得不忍心漠视晴雯的危险处境。如果贾母说句话，晴雯绝不至于以惨死收场。可见，做间谍的风险是极大的，革命成功了，是千古功臣；一旦失败，将遭受双重打击！

　　不管怎么说，贾母喜欢的仍然是像晴雯这样纯真率直型的女孩子，而不是袭人那样说一套做一套的人。王夫人撵走了晴雯，是出于一种挑战，跟贾母提了个醒儿：我也有权力管理儿子的生活，宝玉也有我的一半！

　　不然，单凭一个晴雯，肯定是不可能引起王夫人这么大火气的。

大观园里的丫鬟狂一点又有什么关系？王夫人房里的金钏、玉钏的狂劲儿比起晴雯来也不相上下，怎么王夫人也觉得她们"和自己亲生女儿差不多"呢？撵走了晴雯，贾母当然不高兴，可王夫人说"老太太挑中的人原不错……俗话又说，'女大十八变'，况且有本事的人，未免就有些调歪"。这话是说给贾母听的，嘴上说的是晴雯，实际上连黛玉也捎上了。有本事的人，黛玉这样的才女自然比晴雯更有本事，撵走了晴雯，下一个就轮到黛玉了！果然，一年后，林黛玉也魂归了离恨天。

无论是晴雯还是黛玉，她们的死都是理想主义最终败给了现实主义的结果。在黑暗的世界里，光明是一种希望，也是一种绝望。如果活在今天，晴雯、黛玉一定大有作为，但彼时的大观园，越聪明灵秀的女子越要承受更多的不幸！

会做人比会作诗重要，即便在今天，亦是如此！

袭人秘事，底层小人物的奋斗史

　　《红楼梦》丫鬟戏份排名中，袭人的出场率是高居榜首的。在宝玉正式结婚之前，与他同居多年的袭人实际上是怡红院里名副其实的女主人，这在大观园中亦是尽人皆知的"秘密"，连林黛玉也戏称袭人为"嫂子"，可见袭人地位之高。古往今来，凡是读过《红楼梦》的人，大多数人不喜欢袭人，都说这个女人外表和顺、内藏奸诈，典型的心机婊，与王夫人相似的性格。袭人外表和顺是真，有目共睹，内藏奸诈虽然未必确实，但可以肯定的是，袭人的心机城府颇深。能让胸中有万里丘壑的薛宝钗敬重的人，岂是泛泛之辈?

袭人对宝玉实行的"性拉拢"

　　袭人在大观园里的成长史，是一个社会底层小人物的奋斗史。

从一个被卖进贾府的奴婢，一步步爬上了权力的上游，这是求胜心所致，也是对袭人能力的肯定。袭人的成功，表明了一个道理：做事情目的第一，手段第二。要想达到目的，有时是可以使用一些"非常规"手段的。

袭人的运气其实还不错，先后伺候过史湘云、贾母、贾宝玉三位主人，尤其到了宝玉这里，袭人作为女孩子的优势完全体现出来了。在贾母房里时，周围能干的丫鬟太多，个个都伶牙俐齿、一万个心眼儿，袭人即便兢兢业业，最后也只混到二等丫鬟的级别。且袭人在贾母房中时有个最大的劣势：她的性格十分不对贾母的胃口，既不开朗也不幽默，一天到晚憋着心思动脑筋，不是贾母喜欢的类型。

好下属也得碰到好上级，再能干也得有人让你干。即便细致如袭人，想在贾母房里混到出头恐怕也是没希望的。但袭人的运气实在是好，因她的小心谨慎，被贾母派到了宝玉房里，伺候宝玉的生活起居，这一下，袭人的命运发生了翻天覆地的变化。

袭人深知，宝玉房里藏龙卧虎，晴雯、麝月、秋纹、碧痕几个大丫鬟个个都不是省油的灯，要想让自己脱颖而出，只有跟宝玉的关系更进一步才行。《红楼梦》第六回，袭人便和宝玉发生了性行为。刚刚从与可卿的"春梦"中醒过来的贾宝玉，出现了遗精现象，这被进来伺候换衣服的袭人看见了：

> 彼时宝玉迷迷惑惑，若有所失。众人忙端上桂圆汤来，呷了两口，遂起身整衣。袭人伸手与他系裤带时，不觉伸手至大腿处，只觉冰凉一片沾湿，唬得忙退出手来，问是怎么了。宝玉红涨了脸，把她的手一捻。袭人本是个

聪明女子，年纪本又比宝玉大两岁，近来也渐通人事，今见宝玉如此光景，心中便觉察一半了，不觉也羞得红涨了脸面，不敢再问，仍旧理好衣裳，遂至贾母处来，胡乱吃毕了晚饭，过这边来。

袭人忙趁众奶娘丫鬟不在旁时，另取出一件中衣来与宝玉换上。宝玉含羞央告道："好姐姐，千万别告诉人。"袭人亦含羞笑问道："你梦见什么故事了？是哪里流出来的那些脏东西？"宝玉道："一言难尽。"说着便把梦中之事细说与袭人听了。然后说至警幻所授云雨之情，羞得袭人掩面伏身而笑。宝玉亦素喜袭人柔媚娇俏，遂强袭人同领警幻所训云雨之事。袭人素知贾母已将自己与了宝玉的，今便如此，亦不为越礼，遂和宝玉偷试一番，幸得无人撞见。自此宝玉视袭人更比别个不同，袭人待宝玉更为尽心。

在宁国府帮宝玉整理衣服时，袭人已经明白了宝玉身上发生的事情了。当时她作为一个女孩子，感到害羞。而且还是在别人的家里、别人的床上，所以袭人不敢多问，也不能多问，跟着宝玉到了贾母这里吃了晚饭，回到了宝玉房中，趁着周围没有人，另外拿了内衣帮宝玉换上。可换就换吧，袭人偏要问宝玉梦见什么故事了，是哪里流出来的那些脏东西。这一问，问得格调实在不高，甚至引人作呕，换言之，根本就是故意挑逗，明明知道内情却故意要问，明摆着是引诱。作为一个丫鬟的本分，是照顾主人的衣食，尤其是女孩子，男孩子的"性事"怎好多问呢？可袭人偏偏要问，不仅问，还要陪宝玉亲身实践，袭人不光是在关心主人的健康，恐怕更是另有所图。果然，此后"宝玉视袭人更比别个不同"，袭人渐入金屋，成了宝玉房里名副其实的"女主人"。

这两段文字写得极为污秽，把宝玉、袭人写得不堪，宝玉的"情圣"形象也大打折扣。此时宝玉只是个十岁出头的小孩子，刚刚步入青春期，袭人的年纪也不过十二三岁，女孩子通常情况下比男孩子早熟，对于性的认知会比男孩子早，但贾母把袭人放到宝玉房里，绝对不是要她来陪睡的。不想袭人却认为"贾母已将自己与了宝玉的，今便如此，亦不为越礼，遂和宝玉偷试一番"。这话显然牵强，贾府虽然有这个习惯，男孩子到了一定的年龄，有了性需求之后，未结婚之前先要放两个女孩子进去"伺候"，这两个女孩子也许就是日后的小老婆。从后文来看，当宝玉十四五岁之际，贾政等长辈仍觉得往他屋里"放人"侍寝为时尚早，可见袭人与宝玉当时的做法十分不妥当，袭人所谓的"不为越礼"也正是她的越礼之处。即便当时的宝玉对袭人提出了性要求，但如果袭人义正词严地拒绝且进行说服教育，宝玉也一定不敢坚持，毕竟一个十岁出头的男孩子在心理和生理上都是不成熟的，长辈之所以会让一些年长的丫鬟来侍奉小主人，为的也是能让懂道理的丫鬟时刻提醒小主人正确的行为准则。在这一点上，袭人显然辜负了主人的信任。

姿色并不出众的袭人最终抛弃了贾宝玉

即便此种行为有失妥当，但好胜心强的袭人，又不得不这么做。袭人的自身条件并不优越，论相貌，袭人毫不出众。

《红楼梦》看惯了，总觉得里面的女孩子个个都是绝世美女。其实这是错觉。书中对袭人相貌的描写很少，夸袭人貌美的更少之又少，几乎没有。唯一一次正面写袭人相貌，只是透过贾芸的眼睛，对袭人的外在相貌有过八个字的描绘："细条身材，容长脸面。"细条身材，可见袭人身材还是不错的，很苗条。从宝玉的审美观来看，似乎十分钟爱身材纤细苗条的女孩子，从林黛玉到晴雯，从龄官到芳官，这些贾宝玉心中的大美人个个都是纤柳一样的苗条，身材略微有些丰满的薛宝钗，到了宝玉眼里就像杨贵妃了，还是略微带着贬义的。怡红院中的丫鬟应该个个都是苗条的，否则不对主人的胃口。宝玉如何肯天天面对一帮胖妞呢？而且十几岁的女孩子也正是举止轻巧的年纪，断然不会像中年妇女一样臃肿。

身材问题是没有疑问了，"容长脸面"四个字的描述却过于简单。按面相来分析，容长脸面是瘦瘦的脸颊，高颧大眼的长相，书中的贾芸也是一副容长脸，可见袭人面貌并不十分姣美，甚至有男相之嫌。往好里说，袭人最多也就是个中等长相。众所周知，在贾府，主人们比的是财富和地位，丫鬟们只能比心计和长相了。大观园里美女太多，美丫鬟亦是不计其数。宝玉屋里的晴雯就是个绝顶的美人，还深得贾母的器重，袭人不可能没有危机感。贾母之所以不喜欢袭人，一方面是由于她的性格因素，另一方面也是由于她的相貌不够出众。贾母是个欣赏美人的老太太，见了漂亮的女孩子，总会"喜欢得无可无不可"，若果真袭人貌美如花，不会一点儿讨不到贾母的欢心。即便贾母把袭人放到了宝玉房里，也未必是对她寄予了厚望，也许老太太的心里认为：乖孙宝玉压根儿就不会看上这个既不艳又不巧的"没嘴儿葫芦"。

袭人要想上位，不得不采取非常手段。

成了宝玉枕边人的袭人如鱼得水，她并没有得意忘形，而是一步一步，稳扎稳打，实现自己的"上位计划"。她组建了自己的"同僚阵营"，把怡红院中的麝月、秋纹等大丫鬟拉拢至自己帐下，成了对抗晴雯的左右手。在宝玉挨打之后，主动表白心迹，投靠了王夫人。自此，私下里和王夫人结成了一个阵营，共同对抗贾母这一派别。为了取得王夫人的信任，她不惜以宝玉的名声为由，突然袭击，诋毁了林黛玉。虽然对袭人而言，宝玉的名声要紧，可林黛玉是个没有出嫁的少女，她的名声岂不比男孩子更要紧？可见袭人的护主是损人而利己，其品格并不出众。

一步一步，袭人有计划地走上了草根阶层的权力顶峰，原本在她的心里，是铁了心要成为怡红院"首席姨奶奶"，但人算不如天算，谁都料不到，贾家会有败落的一天。

"群芳夜宴"一回文字，众女子占花名取乐，每个人所抽到的花签也暗含了她们日后的命运归宿。其中袭人抽到的是桃花签，"桃红又见一年春"，名为"武陵别景"，典故出于陶渊明的《桃花源记》，诗句出自宋代谢枋得《庆全庵桃花》：

> 寻得桃源好避秦，桃红又是一年春。
> 花飞莫遣随流水，怕有渔郎来问津。

头一句便是"寻得桃源好避秦"，细想，桃花源因何而成？

是人们为了避祸而躲于此。

日后贾家败落，袭人他嫁以求自保，也就是"寻得桃源好避秦"

的真义。可见日后袭人于危难时离开贾府、离开宝玉，难逃负心之嫌。俞平伯先生就曾明确指出："袭人的结局应当是厌弃宝玉的贫苦，在他未做和尚之前，自动地去改嫁蒋玉菡，是一个真正的负心人。"

书中曾说到袭人的痴处："服侍贾母时，心中眼中只有一个贾母；如今服侍宝玉，心中眼中又只有一个宝玉。"

跟了新主人，便忘了旧主人，可见袭人的风舵转向之快，也是袭人不念旧的势利心表现。名义上是袭人的痴处，实际上正是袭人的恶处。日后贾家败落，袭人自然另寻他路，这比较符合袭人的性格。

在"情切切良宵花解语"一回中，庚辰本有眉批："花解语一段，乃袭卿满心满意将玉兄为终身得靠，千妥万当，故有是。余阅至此，余为袭卿一叹。丁亥夏，畸笏叟。"此时的袭人踌躇满志，一个心思已经认定了自己将来必然是宝玉的首席姨太太，故而敢以"离开"作为要挟，且当时的宝玉也已经把袭人跟黛玉同样视为自己将要相伴一生的女人，是可以同生共死的。但真本八十回后，贾府败落，宝玉一无所长，生活无着，于是袭人主动"抛弃"了宝玉，另嫁他人，才有了"桃红又是一年春"，此花签，实在是对袭人的贬讽。

续书中，袭人最后是"被迫"嫁给了蒋玉菡，一开始是千难万难伤心欲绝，本想一死了之，但袭人毕竟是现实派，终究不会做出殉情这样的傻事，"千古艰难唯一死"，袭人留恋人间，自然温温顺顺当起了蒋太太。

很多读者总觉得袭人的归宿应该是个喜剧，至少当贾府子弟夜宿街头沦为乞丐的时候，她却过上了温饱富足的小康生活。但站在袭人的立场上却不尽然。袭人是个非常正统的女人，整日劝宝玉"巴结向上"，试想这么一个女人最终嫁给了一个供人玩乐的戏子，岂不是绝大的讽刺？这丝毫也不亚于让袭人守一辈子寡来得残酷！

古往今来，喜爱袭人这个人物的评论者，以脂砚斋为代表，认为八十回后的袭人必定不会狠心到抛弃宝玉的地步，于是多有"花袭人有始有终"的说法。意思是说，日后的袭人和蒋玉菡在贾府败落之后把宝玉、宝钗夫妻二人接到家中供养。张爱玲女士对此提出了不同的看法，她认为作者写袭人最终嫁给了蒋玉菡实际上是美化了袭人的婚姻。蒋玉菡虽然是个戏子，却是个名旦，有钱有势，娶太太为的是生儿育女继承香火，自然不会马虎。袭人是大户人家出来的丫鬟，又跟主人有过肉体关系，相貌也不见得多美，按理说只能做妾。即便袭人做了蒋玉菡的太太，丈夫也未必肯容她帮贴旧主。为避讳嫌疑，也不能够常来多往，日后袭人、蒋玉菡夫妻供养宝玉、宝钗的说法未必成立。

宝玉和蒋玉菡只不过是段"露水交情"，宝玉对待蒋玉菡的态度也很有些富家公子胡闹的味道，并无恩情可言。而且在"宝玉挨打"一回文字中，不管怎么说，宝玉最终还是出卖了蒋玉菡，书中没有写出蒋玉菡被忠顺王府找到后的情形，但可以肯定，少不了一顿教训，蒋玉菡日后未必就会对宝玉情深义重、念念不忘，这二人之间实际上无甚恩情可言。他日当得知自己的老婆原来是宝玉的同居女友后，未必不会心中吃味，自己被宝玉睡过也就罢了，最后还娶了宝玉睡过的女人，蒋玉菡虽是戏子，但也是个男人，对于男人的自尊心，这未尝不是一种打击，未可见得日后蒋玉菡一定会对袭人敬重疼爱。若是袭人生活得既快乐又富足，也不会是薄命司中人了。

袭人是一个十分值得现代人学习的榜样，虽颇有奸险之嫌，但《红楼梦》是一部纯然歌颂美德的著作，作者所肯定的都是那些纯然无瑕美玉一样的女孩子，没有受到过世俗社会的浸染，天性保持得越完美越受肯定。但黛玉、晴雯这样的女孩子显然与现实生活在某种程度上脱节，若是让她们在现代社会朝九晚五为生活奔忙，恐怕会面临着三餐不继的危险。袭人则不同，她有着明确的目标，也有着强烈的成功意识，虽然出身于底层，却能够白手起家，可谓不易。从这个层面上来看，袭人其实跟宝钗有某些相似之处，但宝钗更具有大家气度，有些"极端手段"并不屑于为之，虽然现实，也很清高。出身富贵的人可以清高，但底层的小人物若想成功就不可能清高了。袭人不论是"献身"还是"献计"，招招能够击中上司领导的要害，这样的好员工，不等着升职才怪！

作为朋友，袭人却并不可靠。如果你身边有袭人这样的好友，那切记："害人之心不可有，防人之心不可无。"

鸳鸯拒婚，机要秘书的政治抉择

一部《红楼梦》展现了百态生活，书中众多人物的生活也尽显传奇。红楼丫鬟众多，像鸳鸯这样大权在握的却独一无二，可以说，鸳鸯是《红楼梦》中最有权势的丫鬟。大权在握却不肆意弄权，也正是鸳鸯的可敬之处。鸳鸯是《红楼梦》一书中第一位烈性女子，这样一个女孩子足以赢得读者的钦佩。

鸳鸯出色的才干与气质

要说鸳鸯的优点，无须多费口舌，借用书中原文即可。在贾赦想娶鸳鸯为妾的故事中，贾母曾对邢夫人说过这样的话：

"如今你也想想，你兄弟媳妇本来老实，又生得多病多痛，上上下下哪不是她操心？你一个媳妇虽然帮着，也是天天丢下爸儿弄扫帚。凡百事情，我如今自己减了。他们两个就有一些不到的去处，有鸳鸯，那孩子还心细些，我的事情她还想着一点子，该要去的，她就要了来，该添什么，她就度空儿告诉他们添了。鸳鸯再不这样，他娘儿两个，里头外头，大的小的，哪里不忽略一件半件，我如今反倒自己操心去不成？还是天天盘算和你们要东西去？我这屋里有的没的，剩了她一个，年纪也大些的，我凡百的脾气性格儿她还知道些。二则她还投主子们的缘法，也并不指着我和这位太太要衣裳去，又和那位奶奶要银子去。所以这几年一应事情，她说什么，从你小婶和你媳妇起，以至家下大大小小，没有不信的。所以不单我靠得，连你小婶、媳妇也都省些心。我有了这么个人，便是媳妇和孙子媳妇有想不到的，我也不得缺了，也没气可生了。这会子她去了，你们弄个什么人来我使？你们就弄她那么一个真（珍）珠的人来，不会说话也无用。"

贾母不愧是"老江湖"，说出话来一句是一句，这一番话条理清晰、字字千金，真让邢夫人恨不得钻进地缝里去。这也是整本书中贾母唯一一次对一个丫鬟用如此大的篇幅进行夸奖和评价，"你们就弄她那么一个真（珍）珠的人来，不会说话也无用"。

贾宝玉曾说女孩子嫁人之前是颗珍珠、无价之宝，而鸳鸯的价值远在珍珠之上，足见鸳鸯的魅力和能力，也说明了鸳鸯在贾母日常生活中所担当的重要作用。

　　鸳鸯不仅仅是贾母生活上的照料者，还是贾母日常工作的最有力帮手。凤姐有两怕：一怕王夫人；二怕贾母。对王夫人是真怕，对贾母更多是出于卖乖讨巧。

　　实际上凤姐还有第三怕：鸳鸯。

　　这里的"怕"，则是一种敬重。在凤姐眼里，鸳鸯是个"正经女孩儿"，身在高位却不贪不霸，能受到贾府最高的行政长官贾母的多年宠爱和信任，不是件简单的事情。袭人这样能干，在贾母房中时，不过是个不起眼的小丫鬟。曾经贾母房里的其他丫鬟，比如紫鹃、晴雯，在跟了新主人之后都成了独当一面的"小管家"，当年的她们都不过只是贾母房中的二等丫鬟。贾母房中藏龙卧虎，每一个角色都不是简单人物，更何况是首席大丫鬟鸳鸯！因此说，鸳鸯的才干是远在袭、晴等人之上的，甚至连平儿也赶不上她。毕竟，身在最高领导身边，所接触到的环境和平台首先就是不一样的，眼光和手段自然不会是俗流。连凤姐都要尊鸳鸯一声"姐姐"，众丫鬟之中，也只有鸳鸯敢叫二奶奶一声"凤丫头"，鸳鸯原本势力深厚！

　　说起鸳鸯，不能忽略她的口才，大观园里但凡行令总少不了鸳鸯做令官。并且，鸳鸯相貌肯定不错，贾母喜欢漂亮的女孩子，丑八怪入不了她老人家的法眼。书中透过邢夫人的眼睛写出了鸳鸯的相貌：蜂腰削背，鸭蛋脸面，乌油头发，高高的鼻子，两边腮上微微的几点雀斑。

　　这段文字看得出来，鸳鸯算不上那种娇艳柔美的绝代佳人，跟宝钗、黛玉甚至晴雯、龄官之类的美人不同。蜂腰削背，说明鸳鸯是瘦高个儿，身材修长，高高的鼻子会使女孩子的脸显得有立体感，而腮上微微的几点雀斑，既写出了真实的人情味儿，同时又说明了已经二十好几的鸳鸯实在比不得十五六岁女孩子的水嫩肌肤了。

这样的笔法更容易令读者感受到一个真实的女性形象。鸳鸯在贾母身旁身负重任，太漂亮的秘书会让人觉得她只是个花瓶，姿色中等但气质不凡的秘书，才更容易让人注意到她的工作能力，更具贵族风范。

贾赦纳鸳鸯为妾的现实目的

鸳鸯真正的重头戏出现在第四十六回，贾母的大儿子贾赦看中了鸳鸯，要娶她做姨太太，派老婆邢夫人去游说鸳鸯，迫使她答应，鸳鸯誓死不从。在"誓绝鸳鸯偶"一段文字中，鸳鸯是这样说的：

> "因为不依，方才大老爷越性说我恋着宝玉，不然要等着往外聘，我到天上，这一辈子也跳不出他的手心去，终久要报仇。我是横了心的，当着众人在这里，我这一辈子莫说是'宝玉'，便是'宝金''宝银''宝天王''宝皇帝'，横竖不嫁人就完了！就是老太太逼着我，我一刀子抹死了，也不能从命！若有造化，我死在老太太之先；若没造化，该讨吃的命，服侍老太太归了西，我也不跟着我老子娘、哥哥去，我或是寻死，或是剪了头发当尼姑去！若说我不是真心，暂且拿话来支吾，日后再图别的，天地鬼神，日头月亮照着嗓子，从嗓子里头长疔烂了出来，烂化成酱在这里！"

鸳鸯这个毒誓发得可谓天地共鉴，惊心动魄！这一套说辞彰显出鸳鸯第一流的口才，其连贯流利丝毫不输给王熙凤的任何经典段子，句句都像是打在邢夫人脸上的巴掌，火辣辣地难受。这次事件引发了贾母唯一的一次勃然大怒，甚至连"老实巴交"的王夫人也跟着挨了骂；贾赦碰了个大钉子，装病好几个月不敢见老妈。可以想见，如此一来，贾赦、邢夫人能不记恨鸳鸯？贾母死后，鸳鸯的日子绝对好过不了！鸳鸯的最终命运一定是惨烈且悲壮。红楼女子悲剧命运的根源多有不同，有的因为美丽，有的因为才情，而鸳鸯的悲剧根源在于权力。

贾赦之所以要娶鸳鸯，看上的不仅仅是鸳鸯的美貌，前面已经说过，鸳鸯的相貌并非上上之姿色，贾赦是猎艳老手，房中美艳姬妾众多，连儿子贾琏都垂涎三尺。对于女人，贾赦还是相当挑剔的。此时的鸳鸯年纪已经接近二十五岁，那个时代美容技术不像现在这么发达，女人一过了三十岁就是黄脸婆，二十五岁的女孩子算得上青春迟暮，漂亮不了多久了。《红楼梦》中的薛姨妈，出场时不过四十岁左右的中年女人，可浮现在读者脑海里的却已经是个老年妇女形象了。要论外在条件，鸳鸯并没有什么优势。

鸳鸯的优势在哪里呢？为什么贾赦使出了种种手段非要把鸳鸯弄到手不可呢？

最终的原因，就在于鸳鸯手中的权力。

如书中所说：鸳鸯是贾母身边的一把总钥匙。别人的话贾母或许不会听，但鸳鸯的话贾母一定会听。

谁都知道，贾母名义上是有两个儿子，住在荣国府正房的却是小儿子，贾母也只跟着小儿子一家人过，大儿子另外住在别院。这是个奇怪的现象，一般的大户人家，长幼观念十分清晰，丈夫不在了，长子便是一家之主，作为大儿子的贾赦不仅不能享有这样的权力，甚至处处都讨不到老妈的喜欢，弟弟对自己也不怎么敬重，这不能不引起读者的怀疑。

研究者以此推论：贾赦应该并非贾母亲生的儿子，而是荣国公的妾室所生，后来跟着贾母这个正房太太长大，尊贾母为母亲。而且，贾赦在书中曾经公开对贾环表示出好感，可见这是同属庶出子孙的一种默契。

这话不无道理。从贾母和贾赦这对母子的关系来看，的确很难看出他二人有什么亲密态度，每次见面都礼貌且冷淡。当贾赦为了钱财把女儿迎春许给中山狼孙绍祖时，贾母明知道姑爷人品不好，却"不好多管"。什么意思？如果是自己嫡亲的孙女儿，贾母为什么不好多管？如果换了宝玉或探春，贾母还会"不好多管"吗？答案当然是否定的。不论怎么看，贾母和贾赦这对母子的关系是极为不融洽的。贾赦和邢夫人两口子在荣国府里就是一对不折不扣的尴尬人，既不讨人喜欢，更不受人敬重。即便如此，贾赦对于贾母还是礼节周到的，事事都按照规矩来办。这并不代表贾赦孝顺，而是因为贾赦想要图谋贾母的私房财产。

贾母当年的娘家是四大家族之一的史家，贾母出嫁之时正是史家的鼎盛时期，为她准备一份丰厚的嫁妆是不成问题的。且经过贾母几十年当家人的积累，那份财产已经相当丰厚了，没准儿比荣国府明面儿上的财产还要多。但贾母的私房财产要留给谁，那就是她自己的自由了。清代明文规定，在财产继承方面要以家长遗嘱为准，只有家长生前或临终时未立遗嘱的，才依法为"诸子均分"，且不问妻妾婢生。贾母在处理自己的私房财产上，有百分之百的权力。可以肯定的是：贾赦和邢夫人两口子能够捞到大头的可能性几乎是零，对这个儿子，贾母实在太不喜欢了。贾赦必须寻找一个突破口，来打通自己和贾母之间的关节，这个突破口，他选定了鸳鸯。

鸳鸯面临的权力"地震"

单从贾赦这一方面来看，纳鸳鸯为妾以讨母亲喜欢这个想法还是挺不错的。如果鸳鸯成了自己的小老婆，捎带着，肯定会使贾母对于自己的态度有所好转，爱屋及乌，贾母对鸳鸯的感情绝对比对贾赦深，为了不让鸳鸯受委屈，也会对贾赦好一点。能否纳到鸳鸯做小老婆，是贾赦这步棋的关键。

这只是贾赦单方面的想法，作为鸳鸯，则是另一种打算。鸳鸯在荣国府不是个普通的丫鬟，她是贾母身边的机要秘书，掌管料理着贾母生活中的大小事情，地位和权势是常人难以撼动的。唯一可以撼动鸳鸯地位的只有一人——贾母。

职场中，一个公司的总裁秘书通常是老板最信赖的人，秘书虽然没有正式的官衔，权力却大得很。然而所有的权力又都来自老板的信任，如果有一天，老板不再信任你，秘书从此也就一无所有了。在第四十六回中的鸳鸯就面临着这样的命运抉择。贾赦是贾母极不信赖的人，贾母甚至颇为厌恶自己的大儿子和大儿媳，如果这时候鸳鸯说要嫁给贾赦做小老婆，贾母的心里会怎么想？从此，鸳鸯的一切权力和体面也将不复存在了。

别说贾赦是个色中老饿鬼，就算他是个年轻英俊的帅哥，鸳鸯也不可能答应这门婚事，这关系到自己的前途。鸳鸯不傻，一旦跟了贾赦，那自己就成了背叛贾母的"叛徒"，命运立时改变！回绝了贾赦，向贾母表明忠心，起码可以换回几年的舒服日子，至少贾母活着的时候贾赦不敢动她。身处权力中心，她的选择是被迫的无奈。鸳鸯的命运注定是个悲剧，嫁与不嫁，都是错！

鸳鸯的最终惨剧与王夫人有关

王夫人向来对贾母暗怀仇恨，这也是由当时的社会环境所驱使。宋代以来，儿媳妇在家庭中的地位很低，在公婆面前唯命是从、忍气吞声、逆来顺受。婆婆对儿媳妇有很大的支配权，如果不合婆婆心意，不仅会受到责罚，还会面临被休弃的危险。王夫人做了几十年媳妇儿，生育了儿女，娘家又有头有脸，女儿当了贵妃，不可能面临被休的危险，但作为媳妇对婆婆依顺服从也是规矩。古代，婆婆和儿媳妇之间的感情实际上很淡薄，大多数儿媳妇内心都对婆婆存有恨意，总盼婆婆死后自己能够"多年的媳妇熬成婆"，也就是她们解放的一天。作为一家之长，贾母的智慧和风范虽然值得称赞，但作为一个婆婆，也相当专制。不论是孙子还是孙女，贾母一直养在身边，作为母亲的王夫人想亲热亲热也没有机会。试问天下哪个女人对此能够心平气和？

王夫人对婆婆的恨意必定会波及她身边的人。黛玉是一个，晴雯是一个，鸳鸯更是一个。全书中，王夫人跟鸳鸯并没有深入的正面故事，只是泛泛过场而已，但王夫人必定不喜欢鸳鸯。贾母的贴心人自然与王夫人道不同，而身在贾母周围，深知主人心思的鸳鸯必定也跟王夫人亲热不起来。何况在第四十六回中，鸳鸯拒婚一事还连累王夫人挨了贾母一顿臭骂，她对鸳鸯的好感肯定丁点儿全无！八十回后，贾母一死，鸳鸯受到贾赦的报复，如果这时候的贾政、王夫人能够帮助鸳鸯一把的话，鸳鸯的命运应该还不至于如此悲惨，也不会如此快地惨死丧命！贾母当然知道自己死后鸳鸯肯定遭殃，所以死前一定会向王夫人托付鸳鸯，但王夫人并没有履行承诺，贾母一死，便置鸳鸯死活于不顾了。这也算是对婆婆的一种报复！

清代涂瀛在《红楼梦论赞》中这样评价鸳鸯——"司马子长有言：'死或重于泰山，或轻于鸿毛。'若是乎死之必得其所也。鸳鸯一婢耳，当赦老垂涎之日，已怀一致死之心，设使竟死，何莫非真气节。"

鸳鸯，是可敬又可怜的烈性女子。但生和死都由不得你，真是命运跟你开的玩笑！

紫鹃和莺儿，宝、黛、钗的婚姻使者

紫鹃和莺儿是《红楼梦》中极重要的两个丫鬟，之所以备受关注，不光是因为她们的主人分别是《红楼梦》的两大女主角——林黛玉和薛宝钗，另外一个原因，这两个丫鬟，也是宝、黛、钗婚姻的关键人物。

《红楼梦》里丫鬟的名字一般都跟自己主人的爱好或最终命运分不开。贾府的元、迎、探、惜四春分别爱好琴棋书画，她们的丫鬟各名抱琴、司棋、侍书、入画。宝玉的丫鬟多以自然界的风花雪月等现象为名，晴雯、麝月、秋雯等，可见宝玉浪漫多情。贾母的丫鬟多是富贵吉祥的代名词，鸳鸯、琥珀、琉璃、金星，个个都透着活泼喜气。黛玉和宝钗的丫鬟名字却有些不同，这两位小姐的首席大丫鬟都以禽鸟为名，是替主人传递消息之用。

黛玉的两个大丫鬟——紫鹃和雪雁，光看名字便非同凡响，紫色的杜鹃，雪中的大雁，世之罕见，可见黛玉的人品、才品皆非凡流。同时，无论是杜鹃还是大雁，都是悲哀的象征，紫色的杜鹃象征遍体鳞伤，雪中的大雁象征僵足难行，足见黛玉处境不妙，也是日后黛玉悲剧命运的征兆。

宝钗的莺儿似乎就平凡多了。莺儿本姓黄，名金莺，主人宝钗嫌"金莺"二字拗口，所以改叫莺儿。黄莺本是凡鸟，莺儿其人也是个凡人。从整本书来看，莺儿并不是个伶俐聪慧的女孩子，甚至脑袋经常短路，说话办事颇为莽撞，但她最大的优点是手巧。莺儿的手工编织能力超强，整本《红楼梦》中，若说"针巧"，当数晴雯第一；若论编织的本事，无人能及莺儿。她拿柳条编出的花篮能让最挑剔的黛玉说出"新奇"二字，喜爱非常，足见莺儿本领非凡。大观园里的小姐少爷们谁要打络子（中国结一类的饰物），都要跟宝钗借莺儿一用，可见宝钗的这个丫鬟心思虽不够灵透，手却足够灵巧。黛玉重才，身边侍女气质也颇为空灵；宝钗重德，认为女子要以女红为首要品德，身边侍女自然是女红好手。

这些寓意还是次要的，这两个丫鬟最重要的使命是为其主人谋取最终的婚姻幸福服务。虽然进贾府是黛玉在先宝钗在后，书中莺儿的重头戏却明显比紫鹃早很多。

第八回"比通灵金莺微露意"中，莺儿就当着宝玉的面，推销起了自己的主人，并郑重其事地提示宝玉：宝钗的金锁跟宝玉的玉是天生一对的。

有评论家因此认为：莺儿此举是受到了主人宝钗的某种指示，主仆俩故意合伙来引诱宝玉的。

这话实在冤枉了宝姑娘。以宝钗的性格，即便家庭经济状况正在日渐没落，也还不至于做出这样"轻贱"的举动来。宝钗本是"山中高士"，虽然不免世俗之心，品格绝非低俗。以宝钗的身份和性格，不可能会指使丫鬟推销自己。而且，莺儿是个娇憨的女孩子，不见得会心内藏奸，否则不配做宝钗的身边人！

作者对这两个丫鬟并不是厚此薄彼的，莺儿接连几次的精彩演出之后，紧接着就是紫鹃的重头戏了。第五十七回"慧紫鹃情辞试忙玉"：

> "我们姑娘来时，原是老太太心疼她年小，虽有叔伯，不如亲父母，故此接来住几年。大了该出阁时，自然要送还林家的。终不成林家的女儿在你贾家一世不成？林家虽贫到没饭吃，也是世代书宦之家，断不肯将他家的人丢在亲戚家，落人的耻笑。所以早则明年春天，迟则秋天，这里纵不送去，林家亦必有人来接的。前日夜里姑娘和我说了，叫我告诉你：将从前小时玩的东西，有她送你的，叫你都打点出来还她。她也将你送她的打点了在那里呢。"

这话本是紫鹃信口瞎掰，目的是要试试自己的主人林黛玉在贾宝玉心目当中的真实分量。这一测不要紧，却引发了宝玉的一场大病。文中写宝玉听了这个消息以后，"便如头顶上响了一个焦雷一般"。回到房里，"一头热汗，满脸紫涨……两个眼珠儿直直地起来，口角边津液流出，皆不知觉。给他个枕头，他便睡下；扶他起来，他便坐着；倒了茶来，他便吃茶"，整个人完全魔怔了。

这个结果应该叫紫鹃满意了，但同时，紫鹃也好，黛玉也好，都是事先想象不到的。可见在宝玉心中，林黛玉的位置无人可及，也无人能撼。这不仅令紫鹃深感震撼，同时也向贾府的其他家长发出了警示：要想破坏宝玉、黛玉的"木石姻缘"，促使宝钗、宝玉的"金玉良缘"，前方的阻力可是不小，至少宝玉这一关就过不了。

这实在不能不令王夫人一派深感头疼。紧接着，便是薛姨妈的慈语慰痴颦，甚至在宝钗、黛玉面前主动挑起了姻缘大事。薛姨妈其实不是个坏人，没多少城府，也没多少坏水儿，充其量只能算是有点私心。至此，薛姨妈对宝钗、宝玉"金玉良缘"所抱的期望已经降到了最低限了，她开始认命，不再多生奢望了，故而会说出把林黛玉许配给贾宝玉的玩笑话，这时候她的心态已多有释然了。可见日后宝钗若与宝玉订婚，也是在黛玉死后的事情。这一回书后，宝钗必定不再是"第三者"。紫鹃在宝玉、黛玉的感情问题上充当的角色可谓至关重要。此件大事一出，紫鹃并没有受到主人林黛玉的丝毫责备，足见这主仆二人的心思是一样的。

紫鹃和莺儿是《红楼梦》里一对不同寻常的丫鬟，她们的存在以及出场，都是为了黛玉、宝钗的最终命运服务的，这一点在《红楼梦》一书中，也是绝无仅有的。这两个女孩子的行动力很强，甚至胜过她们的主人。紫鹃终日为宝黛的"木石前盟"忧心，颇有诸葛丞相的风范；莺儿则处处为二宝的"金玉良缘"尽心，亦有西厢红娘的影子。她们的身份已经不单单是黛玉、宝钗的贴身侍女这么简单了，实际上也是宝、黛、钗的婚姻使者。宝玉的婚事一天不解决，她们的任务便一天不卸。只是，这两个丫鬟最终都没有等来自己想要的结局，也算憾事一桩！

悲·茗

美人如茗，
如水岁月淡青春

"三无"妙玉：无名无姓无佛心

　　古代女子出家为尼各有原因：有真正参破红尘皈依佛门的；有为生活所迫暂求栖身之地的；也有一些人则是把出家当成一种"另类"的生活方式，可以避免婚姻，彻底玩一把"女性性解放"。

　　在古代，人们对于尼姑、道姑的态度颇有疑义。"三姑六婆"素来是反面典型，尼姑、道姑居"三姑"之首，更是古代社会中人们抨击的对象。话本小说中，尼姑庵、女道观常被刻画成私情淫乱的场所，人们通常认为尼姑、道姑进入一般人家多是行肮脏淫秽之事，因身份特殊，尼姑、道姑出入宫禁与民家都比较方便，少有限制，这都给她们的不良活动创造了有利条件。

　　出家人与"性"联系得如此紧密，也是跟中国传统文化脱不了干系的。儒家视性为人类自然的本性与需要之一；佛家认为诸天神佛大部分都男女同体、集雌雄于一身；道家更进了一步，视男女交合是采阴补阳、长生不老之道。即便披上了如此"华丽"的外衣，古代僧尼依旧有太多过分出格的"性"事件，这一切，都是欲望惹的祸！

最著名的女道人是唐朝的女诗人鱼玄机，她十六岁嫁给李亿为妾，为正妻裴氏所不容，只得入咸宜观出家修行。不甘心长伴孤灯的她，凭借自身的美貌和才华大开艳帜，从弃妇变成了荡妇，过上了半尼半娼式的生活。鱼玄机以诗为名结交权贵，一时间成为大唐最著名的女人，后来她的婢女绿翘与自己的情夫陈韪私通，出于嫉妒和愤怒，鱼玄机杀死了绿翘，埋于后园花藤之下，后被人发现，鱼玄机被处死时，年仅二十四岁。

这虽是中国历史上极为特殊的个案，依旧能够反映出古代僧尼制度的某些阴暗面。《红楼梦》中亦有不少尼姑、道姑的描写，像水月庵的智能，就是个风流怀春的小尼姑，与秦钟有过一段不纯洁的"情缘"。至于水月庵的智通、地藏庵的圆心等老尼，更是不折不扣的人贩子。当然，这些出家的女子之中，也并非全是些品行低劣者，比如妙玉，便是其中的例外。

说起妙玉，大多数读者都知道这是《红楼梦》里的一个神秘人物。她的出身极不明朗，比秦可卿尤甚。书中的秦可卿虽是养生堂（孤儿院）抱养的孩子，其养父的背景官衔却也说得清楚明白。可在十二钗正册排名第六的妙玉，出身背景却含混得很：本是苏州人氏，祖上也是读书仕宦之家。很简单的一个介绍，甚至连本名姓甚名谁都没有涉及，相当神秘。似明似暗的出场，无着无落的结局，每一点都引人深究。不仅如此，在书中，妙玉的出场次数也极少。前八十回中，正面出场只有两次，且都算不上极重的戏份，仅次于十二钗正册最后一位的巧姐，这样的一个人物，如何能够排在十二钗正册的第六位呢？至今是个谜。

不少评论者推断：八十回后的妙玉会有极重的戏份，在贾府败落之际会发挥极重要的作用。这都是后话，至少今天的读者已经无缘看到，只能依据第五回中有关妙玉的判词和她的两次正面出场来认识这个人物形象。然而这仅有的两次正面出场，妙玉的表现在读者心目中的得分却并不太高。虽身份是尼姑，其出家的原因却并不是看破红尘后皈依佛门，而是由于体弱多病，害怕生命会不长久，不得已而出了家，当了尼姑，还是带发修行，是完全被动的选择，并无佛心可言。

除了一个"妙玉"的法号，曹公没有赋予这个人物过多的身外名衔。无名无姓无佛心，是妙玉最本质的特点。这个"三无"女尼，留给了后人无数好奇与疑问，如今，我们一一来破解。

真实的妙玉深谙人情世故

从前八十回中的两次出场看，妙玉是个十分不讨人喜欢的角色，连李纨这样的忠厚实在人都说："可厌妙玉为人，我不理她。"

值得注意的是，李纨这句评价里贬斥的是妙玉的"为人"，用今天的话来说，也就是妙玉不会做人，不会来事儿。原本作为"槛外人"的妙玉，是带发修行的尼姑，自然行事与俗家人不同，身为荣国府大少奶奶的李纨为人公正，又见过大世面，本不应该说出这么小心眼儿的话来，既然能从李纨嘴里听到这话，可见妙玉为人实不敢恭维，至少不被社会中绝大多数人所认可。

两百多年来，研究妙玉的人几乎一致认定妙玉的个性特征是超凡脱俗、才华横溢、鄙视尘俗，爱干净而且有洁癖，连林黛玉这样的清傲才女到了她眼里都成了"大俗人"。但就是这个时时处处称别人为"大俗人"的妙玉，深究到底，也不过是佛堂之上的一个俗物。

妙玉的名字出场很早，早在第十八回大观园落成之际便第一次出现了她的名字，但妙玉本人的正式出场却相当晚，直到第八十回过半才正式露面。第四十一回"栊翠庵茶品梅花雪"，说的是刘姥姥二进荣国府，贾母召集全家妇女进行游园活动的故事。酒足饭饱，一行人开始逛园子散食儿，到了妙玉的栊翠庵里，出现了一段奇文，来看看头一次出场的妙玉如何行事：

> 当下贾母等吃过茶，又带了刘姥姥至栊翠庵来。妙玉忙接了进去。至院中见花木繁盛，贾母笑道："到底是他们修行的人，没事常常修理，比别处越发好看。"一面说，一面便往东禅堂来。妙玉笑往里让，贾母道："我们才都吃了酒肉，你这里头有菩萨，冲了罪过。我们这里坐坐，把你的好茶拿来，我们吃一杯就去了。"妙玉听了，忙去烹了茶来。
>
> 宝玉留神看她是怎么行事。只见妙玉亲自捧了一个海棠花式雕漆填金云龙献寿的小茶盘，里面放一个成窑五彩小盖钟，捧与贾母。贾母道："我不吃六安茶。"妙玉笑说："知道。这是老君眉。"贾母接了，又问是什么水。妙玉笑回："是旧年蠲的雨水。"贾母便吃了半盏，便笑着递与刘姥姥说："你尝尝这个茶。"刘姥姥便一口吃尽，笑道："好是好，就是淡些，再熬浓些更好了。"贾母众人都笑起来。然后众人都是一色官窑脱胎填白盖碗。

这段情节对妙玉的行为描写可谓精致又热闹："妙玉忙接了进

去"，"妙玉笑往里让"，"妙玉听了，忙去烹了茶来"，"妙玉亲自捧了一个海棠花式雕漆填金云龙献寿的小茶盘，里面放一个成窑五彩小盖钟，捧与贾母"。这一段文字里的妙玉实在太出人意料，一系列的言谈举止丝毫不像出于冷若冰霜的"槛外人"妙玉所为，其态度恭敬程度甚至不亚于大观园里的任何一个丫鬟！当然，这种待遇也就只有像贾母这样的贾府高层领导才能享有，其他的小角色是无福享受的。若妙玉真是超然物外，以修行为本，眼中必定视富贵如浮云，这才是出家人的行为准则：有钱没钱，有身份没身份，都是一样的人。但妙玉眼中没有这样的"平等观"，照样把人分出了三六九等，可见其出世是假，入世才是真。

这里面有一句话写得奇怪："宝玉留神看她是怎么行事。"在此之前，贾宝玉和妙玉并没有密切的交往，相信宝玉一定是对妙玉本人充满了好奇，否则，一个经常接触的人，宝玉不会"留神看她怎么行事"。另外，"行事"二字大有深意，也许妙玉的怪僻在大观园里尽人皆知，所以宝玉认定妙玉一定也是行事极为怪僻的。当然，对于宝玉这样的异类而言，一个行事古怪的漂亮女尼反而更能增加她在自己心中的分量。

但头一回出场的妙玉确实十分古怪，因她太过正常，反而丧失了人们普遍认为的清高本性，几乎堪比清虚观里溜须拍马的张道士。至于与贾母的两句对白——贾母道："我不吃六安茶。"妙玉笑说："知道。这是老君眉。"刘心武先生以此认定这是贾府窝藏罪家之女（妙玉）的铁证，同时也有不少红学家就此认定贾府跟妙玉家曾有过不同寻常的亲密关系，也许是曾经的政治伙伴，而妙玉家祖辈喜欢喝六安茶，故贾母才会突然出此一语。

这实在是神经过敏了。

产于安徽六安等地的六安瓜片是著名的绿茶品种，有清胃消食功效，明清时享有盛誉，明初便是朝廷贡品，备受豪门富户追捧。作为贡品，六安瓜片是不对民间流通的，只针对朝廷显贵们供应，显得尤为珍贵。直到清末民初，六安瓜片才开始出现在民间的市场上。明代许次纾《茶疏·产茶》上有记载："天下名山，必产灵草，江南地暖，故独宜茶。大江以北，则称六安，然六安乃其郡名，其实产霍山县之大蜀山也。茶生最多，名品亦振；河南山陕人皆用之，南方谓其能消垢腻，去积滞，亦甚宝爱。"《两山墨谈》也有记载："六安茶为天下第一。有司包贡之余，例馈权贵与朝士之故旧者。"小说《金瓶梅》里，豪门富户西门庆的家里也以六安茶作为珍贵的饮品。可见贵族人家多喝此茶绝对不是稀奇的事情，深谙茶道的妙玉未必就没有在栊翠庵里用六安茶招待过贾母。

六安瓜片口味相对清淡，贾母不喜"六安茶"，可见其不喜绿茶。而老君眉应该是产于福建武夷山名从，属乌君山茶，香气浓郁，较之于六安瓜片更为名贵，是茶中珍品。此茶有消食之效，为刚刚吃完酒肉的贾母奉上一杯老君眉，实在再合适不过。

在此，曹公真实的意图是要凸显妙玉刻意投贾母所好。从大观园修成到第四十一回的栊翠庵品茶，在书中已经是将近一年的光景了，妙玉住在贾府的栊翠庵里近一年的时间，跟贾府上上下下等基本上都熟悉了，只要妙玉是个"有心人"，别说贾母的爱好和习性，就是其他所有相关人等的好恶也都可了然于胸。从贾母知道妙玉这里有好茶即可知晓：贾母绝对不是头一次来栊翠庵吃茶。客人三番五次地光顾，难道主人还能弄不清楚她喜欢什么，不喜欢什么吗？上次喝的六安茶贾母不喜欢，所以这次妙玉才主动把六安茶换成了老君眉。与其说贾母和妙玉是"旧相识"，不如说贾母真是把妙玉当成了"世外人"，不理世间俗务了。恰恰是这个妙玉，却实实在在对世间俗务了然于胸，与她的身份极为不符！

妙玉与钗、黛的交情到底有多深

在品茶栊翠庵一段中，伺候完了贾母等家长级领导后，妙玉的工作还没有结束，紧接着便是跟小一辈的主人联络感情的时间了，原文写道：

> 那妙玉便把宝钗和黛玉的衣襟一拉，二人随她出去，宝玉悄悄地随后跟了来。只见妙玉让她二人在耳房内，宝钗坐在榻上，黛玉便坐在妙玉的蒲团上。妙玉自向风炉上扇滚了水，另泡一壶茶。宝玉便走了进来，笑道："偏你们吃体己茶呢。"二人都笑道："你又赶了来蹭茶吃。这里并没你的。"妙玉刚要去取杯，只见道婆收了上面的茶盏来。妙玉忙命："将那成窑的茶杯别收了，搁在外头去吧。"宝玉会意，知为刘姥姥吃了，她嫌脏不要了。

又见妙玉另拿出两只杯来。一个旁边有一耳，杯上镌着"𤫫𤭛𤭤"三个隶字，后有一行小真字是"晋王恺珍玩"，又有"宋元丰五年四月眉山苏轼见于秘府"一行小字。妙玉便斟了一𤫫，递与宝钗。那一只形似钵而小，也有三个垂珠篆字，镌着"点犀𤭤"。妙玉斟了一𤭤与黛玉，仍将前番自己常日吃茶的那只绿玉斗来斟与宝玉。

宝玉笑道："常言'世法平等'，她两个就用那样古玩奇珍，我就是个俗器了。"妙玉道："这是俗器？不是我说狂话，只怕你家里未必找得出这么一个俗器来呢。"宝玉笑道："俗说'随乡入乡'，到了你这里，自然把那金玉珠宝一概贬为俗器了。"妙玉听如此说，十分欢喜，遂又寻出一只九曲十环一百二十节蟠虬整雕竹根的一个大盒出来，笑道："就剩了这一个，你可吃得了这一海？"宝玉喜得忙道："吃得了。"妙玉笑道："你虽吃得了，也没这些茶糟蹋。岂不闻'一杯为品，二杯即是解渴的蠢物，三杯便是饮牛饮骡了'。你吃这一海便成什么？"说得宝钗、黛玉、宝玉都笑了。妙玉执壶，只向海内斟了约有一杯。宝玉细细吃了，果觉轻浮无比，赏赞不绝。妙玉正色道："你这遭吃的茶是托她两个福，独你来了，我是不给你吃的。"宝玉笑道："我深知道的，我也不领你的情，只谢她二人便是了。"妙玉听了，方说："这话明白。"

黛玉因问："这也是旧年的雨水？"妙玉冷笑道："你这么个人，竟是大俗人，连水也尝不出来。这是五年前我在玄墓蟠香寺住着，收的梅花上的雪，共得了那一鬼脸青的花瓮一瓮，总舍不得吃，埋在地下，今年夏天才开了。我只吃过一回，这是第二回了。你怎么尝不出来？隔年蠲的雨水哪有这样轻浮，如何吃得？"黛玉知她天性怪僻，不好多话，亦不好多坐，吃完茶，便约着宝钗走了出来。

宝玉和妙玉赔笑道："那茶杯虽然脏了，白撂了岂不可惜？依我说，不如就给那贫婆子吧，她卖了也可以度日。你道可使得？"妙玉听了，想了一想，点头说道："这也罢了。幸而那杯子是我没吃过的，若我使过，我就砸碎了也不能给她。你要给她，我也不管你，只交给你，快拿了去吧。"宝玉笑道："自然如此，你那里和她说话授受去，越发连你也脏了。只交与我就是了。"妙玉便命人拿来递与宝玉。

宝玉接了，又道："等我们出去了，我叫几个小幺儿来河里打几桶水来洗地如何？"妙玉笑道："这更好了，只是你嘱咐他们，抬了水只搁在山门外头墙根下，别进门来。"宝玉道："这是自然的。"说着，便袖着那杯，递与贾母房中小丫头拿着，说，"明日刘姥姥家去，给她带去吧。"交代明白，贾母已经出来要回去。妙玉亦不甚留，送出山门，回身便将门闭了。不在话下。

红楼十二钗中，妙玉的身份最为特殊：带发修行的尼姑。

不适合跟俗家人有太深的私人交往，所以妙玉跟众人的关系都比较冷淡。这一回却有点不一样，似乎妙玉跟宝钗、黛玉的关系十分亲密，才会私底下拉她们进内室喝私房茶。从文中实际来看，却未必如此。妙玉对待宝钗、黛玉态度平平，不见丝毫的亲密感，甚至对黛玉还挖苦抢白，令她着实下不来台。既然如此，为何妙玉要请宝钗、黛玉进自己的房里去喝私房茶呢？这个疑点历来受到很多研究者的关注，众多研究者认为：这是妙玉故意想引宝玉进来而使出的诡计。

认同此观点。妙玉这招纯属于"钓鱼"——钓宝玉这条鱼。作为一个妙龄的尼姑，不可能明目张胆地邀请一个少年男子进自己的内室，更何况这个男子又是自己寄居之府的公子，故拿钗、黛二人做障眼法。通篇看来，妙玉跟钗、黛的关系不仅不亲密，甚至算得上冷淡，没有必要用最好的茶叶和多年珍藏的雪水来饱她们的口福。读遍《红楼梦》，要说对妙玉的印象，那就是一个字：冷。感觉妙玉一直是个没有什么面部表情变化的人，走到哪里都是一副冰冰凉的态度。但这回书里，头一次出场的妙玉面部表情却是出奇地丰富——作者一连用了六个"笑"字，妙玉那副和颜悦色的姿态跃然纸上。对贾母一段文字中，妙玉共笑了三回，一点一滴都透着恭敬谦逊。对宝玉也是笑了三回，另外有一次"十分欢喜"，这段文字里，宝玉、妙玉甚至颇有点调情之嫌。

但也有人会说了，你说妙玉跟宝玉调情，可妙玉还是时不时义正词严的，表现得丝毫都不像宝玉跟黛玉那样黏黏糊糊。

其实这只是女孩子在对待心仪异性时的一种本能策略罢了。当两个人的感情还并不十分亲昵时，女孩子是该适当地端端架子，否则怎么引得异性，尤其是像宝玉这样的异性格外关注呢？就连林黛玉不也经常对贾宝玉爱答不理，故意装出距离感吗？这是女孩子对待爱人的巧妙心思。所谓欲擒故纵是也。

接下来，当黛玉问妙玉沏茶之水是不是雨水时，妙玉的反应激烈得有些莫名其妙，而且是"冷笑道"，不免让人觉得小题大做。一杯水嘛，何至于此？就此来分析一下妙玉当时的心理状态。

刚刚进驻大观园时，妙玉十八岁，到了第四十一回，妙玉在十九岁左右。那个时代，十九岁的女孩子年龄已经不小了，眼看就要过了最适合婚嫁季节，可正值青春的美人儿被迫忍受青灯古佛的孤独煎熬，对妙玉而言，实为恨事。宝玉和妙玉之间到底有没有爱情，历来是红学界争论的焦点。当然，他们二人之间确实存在着一些异性之间的相互吸引，但要说爱情，实在谈不上。宝玉自不用说，对于美女天然都有一种发自内心的热爱，这是一种青春期的性萌动，生理现象。妙玉对宝玉也是有一定的好感，在大观园这样完全封闭的环境里，贾宝玉这样的异性几乎是绝迹的，一个十九岁的大姑娘，无论是心理还是生理都已经有了性意识，她渴望吸引异性的注意力、渴望把自己女性美的一面展现给别人。在那个时代里，她没有这样的权利，作为一个出家人，社会已经剥夺了她作为女人的权利。于是在这一回中，她才会拉宝钗和黛玉进她的内室喝体己茶，目的也就是为了能把宝玉"钓"进来。妙玉当然也希望能够有机会和宝玉单独相处，但又不能直接请宝玉入内，权衡利弊，只好折中，在有第三者在场的情况下跟宝玉有短暂相处，于是才有了后文妙玉对黛玉的嘲讽："你这么个人，竟是大俗人，连水也尝不出来……隔年蠲的雨水哪有这样轻浮，如何吃得？"说实话，这句话在一个第三者听来都是太过于严厉的，在不知情的情况下，雨水和雪水的差别估计连妙玉本人也未必尝得出来，这里黛玉却莫名其妙地当了一回出气筒。原本以为，林黛玉何许人也，受了这样的讥讽贬斥能不发火？可此刻林黛玉的脾气却变得出奇地好，不仅没有反驳，似乎连生气都没有，而是"知她天性怪僻，不好多话，亦不好多坐，吃完茶，便约着宝钗走了出来"。一直以来，评论者认为黛玉在这里之所以不发作，是妙玉的博学雅致令这位红楼第一才女折服的表现，若果真如此，"黛玉知她天性怪僻"几字便显得奇怪了，若是对妙玉表示佩服，"天性怪僻"四个字显然就是用得不恰当。

这话看起来简单，细想来大有深意，所谓"知她怪僻"，不如说是知道妙玉对宝玉的好感。黛玉何等聪明人，心较比干多一窍，不会平白无故被人当了钓饵又遭嘲讽还不自知，之所以不好多话，又不好多坐，八成是看清楚了妙玉对宝玉的真实情感，不多做回击，反而表现了黛玉的涵养，同时也是出于对妙玉的同情，于是也才有了第五十回宝玉乞红梅一段中，黛玉的那句"有了人反不得了"的奇怪话，黛玉是对宝玉了解入微，更是对妙玉了解入微。都说宝钗体贴人，其实黛玉比起宝钗也不逊色。这里明写妙玉，暗写黛玉。

也有人会问，这里为什么单单写了黛玉的言谈，宝钗呢？为什么一言不发？

宝钗当然是不肯轻言妄语之人，即使她心里也如明镜一般，也不会点破真相。对宝钗，是不写之写。

不论怎么说，妙玉这个人物与茶有缘，《红楼梦》最精华的茶文化就体现在她的身上。从茶到水再到器皿，皆不是凡品。尤其是这一回出现的两种泡茶之水，更是让现代读者大开眼界！饮茶者必然重视泡茶之水，历来文人雅士汲清泉之水泡茶，谓之"品泉"。但唐宋以来，认为用雪水烹茶是高人雅趣。清朝的诗人吴珩曾有《雪夜煎茶》一诗，记述雪水烹茶之妙：

绝胜江心水，飞花注满瓯。

　　纤芽排夜试，古瓮隔年留。

　　说的是诗人每到寒冬大雪之际，直接用瓮接下落雪，放入窖中珍藏，隔年取出烹茶，滋味如琼浆玉液一般。古人品泉以"轻、清、甘、洁"为美，烹茶用的雪水一般取于青松之上，花卉之端，再加上古代没有工业污染，按理说是清洁至极的。然而，妙玉这坛雪水采集以后，在地下埋了五年，实在不知道这水还能是什么味道。如今桶装的纯净水超过了三天便有不健康之嫌，而两三百年以前，有人把埋了五年的雪水拿出来当成最名贵的饮品招待客人，实在令人匪夷所思。

　　为什么作者偏偏把妙玉与茶道联系得如此紧密呢？中国自古有茶艺精于佛门的说法。唐朝《茶经》的作者茶圣陆羽（字鸿渐，法名法海）亦有过童年出家的经历，而且还是金陵某寺院的僧人，实在跟曹雪芹笔下的妙玉背景有些相似。

　　相传茶圣陆羽也是个不合格的出家人，虽有名师点化，却不愿一心向佛，反而志在学习俗世中的儒家文化，因此被寺中的其他僧人所不容。曾有高僧积智大师手持佛卷，向陆羽宣示"出世之业"，想令其折服。所谓出世之业，是指超出"三界（欲界、色界、无色界）""六道（地狱、饿鬼、畜生、人、天、阿修罗）生死轮回"的境界，相当于涅槃。面对高僧的苦说，陆羽并不买账，坚持自己的学儒之心。在佛门弟子眼中，这也是七情六欲不能灭绝的表现。后来陆羽还与才女陆季兰有过一段爱情故事。在《红楼梦》中，妙玉向往爱情，酷爱茶道，而且精于诗词，颇有陆羽离经叛道的作风。可见，妙玉身上影影绰绰有些茶圣陆羽的影子。

　　另外一层意思：茶在古代并不单单是饮品那么简单，它还有"婚姻"的意思。古代所谓"一女不吃两家茶",便是"一女不嫁二夫"的意思。清朝时的订婚风俗,男方根据议定的聘礼择吉日去女家行聘,称为"下茶",是"下聘"的代称。

曹雪芹把一个带发修行的尼姑跟"茶"联系得如此紧密,不单单写妙玉的"雅趣",还暗示了妙玉的一点俗心,因为婚姻无望而格外爱"茶",既是对妙玉的讽刺,更是对妙玉的同情。

蔑视贫穷的重财女尼

　　历代读者看妙玉，总是简单把她当成一个寄居贾府的美女来看待，即便能够意识到她的身份是尼姑，也相当表层。一入佛门，便应该淡化性别，而妙玉却极具女人味，有品位，懂享受，既是出色的茶艺师，又是优秀的园艺师，这样的品位和专长胜过大观园中的无数千金小姐。但这对于尼姑妙玉而言，实在是不恰当得很。佛门弟子的戒律生活，讲求节俭朴实，身无长物，将衣食住行的物质条件降至最低限度，不得有任何娱乐以及所谓演艺、艺术的欣赏，将眼、耳、鼻、舌、身五种官能，从色、声、香、味、触五种外境，尽量隔离。故从外表来看，僧人的生活，不仅清苦，而且冷漠。这却是使他们从物欲的牵累中获得解脱的最好方法。

　　所以读者所看到的妙玉形象，才与佛门清规有着如此大的差距。妙玉对声、色、香、味样样钟爱，喜欢大观园中的音乐演奏，把栊翠庵中的园艺工作做到了最精致，对于茶饮料和茶具的讲究更是达到了极限，这其实相当不符合一个出家人的身份。

再回过头来看看栊翠庵品茶一段中妙玉为贾母等人准备的茶具，"海棠花式雕漆填金云龙献寿的小茶盘，里面放一个成窑五彩小盖钟"。成窑是明代成化年间官窑所出的瓷器，以五彩为上乘。这样的茶具，别说贾母喜欢，只怕皇帝也会欢喜：古董+名牌！海棠花式雕漆填金云龙献寿的小茶盘、成窑五彩小盖钟，从样式到色彩都透着富贵精致，只可惜不像个出家人该有的气质。除了贾母，其他人也都是一色的官窑脱胎填白盖碗。

有人就此分析妙玉是个富婆，有着富可敌国的古董财宝。这话的真假不敢轻断，有一点可以认同：妙玉必定不穷，至少不比钗、黛穷。大观园就是个名利场，没钱没势混不下去，妙玉敢当面对贾母的心肝宝贝林黛玉讽刺挖苦，可见她腰杆还是很硬的。而在大观园中，腰杆硬实就意味着有钱，说明了妙玉的家底之厚。毕竟，一个出身于宦门的贵族小姐，即使当了尼姑也不可能一穷二白，所谓出家，只是换了一个地方享受富贵而已，算不上真正的"了悟"。

说到妙玉的怪僻性格，大部分读者马上会联想到她的洁癖，觉得她对待刘姥姥的态度虽不可取，但也可以理解，年轻女孩子不喜欢卫生习惯欠佳的刘姥姥也是情有可原。实际上这种为妙玉所做的辩护是不正确的。佛家所说的四种颠倒是：净——清净的净，乐——快乐的乐，常——永恒的常，我——我为中心。由于有这四种颠倒，所以不能出三界，所以沉沦流转在生死中。连宝钗、黛玉这样的俗家人都明白"本来无一物，何处惹尘埃"的道理，而到了尼姑妙玉这里，却对"干净"二字理解得如此狭隘。

这种狭隘的真正原因正是对财富的重视！同是酒肉之人，她对刘姥姥和贾母截然不同的态度，并不是简简单单的"洁癖"可以解释的。同样的茶杯，贾母用过后还可以继续使用，刘姥姥喝过一口后就只能扔掉了。刘姥姥站过的院子要拿水来冲洗干净，送水的小厮还不能进院里来。这是什么逻辑？刘姥姥去过贾母的正房、黛玉的潇湘馆、宝钗的蘅芜苑、探春的秋爽斋，甚至还睡过宝玉的怡红院，即便最挑剔的林黛玉也没见有过分反感的情绪，更没听说要拿水冲屋子洗院子。可见妙玉的确存在精神洁癖，而根源，是她对于贫穷的蔑视！

后文中，当宝玉说宝钗、黛玉所用茶杯都是古玩奇珍，自己的却是个俗器时，妙玉表现出了明显的不高兴情绪："这是俗器？不是我说狂话，只怕你家里未必找得出这么一个俗器来呢。"这既是对自己尊严的维护，又带有炫耀的情绪。妙玉实在过于敏感，即便真有钱，也没有必要天天挂在嘴边儿。但正是这种敏感反射出了妙玉的不够通透，越是想对钱财表现出不在意的情绪，却越是适得其反。在这里，让人看到了一个俗气而且势利的妙玉。

最不受佛祖眷顾的女弟子

在栊翠庵品茶一段文字中，酒足饭饱的贾母一行人来到栊翠庵，妙玉便往禅堂里让。还是贾母说："我们才都吃了酒肉，你这里头有菩萨，冲了罪过。"读者都知道，佛门戒律头一条便是戒酒。身为修行者的妙玉见了贾母一行人等，却连这样的忌讳都忘到九霄云外去了，妙玉的修行实在是三心二意，甚至还不如贾母这个俗世人明白规矩。然而，妙玉必定是块美玉，因她"气质美如兰，才华阜比仙"，既是美女又是才女，比之于湘云、黛玉这些青涩的小女生，一定更有一种成熟的女人味。曹雪芹给她的判词是：

欲洁何曾洁，云空未必空。

可怜金玉质，终陷淖泥中。

　　这首判词不光揭示了妙玉的最终命运，也存有对这个人些微的贬抑。"欲洁何曾洁，云空未必空"这两句，从侧面反映了妙玉的"表里不一"，很多人觉得这可以理解为妙玉的理想和现实遭遇的不统一。但从全书来看，妙玉哪一点的行为表现出了她的"一心向空"呢？她只是被动地进了佛门，甚至三千烦恼丝还在，从根本上来说，她就没有任何想要出家的意图。

　　邢岫烟对妙玉的一段评价十分中肯："僧不僧，俗不俗，男不男，女不女，成个什么道理。"

　　妙玉并不是个纯粹的佛门中人，她的意识里有着十分强烈的反佛意识，又必须时时刻刻提醒自己：要归顺，要向佛，这是最明智的选择。

　　她时刻强调着自己跟世人的不同，是畸零之人，更是槛外之人。这既是对自己的提醒，更是对他人的表白，表明自己是个佛门中人。但真正的禅修生活，是一种严格而近乎严酷的锻炼，要把一个满是缺点的普通人锻炼成钢筋铁骨、冰心铁胆、菩萨心肠的大禅师。如孟子云："天将降大任于斯人也，必先苦其心志，劳其筋骨……"如同日后的惜春，大彻大悟，缁衣乞食，才是佛门之苦修。修行者心中，无风无浪，无云无雨，万里晴空，亦无日月。念念不离修行，故无须刻意修行；念念处处安闲，故也不用休闲了。而饿其体肤、劳其筋骨的事情妙玉从来不沾边，平常还要种花、修草、煮雪、烹茗享受人间，日常修行有丫鬟伺候，除了住在庙里以外，样样都是富贵小姐的做派。这样的人却天天把"佛心"挂在嘴边，这才叫此地无银三百两。由此可见，妙玉日后的命运必定悲苦。佛祖庇护心诚之人，像这样三心二意的人，又岂能得佛祖眷顾？妙玉凡心不死，也正是其悲剧的根源所在。

关于妙玉的结局历来也是深受读者关注的问题之一。十二支《红楼梦》仙曲里妙玉的那首《世难容》吟唱道：

> 气质美如兰，才华阜比仙。天生成孤僻人皆罕。你道是啖肉食腥膻，视绮罗俗厌；却不知太高人愈妒，过洁世同嫌。可叹这，青灯古殿人将老；辜负了，红粉朱楼春色阑。到头来，依旧是风尘肮脏违心愿。好一似，无瑕白玉遭泥陷；又何须，王孙公子叹无缘。

以此曲来看，妙玉日后的结局与前八十回中的生活发生了天翻地覆的变化。现存的高鹗续书中，妙玉遭劫，被强盗掳去，最终不知是生是死，只借贾环等人的闲谈推断出妙玉似乎已经死亡的信息，留有悬念。更多的研究者，如俞平伯先生等以"风尘肮脏违心愿"此句分析，日后的妙玉沦落为娼，成了风尘中人。然靖藏本第四十一回关于妙玉的成窑盖钟一段又曾有过眉批："妙玉偏僻处此所谓过洁世同嫌也，他日瓜洲渡口劝惩不哀哉红颜固不能不屈从枯骨。"这透露出日后的妙玉被迫还俗嫁给了一个老头子。

刘心武先生则以此猜想这个老头子便是贾府的老对头忠顺王爷，强娶妙玉，既是贪图她的姿色，也是贪图她的古董收藏，最终妙玉为救宝玉而与忠顺王爷同归于尽——这样的构思实在有些大胆了，在此不多做赘评。有一点可以肯定，妙玉的结局必定不妙。

佛教的基本思想，是主张息贪欲、戒嗔恚、离愚痴的，清净、少欲、无净、无恼，便能安身用功，息心修道。但妙玉一生，欲念横生，始终脱不了肉身凡胎的制约。妙玉的出家是个错误，被迫选择了一种不喜欢的生活，又要时刻强迫自己去喜欢，这是双倍的煎熬。从结局来看，最终妙玉不论是生是死，都是脱离了庵堂佛殿的，就从这一点来看，似乎也是一种解脱。果真要对着这青灯古佛熬到白头，对妙玉是更大的苦难。即便风尘肮脏，也是一种获得，成全了妙玉的凡心！

情·祸

红颜遗恨，
万古祸根皆风流

秦可卿与父子两代人的情爱纠葛

说起宁国府，总是难离一个"性"字，不论是同性恋还是异性恋甚至是乱伦恋，每一种性爱形式，在这里都能够找到原型，实在有失礼教森严的诗礼大族风范，倒颇有李唐王朝性开放的风气。

各个朝代对性的控制程度是不同的。唐朝是封建社会的盛世，统治者相对开明，对性的控制也极为宽松。自宋朝以后，封建社会进入了衰退期，对性的控制格外加强了，这也是统治者出于对老百姓思想行为控制的一种手段，女人毕生遵守的"君权、族权、夫权、神权"，就是切切实实的性压迫，在性的问题上，女人是没有主动权的，稍有出轨便被视为"淫妇"。宋朝时便有明文规定，女子通奸当受凌迟之刑，而男子通奸不过是流刑、发配而已。可见性对于男人女人的不同控制力。

秦可卿便是一个因性而死的女人，也是书中唯一一个敢于追求性满足和性解放的女人。如果秦可卿生在唐朝，也许会逍遥自在，但生在戒律森严的大清朝，却只有一死了结所有罪孽。

秦可卿，情可轻，情既可轻，还有什么不可轻呢？

可卿仙子理应出身不详

贾珍跟秦可卿的关系写得煞是丰富好看。秦可卿从出场到死亡一直给予读者一个温柔和美的女性形象，对于她的外貌，作者是这样描述的："鲜艳妩媚，有似乎宝钗，风流袅娜，则又如黛玉。"一个相当高的评价！

宝钗的丰艳容貌，黛玉的空灵气质，是红楼女性中的榜首，美女中的美女，可一个秦可卿能够兼此二人之美，足见其销魂之姿。比之于庄雅的宝钗、轻灵的黛玉，秦可卿更多一重成熟女人的韵味；比之于泼辣的凤姐，她更多一重善良温婉；比之于红楼二尤，她又多一重高瞻远瞩。她是个脂粉堆里的翘楚，因为过于美丽，更显得神秘飘忽。

刘心武先生曾把秦可卿当成自己的研究重点，坚称秦可卿身份并不低微，不仅仅只是一个养生堂（孤儿院）的弃婴，而应该是康熙废太子胤礽的女儿，因为父母的政治失败，被迫寄养到民间的公主级人物。刘心武认为是贾母做主收养了皇帝政治对头的女儿秦可卿，并且聘为重孙媳妇，否则以秦可卿娘家的身份、地位来论，一个小小营缮郎的女儿是无论如何也不可能成为贾母心中重孙媳中的第一得意之人的。而且秦可卿娘家的经济状况实在是捉襟见肘，在送秦钟陪伴贾宝玉读书一段中，有这样的描述：

　　那秦业至五旬之上方得了秦钟。因去岁业师亡故，未暇延请高明之士，只得暂时在家温习旧课。正思要和亲家去商议送往他家塾中，暂且不致荒废，可巧遇见了宝玉这个机会。又知贾家塾中现今司塾的是贾代儒，乃当今之老儒，秦钟此去，学业料必进益，成名可望，因此十分喜悦。只是宦囊羞涩，那贾家上上下下都是一双富贵眼睛，容易拿不出来，为儿子的终身大事，说不得东拼西凑地恭恭敬敬封了二十四两贽见礼，亲自带了秦钟，来代儒家拜见了。

　　前文已经讨论过贾政的官衔问题了，那时候他出任工部员外郎，在古代是负责工程建设的官员，相当于现在的副司长、副厅级干部，而协助他工作的下属叫营缮郎，属于工部下面分支的一个中低等官员。算起来，秦业也是贾政的下属。如果没有祖祖辈辈的富贵根基，秦业是不可能通过这份职业大富大贵的。"东拼西凑""恭恭敬敬"封了二十四两银子，可见身为营缮郎的秦业，虽是豪门亲戚，经济状况却毫不乐观。而且文中写道"贾家上上下下都是一双富贵眼睛"，如此的富贵之地，众人的富贵势利眼，却都看重秦可卿——一个囊中羞涩的营缮郎的养女，可见这个女子必定有着非同寻常的优点，于是刘心武认定这个优点正是她的真实血统：皇族后裔。另外，刘心武还认为，秦可卿的死是由于贾元春告密所致。贾元春为求上位，为了当上贵妃，不惜牺牲了秦可卿的性命。于是秦氏一党后来为秦可卿报仇，贾元春也为此付出了生命的代价！

　　这种观点因为在原著中缺乏故事依据，故不敢妄加论断。秦可卿到底是什么血统身份，曹雪芹并未给出一个明确的答复。书中，她是个不知道亲生父母是谁的孤儿，被秦业收养，后因为家庭关系等种种原因而嫁给了贾蓉，又因为自身品貌等各方面条件都极为出众，成了贾母心中的"得意人"。

那是不是荣、宁两府的公子们就一定不能娶家境平常的中等官宦人家的女儿做太太呢？倒也未必。

虽然荣国府的太太奶奶们都出身于名门，基本上是四大家族之间的联姻，但并不是说只有出身于上流豪门的女孩儿才可嫁进贾府。贾母为宝玉挑选媳妇的首要条件是模样儿好、性格好，然后才是看家境如何。如果当年的秦可卿品貌极其出众，到了远近闻名的地步，那么秦家并不宽裕的家庭条件也许就不会成为太太的障碍了。尤其对于贾珍这样的色场老手来讲，挑儿媳最重要的标准必定是相貌。秦可卿相貌美极，即便家境平常也一样可以进入贾府当上少奶奶。换言之，若是富贵人家的千金小姐，相貌却极普通平常，相反贾珍倒未必会聘来做儿媳。这是一个人的秉性问题，改变不了的。

曹雪芹也许是刻意地淡化秦可卿的生身父母，为的是使秦可卿在太虚幻境中的身份更加突出。在太虚幻境中，秦可卿是警幻仙姑之妹，天宫仙子。历来神仙的来历多为缥缈，有多少人听说过哪个神仙父亲名谁、母亲名谁呢？曹公刻意把秦可卿写成一个仙子，是"情天情海幻情身"，偶入凡尘。所以，秦可卿理应出身不详，否则就淡化了她身上的"仙韵"了。

"爬灰"事件：风流的代价是死亡

秦可卿是一个近乎完美的女性。当然，曹雪芹是一个缺憾艺术大师，写绝世美人必有一陋处方显其真实可爱，故，黛玉偏瘦且小性儿，宝钗偏胖且世故，湘云咬舌且无女性之媚姿。秦可卿唯一的陋处则是她的"淫"，而在那样的时代，显然这是致命的缺憾，果真，秦可卿死于此。

说到秦可卿的优点，实在太多，性情温柔随和，做事踏实稳重，兼具政治家的高瞻远瞩，实在是红楼中不可多得的完美女性代表。作为女人，秦可卿的品行却存在严重的问题。当然，一个人的才能和品行往往是不统一的，春秋时齐僖公的女儿文姜，是冠绝一时的美人，但生性好淫，与同父异母的哥哥姜诸儿一直保持着性关系，这种乱伦行为实在令世人匪夷所思。后来，姜诸儿害死了文姜的丈夫鲁桓公，文姜的儿子继位，就是后来的鲁庄公，文姜一心一意地帮儿子鲁庄公治理国家，以其非凡的政治才能把鲁国从一个羸弱小邦发展成经济军事强国。虽然品行不佳，却功绩卓越，让后人难下褒贬！

秦可卿也是这样一个女人。一个巴掌拍不响，一个人的犯错总是有原因的，如果秦可卿在其他人家做儿媳，也许不会有日后的"淫行"，只怪宁国府里太肮脏龌龊，想在其中保持清白，实在太难！对贾珍而言，面对这样一个美艳绝伦的女人，不可能无动于衷，即便这个女人是自己的儿媳妇，伦常也阻挡不了他猎艳的决心。

《红楼梦》中关于秦可卿和贾珍不正当关系的描写基本上都是隐写，重重迷雾隐藏之下的是一对乱伦的公媳。秦可卿一出场，作者便透过贾母给予了她一个相当高的评价：

> 贾母素知秦氏是个极妥当的人，生得袅娜纤巧，行事
> 又温柔和平，乃重孙媳中第一个得意之人。

"第一个得意之人"几个字的评价相当高，贾母喜欢秦可卿，不是简简单单把她当成可以陪伴自己聊天解闷的"闲客"，实际上贾母身边有很多这样的女闲客，她们就是在贾母无聊之际陪伴她聊天、玩牌、喝酒，举行娱乐活动来玩乐。秦可卿却不一样，在贾母心中，她行事十分妥当，能够让人信任、放心，甚至可以托付重要事情。这样一个人，做出违背伦常的事情来，才更能引人深思。

第七回，贾宝玉和王熙凤一起到宁国府去游玩，当天晚上，资深家奴焦大喝醉了酒，于是开始发泄心中的愤慨：

> 我要往祠堂里哭太爷去。那里承望到如今生下这些畜
> 生来！每日家偷狗戏鸡，爬灰的爬灰，养小叔子的养小叔
> 子，我什么不知道？咱们"胳膊折了往袖子里藏"！

由于前文对宁国府的淫乱之事欠缺铺垫，所以读者对"爬灰的爬灰，养小叔子的养小叔子"一句深感不解。"爬灰"又称为"扒灰""偷锡"，关于它的典故来源主要有两种：

第一种解释出自苏东坡。苏东坡晚年时，一日，儿媳妇带着孩子在庭院里玩耍，淘气的小孙子非闹着到爷爷的书房里头玩。当时的规矩，老爷的书房不是随便就可以进的，恰巧公爹不在，这年轻媳妇

也想一窥这一代名士的书房，就带着孩子进去了。进去后，儿媳妇被满屋的诗词典籍给吸引了，任孩子在一旁玩耍，她则坐在公公的床沿看起书来。看着看着，竟然睡着了。一旁的小孩子见母亲睡了，便四处跑去玩耍。黄昏时分，苏东坡与友人饮酒归来。一进到书房里，瞧见儿媳妇斜躺在床上，觉得不合礼教，被人撞见了难免说闲话，急急退出书房，一不留神，打翻了桌上的香炉。同时，苏东坡望着床上娇艳欲滴的年轻儿媳妇又不免心有所动，索性在桌上的香灰里写了两句诗："芙蓉帐内一琵琶，欲要弹它礼又差。"写完后，便退了出去。儿媳妇一醒来，见到公公留在桌上的两句诗，不禁羞赧，反过来应和了两句："愿借琵琶弹一曲，肥水不流外人家。"当苏东坡再次回到书房，发现桌上多了两句诗，不觉立于桌前傻笑，被随之而来的好友陈季常看到。苏东坡赶紧以袖子将桌上的灰抹去，然后若无其事地说："没事没事，扒灰而已。"自此之后，这"扒灰"的典故就被陈季常传开了。后来，公媳之间有所暧昧，就雅称为"扒灰"。

第二种解释就简单得多了。江南的庙里祭拜时经常烧一些锡纸折成的元宝，锡纸不容易烧透，有的人就去扒灰偷锡，把没烧尽的锡纸偷出去，再重新做，这样就可以二次利用。偷锡谐音"偷媳"，暗指公公和媳妇之间的风流事。

这里，曹公生怕焦大的话引不起读者足够多的关注，还专门通过贾宝玉之口重复了一遍：

> 凤姐和贾蓉等也遥遥地闻得，便都装作没听见。宝玉在车上见这般醉闹，倒也有趣，因问凤姐道："姐姐，你听他说'爬灰的爬灰'，什么是'爬灰'？"凤姐听了，

连忙立眉瞋目断喝道："少胡说！那是醉汉嘴里混吣，你是什么样的人，不说没听见，还倒细问！等我回去回了太太，仔细捶你不捶你！"唬得宝玉忙央告道："好姐姐，我再不敢了。"

这段说得妙，凤姐、贾蓉等人装作没听见，可见心中有鬼，宝玉不懂"爬灰"之语，可见心底尚清，还不算是淫乱之人。至此读者才开始真正关注起贾珍和秦可卿的私情。曹公先透露天机，然后再慢慢把故事写出，让读者自去猜测。接下来很快就是秦可卿得病的章节了。秦可卿的病其实并不重，是普通的妇科病——停经，并不到致命的地步。病因也许是与公公贾珍偷情被丫鬟撞破而引发的焦虑所致。在古代，乱伦是相当严重的罪行。《唐律疏议》有规定："诸奸父祖妾、谓曾经有父祖子者。伯叔母、姑、姊妹、子孙之妇、兄弟之女者，绞。即奸父祖所幸婢，减二等。"处罚措施相当严厉。身为女人不可能不害怕。诊病一回书中，秦可卿病了，最着急的不是丈夫贾蓉，而是公公贾珍，多方求医问药，焦急不安。一般人读到这里，会觉得贾珍是个人情味儿十足的男人，作为长辈对待晚辈可谓尽心竭力，殊不知这关心内藏玄机。秦可卿之死历来是红学研究的热门选题，表面看来是死于疾病，实际上是自缢身亡，是和公公的奸情败露后不得已的选择。秦可卿死后，书中原文说："彼时阖家皆知，无不纳罕，都有些疑心。"可见秦可卿死得蹊跷。本不是致命疾病，且从发病时间到死亡时间实际上已经有一年的光景了，又明明写有转愈的迹象，为何将好之际又突然暴死？全家人心里都觉得奇怪，同时也有些猜透事情的真相了。

红学界最早关于"秦可卿之死"的学术论争，从胡适、顾颉刚、俞平伯几位的讨论开始，并由俞平伯写出了《秦可卿之死》的考证文章，说明了秦可卿之死的缘由，是因为与贾珍私通被婢女撞破，故而羞愤自缢。脂评本第十三回"秦可卿之死"的段落亦有点评："'秦可卿淫丧天香楼'，作者用史笔也。老朽因有魂托凤姐贾家后事二件，岂是安富尊荣坐享人能想得到者？其事虽未行，其言其意，令人悲切感服，姑赦之，命芹溪删去'遗簪''更衣'诸文，是以此回只十页，删去天香楼一节，少去四五页也。"

这样一来，秦可卿的故事就变得扑朔迷离，秦可卿的死也成了红楼疑案之一。时至今日，这个疑案开始渐渐破冰，秦可卿真实的死亡原因渐渐被大多数的读者所知晓。

秦可卿死后，不写贾蓉、尤氏有丝毫悲凄之情，却写尤氏一夜之间忽然病了，犯了旧疾。什么旧疾？胃疼。完全不是大毛病，休息一天半天应该就没事了，可作为婆婆、作为女主人，为这点胃疼的小毛病，乃至于丢下整个宁国府的繁杂事务以及曾经百般疼爱的儿媳妇的丧事不管？贾蓉更不用说，完全如一个局外人，这么出众的老婆死掉了，眼泪也没见掉一滴，该干什么还干什么。贾珍则不同，简直悲痛欲绝。此时贾珍也不过是四十岁左右的人，正当壮年，悲痛得却像个老人，拄起了拐杖，说出的话更是奇怪：

> 贾珍哭得泪人一般，正和贾代儒等说道："阖家大小，远近亲友，谁不知我这媳妇比儿子还强十倍。如今伸腿去了，可见这长房内绝灭无人了。"说着又哭起来。众人忙劝："人已辞世，哭也无益，且商议如何料理要

紧。"贾珍拍手道:"如何料理,不过尽我所有罢了!"

媳妇秦可卿比儿子贾蓉强十倍也许是真事,但也不至于她死后就"长房内绝灭无人"了。贾府一个儿媳的死,本不是什么大事情,贾珍的太太尤氏便是续娶的老婆,当年的原配夫人,也就是贾蓉的亲生母亲,不同样早早亡故吗?按理说贾珍有这方面的心理承受能力。一个儿媳妇的死,贾珍却愿倾其所有来料理后事,实在是古怪得很!再看第六十三回,贾珍的亲爹贾敬死了,论关系,那是远胜过秦可卿的,是骨肉亲情、养育之恩,可贾珍不仅未有丝毫悲凄之情,还一心惦记着如何去跟小姨子尤氏二姐妹偷情。对亲爹是这个满不在乎的样子,却对儿媳妇又是那副恨不能同死同归的样子,足见其中的隐情。

秦可卿死后,她的两个贴身丫鬟,一个当即自杀,一头碰死了,另一个心甘情愿为义女,誓任捧丧驾灵之任,而且发丧完毕以后就住到了庙里,发誓永不再回来了。这两个丫鬟的行为十分蹊跷。《红楼梦》写过不少死人的事情,并没有哪个人能跟秦可卿的死相比,更没哪个主人的下人愿以身殉主。可见秦可卿的两个丫鬟瑞珠、宝珠,是在秦可卿死亡的当晚看到了犯禁的事情,不得已选择死亡和长居庙中。

秦可卿死后贾珍对贾蓉的安抚措施

秦可卿的葬礼办得风光,称得上红楼之最。在秦可卿葬礼这一回文字中,也有一段奇文。第十四回,作者极其详尽地描写了参加葬礼来宾的姓名职务:

那时官客送殡的，有镇国公牛清之孙现袭一等伯牛继宗、理国公柳彪之孙现袭一等子柳芳、齐国公陈翼之孙世袭三品威镇将军陈瑞文、治国公马魁之孙世袭三品威远将军马尚、修国公侯晓明之孙世袭一等子侯孝康；缮国公诰命亡故，故其孙石光珠守孝不曾来得。这六家与宁、荣二家，当日所称"八公"的便是。

庚辰本在这段文字上有大段眉批，脂砚斋则称这段原文为"十二支寓"。什么意思呢？脂批："牛，丑也。清属水，子也。柳拆卯字。彪拆虎字，寅字寓焉。陈即辰。翼火为蛇，巳字寓焉。马，午也。魁拆鬼字，鬼金羊，未字寓焉。侯猴同音，申也。晓鸣（晓明），鸡也，酉字寓焉。石即指豕，亥字寓焉。其祖曰守业，即守镇，犬也，戌字寓焉。所谓十二支寓焉。"

每一位来宾暗含了两种生肖，所谓"十二支寓"即是暗含十二生肖的意思。由此可见作者的独到匠心，更可见秦可卿葬礼的豪华程度和来客之众多。虽《红楼梦》中大大小小出现过不少葬礼场面，但秦可卿的葬礼无疑是描写得最豪华的一个。日后，即使贾母的葬礼恐怕也难与其比肩，可见贾珍对于这位儿媳妇的"珍视"程度。

为了能够体面地料理丧事，贾珍做了两件过分出格的事情。

首先是秦可卿的棺材，用的木料不同寻常："帮底皆厚八寸，纹若槟榔，味若檀麝，以手扣之，玎珰如金玉。"这块木料是樯木，出自潢海铁网山上，做了棺材，万年不坏。那这副奇异的棺材是什么来历呢？是坏了事的义忠亲王老千岁预备用来做棺材的，因为坏了事所以没有福气用上。什么叫坏了事？一个王爷犯了什么事情才算得上坏了事呢？可想而知，这个义忠亲王必定是犯了极其严重的政治错误，也许是参与了政变谋反的活动，最终却没能成功，被皇帝镇压下去了，因而受到了严重的处罚，如此的好寿材自然也就无福消受了。

这块寿材的价钱奇高，至少在一千两银子以上。这个数字在当时的社会来看是惊人的，皇帝每年过年赏赐世袭的官宦之家，也不过千两纹银而已，贾珍愿意拿出这么数额庞大的一笔财资去为儿媳妇做一副棺材，绝不只是为了体面，也有他的内疚情绪。刘心武对此棺木做出认定：义忠亲王原本是秦可卿的叔公，老王爷无福消受的棺木，却让秦可卿睡在了里面。什么意思？明显是秦可卿皇族血统的铁证。

其实未必。可以来分析一下，文中连贾政都劝贾珍："此物恐非常人可享者，殓以上等杉木也就是了。"如若秦可卿真是皇族血统，贾政如何能够不知？若真如此，以贾政的政治觉悟，绝对不会把秦可卿归为"常人"。但贾政的劝告贾珍自然不听，"此时贾珍恨不能代秦氏之死，这话如何肯听"。秦可卿不过是个儿媳妇，死也就死了，贾珍却恨不得能够替她去死，这分明是丧失了心头至爱的表现。曹公在这里写出这块棺木，一是为了刻画贾珍的肆意奢靡，来隐证二人不可告人的关系；二也是为了透露给读者八十回后的故事真相：这块木材果真不是普通人可以享受的，日后的宁国府必定会因这块连王爷都无福消受的寿材而牵连出许多事情。毕竟，一个谋反的王爷的一切，都事关政治。贾家的一个媳妇竟然睡到了本应是王爷享用的棺材里，这件事本身就犯忌，日后追究出来，难免贾家不受牵连，亦是罪状之一，加之宁国府私下帮甄家匿藏财产的罪过，数案并发，罪上加罪，也才更符合秦可卿判词中"漫言不肖皆荣出，造衅开端实在宁"的真义。想八十回后，恐怕贾珍之辈即便死后也无棺椁可以收殓，亦与前文的肆意铺张奢华形成鲜明对照。

再来看第二件事情。秦可卿死后，贾珍图风光大葬，为此为儿子贾蓉捐官以求体面发送儿媳妇。贾珍是官居三品的威烈将军，不小的官衔，但他毕竟是秦可卿的公公，作为丈夫的贾蓉却是一介平头百姓，自然不够体面，于是贾珍又花了一千二百两的银子为贾蓉买了个五品龙禁尉的官衔。

秦可卿死的时候，贾蓉二十岁，完全是个不务正业的浪荡子。按理说，贾蓉早已成年，贾珍若是想要替他捐官早就可以办了，为什么偏偏在秦可卿死的这个当口急急忙忙来办这件事呢？按照刘心武的观点，是要使贾蓉的身份地位得以提高，以配得上秦可卿的皇族血统。若果真如此，那在秦可卿活着的时候贾家就应该考虑到两人的身份搭配问题了，为贾蓉捐官之事更应该早办，甚至应该在娶秦可卿之前就办，这才更显得出对秦可卿一族的尊重。可捐官这件事在秦可卿活着的时候毫无动静，秦可卿一死，贾珍却大张旗鼓地办了起来。用贾珍的话来讲也是为了秦可卿的丧事办得更体面一些，毕竟以官太太的身份下葬总比普通女人来得风光，另外一个原因恐怕还是来自贾蓉这边的压力。

秦可卿真正的死亡原因是和公公贾珍的奸情已经完全败露，无法再继续活下去。这个原因宁国府上上下下心里都清楚。作为秦可卿的丈夫，贾蓉心里更是明如镜。此事一出，贾珍立即上下疏通为贾蓉买官，名义上是为了丧事办得更体面，其实是为了安抚儿子，毕竟就这件事来说，自己这个做父亲的是最大的错者。

贾蓉可能从一开始就知道父亲和老婆的"隐情"，但慑于父威不敢发作。加上贾蓉本身就是一个浪荡成性的色中恶鬼，他只要能够自己找乐子也就够了，是非道德观已经近乎无，只要自己能快活，是不管其他事的。从文中来看，贾蓉和秦可卿这对夫妻一直是貌合神离，甚至从未写到他们夫妻二人有过单独在一起的场景。对于贾蓉而言，秦可卿的死未必不是一件好事，既是对父亲的一种惩罚，又让自己得以解脱，毕竟跟父亲共有一个爱人的滋味不好受。对于秦可卿而言，死亡也正是解决自己困境的最佳办法。如果秦可卿此时不死，苟延残喘，与贾蓉继续当一对貌合神离的夫妻，结局必定是更加不圆满。就像三国时著名的美人甄氏，被曹植想象成"翩若惊鸿，婉若游龙"的洛神仙子。甄氏是曹丕的妻子，曹操的儿媳妇，曹植的嫂子，她与这三个男人之间有着千丝万缕的瓜葛，大才子曹植甚至差点为她送了性命。曹丕虽爱慕甄氏的美貌，但没哪个男人会原谅自己妻子的风流情事，即便只是被其他男人觊觎也不行。后来曹丕做了皇帝，甄氏虽然当上了皇后，最终却还是被曹丕毒酒赐死。

试想，当日的秦可卿没有在天香楼自尽，他日公公亡故，丈夫贾蓉成了当家的老爷，失去了靠山的秦可卿也许会比先前的命运更加悲惨！早死早脱苦海，对秦可卿来说未尝不是好事。命运已然如此，悲剧已经注定，只是个时间长短的问题。秦可卿看透了这一点，干脆两腿一蹬，留下一堆麻烦让别人去发愁。

死，不是唯一的出路，而是一种选择，活得憋屈干脆不活，秦可卿同样是个红楼中的刚烈女子！

宝玉的初夜和可卿的性启蒙

是不是说秦可卿就真的只是一个被害者，是被贾珍的荒淫所逼死的呢？

也未必。书中关于秦可卿的判词是：

情天情海幻情身，情既相逢必主淫。

漫言不肖皆荣出，造衅开端实在宁。

判词上画的是一个美人悬梁自尽，可见秦可卿真正的死因是自缢而亡。这四句诗意思很明白地说出了秦可卿是一个"主淫之人"，十二钗中的其他人都是情种，秦可卿则是一个"淫种"。来看看贾宝玉跟秦可卿的一段不寻常的关系。

贾宝玉和秦可卿的一段公案历来是红学界争论的焦点。第五回里，宝玉的春梦到底是不是真实地发生的呢？秦可卿真的只出现在了宝玉的梦中吗？答案是否定的。

很多红学家把宝玉在梦中呼唤秦可卿的小名，而身在屋外的秦可卿却能够清楚地听到宝玉的梦中呓语作为证据，证明了秦氏当时必定在宝玉的侧旁。

这种观点有道理。在这里，还想补充的一点是，在第五回的末段里，有这样的描写："秦氏正在房外嘱咐小丫头们好生看着猫儿狗儿打架。"从表面上来看这话没有什么深意，意思大概是：秦氏在房外嘱咐小丫鬟们好生看着猫儿狗儿，不要让它们打架。往深里去想，不是这么简单。《红楼梦》中，"打架"不是个意义简单的词语，不能随便使用。第七十三回，傻大姐误拾了绣春囊，引起了大观园里的轩然大波，凤姐挨骂，大观园遭到抄检，司棋被逐，此事件也成了将来贾府被抄家的前兆。再回过头来看，当傻大姐拾到了绣春囊时，是何反应？

这痴丫头原不认得是春意，便心下盘算："敢是两个妖精打架？不然必是两口子相打。"

这里出现了"打架"一词，很明显，这里的打架，并不是真正的打架，而是性交。回到第五回，所谓猫儿狗儿打架，隐含的意思也就是性交。而猫儿狗儿性交显然不合常理，这种疯癫似的写法也从侧面证明了贾宝玉和秦可卿不合常伦的"性行为"。当然，这句话的意思并不单单指贾宝玉和秦可卿，甚至还隐含了秦可卿和贾珍，以及贾蓉等人的风流事，也只有在淫风盛行的宁国府，才能看到猫儿狗儿"打架"的奇事吧！

尤三姐幼稚无知的婚恋观

尤氏姐妹历来颇受读者关注。这姐妹二人出场短暂却极为亮眼，如同暗夜空中的一朵烟花，绮丽易逝。这两个女孩儿的出场就是为了刻画两场悲剧的婚姻恋爱故事，别的人可以为爱而生，她们却只能为爱而死。这姐妹俩在婚恋对象的选择上面，能够引发后人更多的反思。

从身世来看，尤二姐和尤三姐是宁国府里不正宗的亲戚。这姐妹俩和姐姐——贾珍之妻尤氏，不仅不同母，而且不同父。她俩是尤老娘与前夫所生，再婚时带过来的，且后来的丈夫（即尤氏之父）也死了。用尤老娘的话来说，从此"家计也着实艰难了，全亏了这里姑爷（贾珍）帮助"。贾珍、贾蓉父子即便霸占尤氏姐妹，因生活所迫，她们也是无计可施、无法反抗的。这尤氏姐妹生来容貌美艳，在贾琏的小厮兴儿眼里，尤三姐的面庞身段和潇湘妃子林黛玉不差什么，而

226

尤二姐的模样竟然比神妃仙子一般的凤姐还俊俏。这样一对绝伦的美人，如何能够逃得开珍、蓉父子俩的魔掌？写贾珍、贾蓉时，身边围绕着的必定全是俊男美女，这父子俩虽然淫俗，却极有眼光，书中毫不隐讳，明写这父子俩有"聚麀之诮"，所谓"聚麀"，出自《礼记·曲礼上》"夫唯禽兽无礼，故父子聚麀"，指父子二人共同占有一个女人的兽行。

对于尤二姐和贾珍、贾蓉的奸情，作者是明明白白写出来的，但尤三姐的奸情就相对隐晦得多。这是由于后来的修改者蓄意要把尤三姐刻画成一个贞节烈女，但这样一修改，文中却有诸多的硬伤出现了：

> 贾蓉得不得一声儿，先骑马飞来至家中，忙命前厅收桌椅，下槅扇，挂孝幔子，门前起鼓手棚牌楼等事。又忙着进来看外祖母、两个姨娘。原来尤老安人年高喜睡，常歪着，他二姨娘、三姨娘都和丫头们做活计，见他来了都道烦恼。贾蓉且嘻嘻地望着他二姨娘笑说："二姨娘，你又来了，我父亲正想你呢。"尤二姐红了脸，骂道："蓉小子，我过两日不骂你几句，你就过不得了，越发连个体统都没了。还亏你是大家公子哥儿，每日念书学礼的，越发连那小家子瓢坎的也跟不上。"说着顺手拿起一个熨斗来，搂头就打，吓得贾蓉抱着头滚到怀里告饶。尤三姐便上来撕嘴，又说："等姐姐来家，咱们告诉她。"贾蓉忙笑着跪在炕上求饶，她两个又笑了。贾蓉又和二姨抢砂仁吃，尤二姐嚼了一嘴渣子，吐了他一脸。贾蓉用舌头都舔着吃了。

众丫头看不过，都笑说："热孝在身，老娘才睡了觉，她两个虽小，到底是姨娘家，你太眼里没有奶奶了。回来告诉爷，你吃不了兜着走。"贾蓉撇下他姨娘，便抱着丫头们亲嘴："我的心肝，你说的是，咱们谗她两个。"丫头们忙推他，恨得骂："短命鬼儿，你一般有老婆丫头，只和我们闹，知道的说是玩；不知道的人，再遇见那脏心烂肺的爱多管闲事嚼舌头的人，吵嚷得那府里谁不知道，谁不背地里嚼舌说咱们这边混乱账。"贾蓉笑道："各门另户，谁管谁的事，都够使的了。从古至今，连汉朝和唐朝，人还说脏唐臭汉，何况咱们这宗人家。谁家没风流事，别讨我说出来。连那边大老爷这么利害，琏叔还和那小姨娘不干净呢。凤姑娘那样刚强，瑞叔还想他的账儿。哪一件瞒了我！"

这一段把贾蓉的丑恶嘴脸描写得淋漓尽致。此时的贾蓉应该是个二十三四岁的青年公子了，而尤二姐、尤三姐的年龄只在二十岁左右，一个青年男人跟两个姑娘滚在一起打闹本身就已经不成体统了，更何况这两个女孩子还是他的长辈。历来研究者都对这一段文字中尤二姐、尤三姐两人的作为感到费解。文中写，尤二姐骂了贾蓉后，"说着顺手拿起一个熨斗来，搂头就打，吓得贾蓉抱着头滚到怀里告饶。尤三姐便上来撕嘴"，这话仔细琢磨，贾蓉滚到怀里求饶，滚到谁的怀里呢？肯定不会是尤二姐，哪有人要打你，你反而往上扑的？明显找打嘛！如果是滚到了尤三姐怀里，那就一切能够说通了，而且尤三姐紧接着上来撕嘴，可见贾蓉一定也在轻薄她。可以肯定，这段文字是被人为修改过的，为的是要突出尤三姐的完美性，让日后她的自刎变得纯洁，是蒙屈自尽，而不是羞愤自尽。至于是否是曹雪芹修改的，至今仍是个谜。

这样一改之后，反而削弱了尤三姐这个人物的复杂性和丰满性，从艺术创作上来看是一种损失，也加大了她和现实生活的距离。尤三姐出身于如此的家庭环境之中，不想向姐夫妥协也是不可能的，人总是要生活的，填饱肚子一切才有指望。

而且书中尤三姐自己亲口也说过："姐姐糊涂。咱们金玉一般的人，白叫这两个现世宝沾（玷）污了去，也算无能。"玷污，肯定不是随随便便调笑两句就算得上玷污的。满人风俗相对开放，自家亲戚之间，即便男女有别也常有嬉笑怒骂之举，算不上什么失节之事。而玷污是使人或物蒙有污点的意思。作为二尤，必定是有过实际的不正当行为才能称得上玷污。尤三姐和尤二姐一样，也是被迫受过珍、蓉父子淫行的，不过与尤二姐不同，她有更主动的意识想从这种被作践的生活中解脱出来。尤三姐不仅漂亮，且十分有见识，她有良好的生活憧憬，但现实生活很难给她一个满意的答案。她能够认清楚自己目前的处境，也有决心、有胆量来改变处境，这是相当不凡的表现。

历代读者大多数都喜爱尤三姐这个形象，她身上有着中国人所信奉的侠义文化的影子，很像隋唐时候的女中豪杰红拂，虽身为娼优，却慧眼识英雄，爱上了李靖，然后勇敢地与他私奔，成就了一段千古佳话。尤三姐虽然失过足，毕竟不是娼优，以此来看，她要比红拂有优势，她爱上了柳湘莲，发誓这辈子就只爱他一个人，他一年不来等一年，十年不来等十年，这辈子绝对不嫁第二个男人。这份痴情很让人感动，但十分不现实。即便她爱柳湘莲，可柳湘莲是否爱她又是另外一回事。从尤三姐的情况来看，又是个跟姐夫和外甥有过不正当关系的女人，社会对她的宽容度是很低的。尤三姐的爱情悲剧在于高估了社会对自己这样的失足女青年的宽容程度，同时也高估了柳湘莲。她把柳湘莲当成个不俗的男人，当成知己，但实际上，她对柳湘莲缺乏了解，对整个社会同样缺乏了解。她幻想着自己能像红拂一样好命，半夜去敲李靖的门，也会成就一番千古佳话，只可惜，柳湘莲不是李靖，没有这份胆魄和气概，所以，出身于风尘的红拂能够修成正果，成了一品诰命夫人，偶尔失足的尤三姐却只能惨死剑下，说到底，是看错了男人，押错了赌注。尤三姐的婚恋观是相当不成熟的！

尤三姐这个人物颇有上古自由之风，身为女子，却敢于大胆选择自己的婚姻，这在红楼女子中，是独一无二的。在秦、汉、魏晋南北朝时期，在很多家庭中，男人女人对自己的婚姻具有一些自主权。早在夏、商、周时代，在节日里甚至有"奔者不禁"的风俗，对于婚姻，不论男女，都有一定自由，著名的就是富家女卓文君与穷文人司马相如私奔成婚的故事。从秦、汉开始，婚姻渐渐趋向于父母之命，历经几朝几代，终于形成了封建时代严格的婚配法则。尤三姐希望能够自主婚姻，实际上是不合乎社会现实的。

对尤三姐，作者亦是有褒有贬。书中的贾宝玉是个天生的护花使者，不论是什么样的女孩子，只要稍有姿色，便能博得他的关爱。不论贫寒的农家女，或者低贱的青楼妓女，他一样都能献出自己的爱心，是名副其实的"情不情"。然而，即便"情圣"贾宝玉，对于女孩子的爱也有明显界定。对于黛玉、宝钗这样的贵族小姐是且敬且爱，对于晴雯、袭人这样的奴婢侍女是且怜且爱，对于二尤这样的风流美人则是且鄙且爱。很明显，贾宝玉虽然怜惜同情像尤二姐、尤三姐这样的女孩子，实际上在他的内心里，对这两姐妹还是多有轻鄙的。原文中柳湘莲聘定尤三姐为妻后，跟贾宝玉有过这样一段对话：

　　湘莲就将路上所有之事一概告诉宝玉，宝玉笑道："大喜，大喜！难得这个标致人物，果然是个古今绝色，堪可配你之为人。"湘莲道："既是这样，她哪里少了人物，如何只想到我？况且我又素日不甚和她厚，也关切不至此。路上工夫忙忙地就那样再三要来定，难道女家反赶着男家不成？我自己疑惑起来，后悔不该留下那剑作定礼。所以，后来想起你来，可以细细问个底里才好。"宝玉道："你原是个精细人，如何既许了定礼又疑惑起来？你原说只要一个绝色的，如今既得了个绝色便罢了。何必再疑？"

　　湘莲道："你既不知她娶，如何又知是绝色？"宝玉道："她是珍大嫂子的继母带来的两位小姨。我在那里和她们混了一个月，怎么不知？真真一对尤物，她又姓尤。"湘莲听了，跌足道："这事不好，断乎做不得了。你们东府里除了那两个石头狮子干净，只怕连猫儿狗儿都不干净。我不做这剩忘（王）八。"宝玉听说，红了脸。

宝玉是个实在人，凡事有一说一，在此，他只肯定了尤氏二女的相貌，对她们的品行则多有遮掩，可见他对此二女的真实评价并不甚高。不论是黛玉还是宝钗，甚至晴雯、鸳鸯，这些在宝玉眼里的美人儿，同时又都是宝玉所敬重的女孩子，在宝玉心目中，她们的品行远比相貌更吸引人。宝玉看二尤只看到了一张面皮，足见红楼二尤品行之不堪。而宝玉在向柳湘莲介绍时，言语也不免轻薄，"她是珍大嫂子的继母带来的两位小姨。我在那里和她们混了一个月，怎么不知？真真一对尤物，她又姓尤"。一个"混"字把宝玉对这两个女孩子的评价基调定了性，若是高贵的名门淑女，宝玉哪敢用"混"字调侃！别说钗、黛、湘这样的名门千金，即便邢岫烟这样的贫家女子在宝玉眼里也照样是神圣且高贵的。宝玉这样的轻薄调侃，也难怪柳湘莲会立刻悔婚，一句"我不做这剩忘（王）八"把宝玉给说红了脸。宝玉这脸红得大有深意，可见宝玉在东府里也不是干干净净的。脂评本于此处曾有批语：互用湘莲提东府之事骂及宝玉，可使人想得到的？所谓"一个人不曾放过"。

　　既然宝玉说"未必干净"，那就果真不干净过，当然，未必是尤氏姐妹。无论怎么说，宝玉对于尤氏二姐妹的真实态度还是存有很多鄙薄的。

　　但尤三姐依然是《红楼梦》中的一个亮点。红楼众女子，唯有她能跟侠义公子柳湘莲牵绊上一段姻缘，这本身就是她"侠"的一面。红楼女子个个或执笔捧书或拈针引线，日后或死于贫，或死于病，唯独尤三姐是个剑下亡魂，可见其刚烈和侠性。写尤三姐渴望幸福而不得幸福，更使悲怆的色彩加重了！

因·果

恩怨到头，
千古不过一轮回

善恶到头说凤姐

王熙凤不是个简单的女人，如果非要以红脸、白脸的戏剧人物脸谱来划分的话，王熙凤只能算是个白脸，不是纯正面人物；如果要按受欢迎程度来论的话，她又是《红楼梦》中高居榜首的主人公！写王熙凤不单单是写人物，更是写人性。

对王熙凤，王昆仑先生在《红楼梦人物论》中评："恨凤姐，骂凤姐，不见凤姐想凤姐！"一句话，这个女人就是让你恨也不能，爱也不能。其实，王先生这话是从《三国演义》中的曹操那里演化而来的："恨曹操，骂曹操，曹操死了想曹操。"足见人物的魅力所在。很巧合，在红学界，亦有无数的评论者把凤姐称为"治世之能臣，乱世之奸雄"，可见王熙凤真是《红楼梦》中的女曹操！另有评论家野鹤在《读红楼札记》中点评凤姐："吾读《红楼梦》，第一爱看凤姐儿。人畏其险，我赏其辣；人畏其荡，我赏其骚。读之开拓无限心胸，增长无数阅历。"足见凤姐的魅力和能力更胜过其他红楼才女一筹。

以王熙凤在《红楼梦》全书中的出场次数和关键作用来看，她是当之无愧的第一女主角，她的戏份和作用远胜过钗、黛、湘等一干女子。作为红楼第一女强人，王熙凤留给后代读者的是一个丰满立体的女性形象。虽然不免毒辣，却以独特的个性魅力征服了无数读者的心。从来只听说过读者关于"钗好还是黛佳"的争论，而火辣辣的"凤奶奶"却以其争议性的所作所为成了《红楼梦》中最令人难忘的人物形象。究其原因，只因为这个女人是个女人，是个真实的女人，唯其真实，才难忘怀！

王熙凤这个人物给读者的第一印象便如利刃刻木，深切得很。黛玉初进贾府，王熙凤一套接一套的悲喜交加奏鸣曲，令人目不暇接，想不记住都难。当王夫人提醒她该拿出些缎料给林黛玉裁衣裳时，她顺口便是一句："这倒是我先料着了，知道妹妹不过这两日到的，我已预备下了，等太太回去过了目好送来。"乍一听，多么精细之人，但作为她的姑妈，王夫人却是一笑不语。这一笑之中大有深意。王夫人如何能够不了解自己的侄女，凤姐喜欢邀功，这样的机会，怎能在贾母面前落空，不尽力卖弄才怪！甲戌本于此有眉批："余知此缎，阿凤并未拿出，此借王夫人之语，机变欺人处耳。"可以想见，日后凤姐的悲剧，既是贪财所致，亦是好胜所致。

王熙凤的性格复杂，且复杂程度远胜过其他的红楼女性，善的时候，她是幽默风趣的语言大师；恶的时候，她是心狠手辣的歹毒妇人。王熙凤的性格构成不外乎几点：好大喜功、爱好热闹、喜欢奉承、做事情目的性极强且不择手段、贪财、好胜，同时也有惜老怜贫的一面。

　　王熙凤之所以最能讨得贾母的欢心，成为贾母所有儿媳、孙媳、重孙媳当中的头号爱媳，最大一个原因是此二人性格极其相似，甚至可以说，王熙凤就是年轻时候的贾母。套用贾母的话来说，自己年轻的时候，比王熙凤还要伶俐能干。可见贾母之才，不输于凤姐，也难怪古稀之年，还能令整个家族上上下下俯首帖耳。

　　贾母喜欢热闹，喜欢繁花似锦的生活，更喜欢别人的阿谀奉承，王熙凤同样如此。也只有性格爱好相似的王熙凤，才更能摸得准贾母的脉搏，溜须拍马也能够招招击中要害，众人不服也不行。在此，不妨细嚼慢咽，品品王熙凤的辣子味！

凤姐的"俗"，红楼第一时尚少妇

一般看过《红楼梦》的人总觉得林黛玉和王熙凤是一雅一俗的代名词，黛玉是雅到了极点，凤姐是俗到了极点。很多读者觉得，王熙凤一出场，作者对她的描写就已经定了调子：

> 一语未了，只听后院中有人笑声，说："我来迟了，不曾迎接远客！"黛玉纳罕道："这些人个个皆敛声屏气，恭肃严整如此，这来者系谁，这样放诞无礼？"心下想时，只见一群媳妇丫鬟围拥着一个人从后房门进来。这个人打扮与众姑娘不同：彩绣辉煌，恍若神妃仙子。头上戴着金丝八宝攒珠髻，绾着朝阳五凤挂珠钗，项上戴着赤金盘螭璎珞圈，裙边系着豆绿宫绦，双衡比目玫瑰珮，身上穿着缕金百蝶穿花大红洋缎窄褃袄，外罩五彩缂丝石青

银鼠褂；下着翡翠撒花洋绉裙。一双丹凤三角眼，两弯柳
叶吊梢眉，身量苗条，体格风骚。粉面含春威不露，丹唇
未启笑先闻。

凤姐的出场是未见其人，先闻其声。对其形象的描写更是从头
到脚，细致无遗。一出场的王熙凤便是彩绣辉煌、富丽丰艳的贵妇形
象。书中但凡有对王熙凤的衣着描写一般都是大红大绿，鲜艳夺目
的，可见王熙凤这个人性格是十分张扬的，她永远要把舞台的聚光灯
集中到自己的身上。很多人觉得，王熙凤这身打扮，穿金挂玉，俗不
可耐。以当今流行的素雅型冷风来看，确实显得乡气，但读书中的故
事不能脱离开故事的时代背景，若把时间倒退两百年，王熙凤这身打
扮不仅不俗艳，还十分时尚。

《红楼梦》的两大主题色彩是红与绿。林黛玉居住的潇湘馆中翠
竹遍布，是绿的色彩，而糊窗的霞影纱是银红颜色，红绿相衬，在极
有审美品位的贾母眼中是最佳搭配。书中对林黛玉的着装鲜有描述，
前八十回中唯一一次实写黛玉的衣着是在第四十九回，下雪后大观园
众多小姐商量赏雪作诗。此回对每个人的着装都有详细描述。那林妹
妹穿什么衣服呢？"黛玉换上掐金挖云红香羊皮小靴，罩了一件大红
羽纱面白狐狸里的鹤氅，束一条青金闪绿双环四合如意绦。"依旧是
有红有绿还有金，富贵得很。你总不能说林黛玉的穿着俗不可耐吧？
林黛玉是曹雪芹最钟爱的人物，是他心中的爱人，必定要把最美的色
彩赋予她。可以肯定，作者十分钟爱红和绿这两种色彩，尤其红色，
是《红楼梦》的主色。在大观园落成之前，贾宝玉将自己的屋子命名
为"绛芸轩"，所谓"绛"，是大红色，后搬进大观园，住在"怡红

院"，又是红，大观园里"茜纱窗"的"茜"也是红色的意思，蒋玉菡赠予贾宝玉的茜香罗是大红色的腰带，女孩子日常生活的胭脂腮红样样都离不了红色，足见红色是美丽的代名词。

也因此就有红学索隐派认为这是曹雪芹反清复明的象征。明朝姓朱，"朱"通"红"，贾宝玉痴爱红，故而可以看作是朱明王朝的拥戴者。甚至也有人把书中的贾宝玉和王熙凤视为一正一邪的两大政治势力：贾宝玉代表朱明王朝，王熙凤则代表清王朝……

这种说法实在邪乎。无论是贾宝玉还是曹雪芹，都算满人，反清复明岂不是要反他自己？如果以此推断，"红"通"朱"，"青"通"清"，爱红是明朝的信徒，那爱青绿色的黛玉该是清朝的信徒吗？而喜欢红衣绿裙的王熙凤是不是明、清两朝的两面派呢？

非要这样说，就越来越像"满纸荒唐言"了！

其实，红、绿二色是自然界的代表，红，是所有花卉的代名词；绿，是芳草流水的代表，绿树红颜正是大观园里最美的景致。凤姐的大红洋缎窄裉袄和翡翠撒花洋绉裙正好兼顾了红、绿二色，既是大观园中的流行色，另一层意思也重点说明：凤姐是个脂粉首领。

在宝玉眼里，红色是至爱之色，一般人不配穿它。女孩子如果长得不美，穿红色的衣服就是糟蹋。有人觉得这种心态太奇怪了，贾宝玉怎么这么自恋呢？

这样的描写也是有历史渊源的。明朝，各项法规极为严苛，其中亦有对老百姓着装做出规定的。《明史·舆服志》里明确限各种黄，天顺年间加限玄（黑）和绿。所谓贱民，就是一般的贫民阶层，只能穿青布素服，还得是棉布的，穿绸缎、穿违禁的颜色都算违法，严重的要受重处，甚至死刑！到了清朝，这些苛政虽然有所减缓，但基本还是延续了下来，尤其是清朝前期，老百姓的风俗习惯还是保留如旧。雍正二年，政府同样规定了官民服饰禁令："玄狐、黄色、米色、香色久经禁止官民服用。如有违者，加等治罪。"服饰在当时那个时代，不仅仅是美丽的需要，更是身份的象征。因而，不爱脂粉喜欢素雅服饰的薛宝钗在贾母眼里才"看着不像"，所谓"不像"，既是不像样，也是不像话，既失品位又失身份。

袭人为了取悦宝玉，着装才总是红绿不肯离身，本身就是追求身份的一种象征。凤姐出场便是红袄绿裙，可见其风采卓然。在那个时代，未出嫁的女子应该打扮得娇嫩可爱，方能彰显其娇贵的身价，出嫁后的年轻媳妇，则必须艳服丰妆，她体现的是婆家的风范面貌，若是衣着朴素简陋，就不单单是丢娘家人的脸了，连婆家的颜面也荡然无存。第五十一回中，袭人的母亲病危，回家探视，临行前，凤姐亲自检查她的衣饰：

> ……袭人穿戴来了，两个丫头与周瑞家的拿着手炉与衣包。凤姐儿看袭人头上戴着几支金钗珠钏，倒华丽；又看身上穿着桃红百子缂丝银鼠袄子，葱绿盘金彩绣绵裙，外面穿着青缎灰鼠褂。凤姐儿笑道："这三件衣裳都是太太的，赏了你倒是好的。但只这褂子太素了些，如今穿着也冷，你该穿一件大毛的。"袭人笑道："太太就只给了这灰鼠的，还有一件银鼠的。说赶年下再给大毛的，还没有得呢。"凤姐儿笑道："我倒有一件大毛的，我嫌风毛儿出不好了，正要改去。也罢，先给你穿去吧。等年下太太给做的时节我再做吧，只当你还我一样。"众人都笑

道："奶奶惯会说这话。成年价大手大脚的，替太太不知背地里赔垫了多少东西，真真是赔得是说不出来的，哪里又和太太算去。偏这会子又说这小气话取笑儿。"凤姐儿笑道："太太哪里想得到这些。究竟这又不是正经事，再不照看，也是大家的体面。说不得我自己吃些亏，把众人打扮体统了，宁可我得个好名也罢了。一个一像'烧煳了的卷子'似的，人先笑话我当家倒把人弄出个花子来。"众人听了，都叹说："谁似奶奶这样圣明！在上体贴太太，在下又疼顾下人。"

一面说，一面只见凤姐儿命平儿将昨日那件石青绉丝八团天马皮褂子拿出来，与了袭人。又看包袱，只得一个弹墨花绫水红绸里的夹包袱，里面只包着两件半旧棉缎袄与皮褂。凤姐儿又命平儿把一个玉色绸里哆罗呢的包袱拿出来，又命包上一件雪褂子。

袭人虽说是个丫鬟，但已经比普通家庭的老百姓吃的穿的好太多了，又是王夫人内定的宝玉姨太太，生活标准也得处处符合身份才行。桃红百子绉丝银鼠袄子、葱绿盘金彩绣绵（棉）裙、青缎灰鼠褂，这样的衣服，若生在普通家庭的女孩子，恐怕一辈子也没有福气穿。但身为当家人的王熙凤依旧不满意，她深知，袭人回娘家，代表的是贾府的脸面，即便小老婆，包装也不能马虎。

连袭人尚且如此，何况贾家当家少奶奶的王熙凤！贾母是个喜欢华贵气象的老太太，也有着极其高超的艺术鉴赏水平和审美情趣，贾母一手调教出来的女儿、孙女、外孙女、侄孙女个个情趣高雅，若凤姐真是审美品位俗不可耐之人，如何能够深得贾母欢心？

凤姐不是李纨那样的寡妇，必须素面淡妆。否则，在李纨是守节，在凤姐便是不懂规矩了。以当时的眼光来看，凤姐的品位不仅不俗，而且还雅得很！

凤姐的"毒"，无子所以自警

　　说起王熙凤的毒辣手段，一般是指她间接迫害致死的两条人命：贾瑞和尤二姐。

　　很有趣，这两个人物偏偏又不讨读者喜欢，所以连凤姐的"毒"，似乎都情有可原。贾瑞的死，纯粹自找。若不是他色胆包天，起了调戏堂嫂凤姐儿的念头，且屡教不改，王熙凤也不至于施毒计害他。王熙凤对贾瑞三番五次的捉弄固然可气，但并不可恨。刚强如凤姐，不可能像薛宝钗一样对贾瑞进行说教，慢慢打消他邪恶的念头，这不符合人物性格。当家人自然得有点当家人的手段和威信，不然如何统率贾府中的男男女女？当然，后文王熙凤是有点见死不救的味道，但凤姐何等威严人物，贾瑞何等猥琐形象，连曹雪芹都不替贾瑞说话，何况两百年来的读者。

　　再来说说尤二姐。

尤二姐是个可怜人，但可怜之人必有可悲之处。尤二姐有着花一样的容貌，却长了一个木头一样的脑袋。尤二姐不够聪明，认不清形势，她若有妹妹尤三姐一半的见识，也不会落得个惨死收场。曹雪芹是个有英雄情结的人，《红楼梦》赞叹勇者，却不同情庸者。尤二姐，无疑是《红楼梦》第一庸人。

在嫁给贾琏之前，尤二姐本来是已经与张华定过亲的。文中对于张华有这样的介绍：

> 且说张华之祖，原当皇粮庄头，后来死去。至张华父亲时，仍充此役，因与尤老娘前夫相好，所以将张华与二姐指腹为婚。后来不料遭了官司，败落了家产，弄得衣食不周，哪里还娶得起媳妇呢。

几句话介绍了张华的情况。张华家原本也比较丰足富裕，祖上是皇粮庄头，算是地主阶层，自小与尤二姐指腹为婚。后来张家遭了官司，家境破败，一贫如洗，连生活都难以维系，自然也难承担起娶媳妇成亲的花费。这里只是对张华家庭经济状况有过介绍，对于张华的人品只字未提，这张华不见得是个人才，但也未必是个品行不端的人。然而尤二姐心里对与张华这门亲事的态度如何呢？书中有介绍：

> 二姐又是水性的人，在先已和姐夫不妥，又时怨恨当时错许张华，致使后来终身失所，今见贾琏有情，况且是姐夫将他聘嫁，有何不肯，也便点头依允。

尤二姐"时常怨恨当时错许张华",可见对自己的这门亲事不满意,懊悔得很。原因就是张家太穷,她不愿意嫁去过苦日子。尤二姐贫贱而移,算不上高贵淑女,只这一句,便可看出曹雪芹对尤二姐这个人物暗含的褒贬之义。当贾琏要娶她做二房时,尤二姐母女毫不犹豫地答应了。文中说二姐是个"水性的人"。何为"水性"?古代形容妇女品行不端多用水性杨花,意思是不坚贞,没有妇德。水性多变,可见尤二姐不是个踏实安分的人。她嫌弃张家贫寒,喜欢贾琏是富家公子,明显地嫌贫爱富,宁愿给富人做妾,也不愿给穷家为妻,尤二姐这样的生活态度不可能引起更多同情。况且尤二姐和姐夫贾珍、外甥贾蓉已经有过不当的性行为,虽然这主要是尤氏姐妹迫于贾珍的淫威和经济原因,但作为一个女孩子,尤二姐显然过于软弱和随波逐流。这样一个女人,对于贾琏迎娶她为妾的事情,不以为悲,反以为喜,可见其庸钝。

那时的贾琏正处于特殊时期,亲丧、国丧两重服孝,一是朝廷里的一位老太妃薨逝,举国服孝;二是他的大伯贾敬过世,属于五服之内的贾琏按照制度理应守孝。

所谓"五服"是指古时候以丧服制的差等来表示亲属的远近,分为斩衰(守孝三年)、齐衰(守孝三年至三月不等)、大功(守孝九个月)、小功(守孝五个月)、缌服(守孝三个月)五等。贾琏跟贾敬的关系正好属于第三等——大功,按道理应该守孝九个月,这期间不能婚嫁。色胆包天的贾琏却急不可耐,一心要把尤二姐马上弄到手,也是纨绔子弟的心性。如果这时尤二姐自己有主意的话,是不应该立即答应亲事的,服丧期间偷娶二房,罪加一等不说,更会自贬身份,授人以柄,让婆家人加倍鄙视自己。这是尤二姐作为女人的不明智之处。如此一看，尤二姐的头脑实在是差劲得很，目光短浅，难怪日后王熙凤能把她控于股掌之间。

再来说王熙凤，作为一个女人，作为一个妻子，老公在外偷偷婆了小老婆，凤姐感受到了前所未有的打击和压力。

古代女人犯有七种过错中的任意一条便面临着被休弃的危险，是谓"七出"，这七种过错为：不顺父母、无子、淫、妒、有恶疾、多言、盗窃。

王熙凤没有儿子，这是最致命的一点。在古代的大家族中，母以子贵，一个女人不论多强，没有儿子就站不稳脚跟。比如邢夫人，虽是正室太太，因没有儿女，在丈夫贾赦面前只能唯唯诺诺，在婆婆和弟媳跟前也理不直、气不壮。凤姐结婚多年却只生育了一个女儿，这也是她时时处处警惕危机的原因。贾琏既然敢以凤姐无子的理由纳妾，绝对也敢以凤姐无子的理由休妻。处在凤姐的位置上，任何人都不会坐以待毙。古代女人的青春往往过早地结束。《素问》中曾有记载："女子七岁肾气盛，齿更发长。二七而天癸至，任脉充，太充脉盛，月事以时下，故有子。三七肾气平均，故真牙生而长极。四七筋骨强，发长极，身体盛壮。五七阳明脉衰，面始焦，发始堕。六七三阳脉衰于上，面皆焦，发始白。七七任脉虚，太冲脉衰少，天癸竭，地道不通，故形坏而无子也。"那时候的女子，十四岁便可嫁人生子，三十五岁就已经是黄脸婆，开始进入老年状态了。尤二姐出场时，凤姐已接近三十岁，虽依旧美貌，也绝对盛开不了多久，如何能够牢牢保住自己的地位，是她面临的最大问题。

试想，如果凤姐有儿子，那么她对其他女人的防范心和打击力度也许会弱一些。戏曲《王熙凤》里有这么一句唱词："我岂能叫你生子我遭灾？"王熙凤的这句唱白真实地反映出了她最本质的想法，干掉尤二姐并不单纯是出于嫉妒，更是源于一种自保的意识。一个女人生不出儿子意味着被休弃的可能性，不管后台多硬，这都是可以被人指责的罪过。王熙凤没有儿子，且生儿子的可能性也已经越来越渺茫，这时候来一个尤二姐，明摆着是要来生儿子的，换了谁家的老婆都不可能无动于衷！假如凤姐不出手，十月怀胎，一朝分娩，尤二姐自然就是焦点人物，万千宠爱不成了人家的？哪儿还会有自己这个正房老婆的地位！虽说尤二姐老实巴交、可怜楚楚，但也难保她日后得宠不会危及自己地位的。

王熙凤的毒辣是社会逼出来的，她没有选择的权利，唯一能够选择的只有被人逼死或是逼死别人。尤二姐用自己的生命换来了一场富贵梦，可惜到死她也没能醒悟。她总认为是自己的"淫奔不才"把自己推上了绝境，实际上是她对于社会认识的无知导致了自己的悲剧。谁都无法过多地去指责王熙凤的狠毒，否则只能是变相地鼓励更多女人步尤二姐的后尘。

凤姐的"贪"，当家不贪枉为权

《红楼梦》实在是本有意思的书，明明写了一帮下凡历劫的仙子，却个个身上满是俗人的缺点。比如凤姐，便是个嗜财如命的女人。

凤姐嗜财如命。因为嗜财，她不惜草菅人命，弄权铁槛寺，逼死了张金哥和守备公子，换来了纹银三千两；因为嗜财，她把大观园每个月需要发放的月钱拿去投放高利贷，以赚取高额的利钱。嗜财成瘾的王熙凤做了不少伤天害理的事情，张金哥一案只是其中的冰山一角而已。王熙凤所有的弱点都是集中在一个"钱"字上，日后整垮她的，也正是——"钱"。

但王熙凤的贪，不是毫无道理可言。

明、清两代，婚姻问题上拜金风潮强烈，"婚姻之家，必量其贫富而后合"（《无锡金匮合志》卷三十）。这里所指的贫富，不单单是男女双方的家庭经济状况，更是指男方的聘礼和女方的嫁妆数量。雍正和乾隆两朝的翰林院编修夏醴谷在《昏说》一文中描述：儿子要娶媳妇，家里就得去打听儿媳妇的嫁妆多少，如果嫁妆丰厚，即便这个女孩子品行不端，个人条件不佳，也一样抢手。同样，女孩子也要去打听夫家的聘金数量，钱财多的就是好夫婿，其他的才学、人品一概不论。如此一看，王熙凤的贪财个性是有社会渊源的。《红楼梦》里，王熙凤腰杆硬的原因之一是自己嫁妆丰厚，显示出娘家不凡的实力。

作为当家人，王熙凤的头脑极清醒，她意识到，即便元春荣封贤德妃暂时得势，也无法挽救贾府最终走向没落的命运，贾家已经到了危机的边缘，濒临破产，尤其是经济状况。而元春的得宠不仅不可能从根本上帮助贾府摆脱困境，甚至更加剧了败落的命运。元春身处宫中，很难与娘家做及时的沟通，事事少不了太监传话，太监又是最贪的一群人，比凤姐尤甚。书中有关于王熙凤和贾琏就太监多次"借债"而感觉经济不支的谈话描写。元春当上了娘娘，不仅没有帮助到娘家重新上位，反而加重了娘家的经济负担，这也正是贾府上下所感到无奈的。作为当家人，王熙凤十分明白这样的现实，大肆敛财以备将来之需，也是理所当然的事情。第五十五回中，凤姐曾经和平儿有这样的对话：

> （凤姐）又向平儿笑道："你知道，我这几年生了多少省俭的法子，一家子大约也没个不背地里恨我的。我如今也是骑上老虎了。虽然看破些，无奈一时也难宽放；二则家里出去得多，进来得少。凡百大小事仍是照着老祖宗手里的规矩，却一年进的产业又不及先时。多省俭了，外人又笑话，老太太、太太也受委屈，家下人也抱怨刻薄。若不趁早儿料理省俭之计，再几年就都赔尽了。"平儿

道："可不是这话！将来还有三四位姑娘，还有两三个小爷、一位老太太，这几件大事未完呢。"

凤姐儿笑道："我也虑到这里，倒也够了，宝玉和林妹妹他两个一娶一嫁，可以使不着官中的钱，老太太自有体己拿出来。二姑娘是大老爷那边的，也不算。剩了三四个，满破着每人花上一万银子。环哥娶亲，现花三千两，不拘那里省一抿子也（就）够了。老太太的事，一应都是全了的，不过零星杂项，便费也（满）破着三五千两。如今再俭省些，陆续也就够了。只怕凭空再生一两件事出来，可就了不得了……"

王熙凤对贾家经济状况的这段评价可谓明白客观。她很清楚自己目前的状况是骑虎难下，钱财捞得差不多了，骂名背得也压弯了腰，想退还退不出来，因为还没有人可以完全接替她。这段话里也可见当家人凤姐的不容易，若是银钱丰足，谁不想锦上添花？难就难在钱财有限，又要苦撑门面，主人的富贵生活不能俭省，自然就得俭省下人的福利了，这也是凤姐遭骂名的关键所在。她当然也知道贾家的产业经营不善，"若不趁早儿料理省俭之计，再几年就都赔尽了"，她也曾经规劝过王夫人俭省开支，王夫人却以面子问题而拒绝。要挽救贾家的末路颓势，仅靠王熙凤一个人的力量是不可能实现的，在那样的情况下王熙凤只能选择自保，为自己铺平后路。毕竟，作为女人，她并没有直接的经济来源，只能靠着丈夫过日子，而丈夫贾琏，恰恰又是个指望不上的败家子，没法子，她只好为自己的将来多做谋划，多积财富。

其实在贾府，不光是她，其他人又何尝不是？王夫人自不用说，私房财富必定不少，仅次于贾府的老祖宗史太君。王夫人出嫁时有丰厚的嫁妆，又当了那么多年的家，不可能没有点积蓄。邢夫人没王夫人那么好命，作为贾赦的填房，娘家算不上富贵，从后文来看，她兄弟一家还要靠她接济过日子，可见当年陪嫁必定不多，加之也没掌过大权，积蓄当然不能跟王夫人比，即便如此，邢夫人却也一味地"敛财自保"，可见其爱财之心丝毫不逊于儿媳妇王熙凤，只是没有凤姐有权罢了，若是她也有权、也当家，未必比王熙凤贪得少。

凤姐的一生，正如书中的那副对联："身后有余忘缩手，眼前无路想回头。"想回头时已回不了头，后悔已经太晚！从心理学角度来看，王熙凤对财富的无限度渴求是其自身严重缺乏安全感的表现。作为一个要强的女人，嫁给了贾琏这样的浪荡子，一天到晚风流债不断，更要命的是凤姐没有儿子，如果到了四十岁她还不能为贾琏生出男性继承人的话，甚至连"琏二奶奶"的名分亦会不保。到时候一旦失势，谁能承担她后半辈子的生活来源呢？还不是得靠自己？

从现代企业管理的角度来看，王熙凤亦缺乏职场归属感，她的身份只是荣国府的代理CEO。王夫人的意思交代得清楚明白，只因宝玉尚未娶亲，请她来代为当家，将来一旦宝玉成了家，自然这当家奶奶的大权要交到宝二奶奶手里，所以凤姐才不断跟平儿聊起为自己将来铺路的打算，能捞一笔是一笔，几年后卸任交权，拍屁股走人！如今企业总鼓励员工以公司为家，但荣国府恰恰不断给凤姐传递一个信息：你是临时的！试想一个临时工，凭什么非得要有这个境界，为公司长远命运呕心沥血？

林黛玉《葬花吟》中的"一年三百六十日，风刀霜剑严相逼"，不仅仅是她自己的写照，也是所有红楼女儿的共同遭遇，即便强悍如王熙凤，也摆脱不了日日煎熬的心理压力。在她看来，唯有"钱"可保自己一生无忧，这也是她看透了世情后的无可奈何。可惜的是，虽然看透世情，也没能换回一世的富贵平安，这是社会的悲剧，即便精明强干如王熙凤也只能成为牺牲品！

凤姐的"善"，乱世枭雄偶逢知己

王熙凤作为一个丰满的人物形象，是立体的。不光有恶的一面，也有善的一面。她对待贫苦的刘姥姥、邢岫烟，都不乏可圈可点的善举。

刘姥姥本是个无钱无势的穷婆子，来到贾府为的就是能够巴结上王夫人、王熙凤，以求得点好处。对于王家这位"远亲"，王夫人态度是明显的厌恶，摊上这样的亲戚，实在为王夫人、薛姨妈丢脸不少。同样作为王家女儿的王熙凤对待刘姥姥却颇有几分真诚。当然，要说王熙凤多么尊敬刘姥姥，那是不可能，身份也不允许她这么做。书中多次涉及王熙凤戏弄刘姥姥以博取贾母欢心的描写，一开始王熙凤的确是把刘姥姥当成了"女清客"来戏弄。但刘姥姥虽然穷困鄙俗，却颇有见识，王熙凤明显赏识这样务实且有见地的人，到后来王熙凤渐渐打消了对刘姥姥的鄙视，最后甚至把她当成自己可以信赖

的人，请刘姥姥为女儿起名字。在古代，尤其是富贵人家，为孩子起
名是件大事情，要德高望重的长辈赐名。但凤姐的女儿出生在七月初
七，是个主分离的日子，不吉利，所以一直没有起名字。后来凤姐就
跟刘姥姥说："我想起来，她还没个名字，你就给她起个名字。一则
借借你的寿，二则你们是庄稼人，不怕你恼，到底贫苦些，你贫苦人
起个名字，只怕压得住她。"刘姥姥用"以毒攻毒"的法子，为凤姐
的女儿取名"巧姐"。

后文贾家败落，又有刘姥姥救巧姐的故事，可见刘姥姥之仁义。
偌大的贾府，个个丫鬟小姐对待刘姥姥的态度都是以取笑为乐，无论
是黛玉、妙玉还是宝玉，对她都没有什么敬意。唯有凤姐，偶有引刘
姥姥为知己之感。这也是日后偏偏刘姥姥能够救得凤姐女儿的原因。
行得春风，盼得秋雨，王熙凤并不只是个缺乏人性的妒妇。

从贫穷到富裕：智慧让命运转弯

《红楼梦》写了四大家族的兴衰史，整本书以封建大户如何从富贵走向没落作为描写基点。这其中也有例外，对于一些寒门小户的描写也极为精致筋道、耐人回味。其中又以对刘姥姥一家的描写最为精彩和重要。

刘姥姥是《红楼梦》中一个十分特别的人物：她并不是贾家正宗的亲戚，却因为自己女婿祖上和王夫人娘家八竿子打不着的亲戚关系而发家致了富。再者，这个老太太并不是像贾母那样经历过大世面、享过大富贵的女性家长，却依然拥有能跟贾母匹敌的生活智慧，同时她又是《红楼梦》中的一个收尾人物，她的三次出场见证了贾府由盛到衰的全过程，并在最后时刻拯救了巧姐，改变了王熙凤独生女儿的最终命运。

刘姥姥一进荣国府，走投无路敢攀亲

刘姥姥完全是从柴米油盐中来的，极度的生活化、民间化。刘姥姥这个人物的个性对于现实生活中的老百姓十分有借鉴意义。年纪虽然大了，头脑却十分清醒，一切务实，却又不失良善。她懂得生活的根本需求是什么，不单纯拘泥于世俗礼法，由此，为自己和家人的生活带来繁荣富足的契机。

第六回，作者对刘姥姥一家的来龙去脉做了一个详细的介绍：

> 这小小之家，乃本地人氏，姓王，祖上曾做过小小的一个京官，昔年与凤姐之祖、王夫人之父认识。因贪王家的势力，便连了宗，认作侄儿。那时只有王夫人之大兄、凤姐之父与王夫人随在京中的，知有此一门连宗之族，余者皆不认识。目今其祖已故，只有一个儿子，名唤王成，因家业萧条，仍搬出城外原乡中住去了。王成新近亦因病故，只有其子，小名狗儿。狗儿亦生一子，小名板儿，嫡妻刘氏，又生一女，名唤青儿。一家四口，仍以务农为业。因狗儿白日间又做些生计，刘氏又操井臼等事，青板姊妹两个无人看管，狗儿遂将岳母刘姥姥接来一处过活。这刘姥姥乃是个积年的老寡妇，膝下又无儿女，只靠两亩薄田度日。今者女婿接来养活，岂不愿意？遂一心一计，帮衬着女儿女婿过活起来。

刘姥姥是个老寡妇，帮衬着女儿女婿过日子，也靠女儿女婿养老送终。刘姥姥一家，出场时已是极穷，虽女婿祖上也是做官的，算是富户，几代下来，日渐败落了，一贫如洗，甚至到了吃不上饭的地步。而刘姥姥的女婿狗儿虽然家道中落，一贫如洗了，却还妻妾俱全："狗儿亦生一子，小名板儿，嫡妻刘氏，又生一女，名唤青儿。"这话说得很明白，狗儿生了一个儿子，叫板儿，而他的正房太太刘氏，也就是刘姥姥的女儿，又生了一女，叫作青儿。可见板儿是侧室所生的儿子，按今天的话来说，板儿跟刘姥姥并无直接的血缘关系。但板儿的母亲一直没有出场，一开始这家人就是四口，以此推断，板儿的母亲，也就是狗儿的小老婆应该是过早地去世了。这一家四口，夫妻两人要亲自下地干活务农，两个孩子就没有人照管了，接了丈母娘刘姥姥来家里看孩子，四口之家就成了五口之家。

穷人家的苦恼事总是比富人家多的。这年的冬天，刘姥姥一家出现了严重的财政危机，没有钱置办过冬的衣物了，这也成了刘姥姥第一次进荣国府的重要契机。

古代普通家庭的条件不像现在，有空调、有暖气，那时能有炭火、棉衣取暖过冬就是不错的人家了，很多穷人甚至熬不过冬天，会在这个最寒冷的季节里冻死。冬天是穷人家的一道关卡，难怪狗儿会烦恼。

刘姥姥很看不惯女婿这副愁眉苦脸的样子：

"姑爷，你别嗔着我多嘴。咱们村庄人，哪一个不是老老诚诚的，守多大碗儿吃多大的饭？你皆因年小的时候，托着你那老家之福，吃喝惯了，如今所以把持不住。

有了钱就顾头不顾尾，没了钱就瞎生气，成个什么男子汉大丈夫呢！如今咱们虽离城住着，终是天子脚下。这长安城中，遍地都是钱，只可惜没人会去拿去罢了。在家跳踏会子也不中用。"

刘姥姥出场，第一次开口已经是不寻常，这一番话令狗儿这样的男子汉顿然失色。这个老太太文化水平不高，但阅历很深，颇通得人情世故，所以说得出这番豪言壮语，颇有点乱世奸雄的味道。只此一番话，刘姥姥已经算得上女中豪杰。

但狗儿确实是个庸人，既无见识又无胆魄，当时就反驳自己的老岳母："你老只会炕头儿上浑说，难道叫我打劫偷去不成……有法儿还等到这会子呢？我又没有收税的亲戚、做官的朋友，有什么法子可想的？便有，也只怕他们未必来理我们呢！"发财人人都想，可没有门路，怎么办？

刘姥姥出了主意：

"这倒不然。谋事在人，成事在天。咱们谋到了，看菩萨的保佑，有些机会，也未可知。我倒替你们想出一个机会来。当日你们原是和金陵王家连过宗的，二十年前，他们看承你们还好；如今自然是你们拉硬屎，不肯去亲近他，故疏远起来。想当初我和女儿还去过一遭。他们家的二小姐着实响快，会待人，倒不拿大。如今现是荣国府贾二老爷的夫人。听得说，如今上了年纪，越发怜贫恤老，最爱斋僧敬道，舍米舍钱的。如今王府虽升了边任，只怕这二姑太太还认得咱们。你何不去走动走动，或者她念旧，有些好处，也未可知。要是她发一点好心，拔一根汗毛比咱们的腰还粗呢。"

刘姥姥这话说得不假，贾府拔根汗毛确实是比他们贫家小户的腰还粗。刘姥姥这番话说得这么详细，必定不是心血来潮，是经过深思熟虑的。所以，刘姥姥一家无钱过冬只是促使刘姥姥进荣国府的原因之一而已，更重要的原因是刘姥姥一心巴结权贵的进取心。不应该简单地把这种巴结权贵称为趋炎附势。在那个时代，穷人发家致富的机会是相当少的，穷人生下来世世代代就是要被富人层层盘剥。狗儿一家当时已经败落，面临着世世代代的贫穷和苦难，要想摆脱这种苦役式的命运，这个家庭就必须有一个能够顶天立地的创业领袖，这领袖就是刘姥姥。她一不偷二不抢，既没有违反法律，也没有违背道德，却使得家庭经济状况发生了翻天覆地的改观，对于一个七十多岁的老太太而言，可谓创举。

接下来就说到了正题，如何借当？派谁去？这成了问题。文中说狗儿名利心最重，听如此一说，心下便有些活动起来。即便是名利心不重也得活动起来，为什么？面临绝境了！如果不去，没准儿一家人就得冻死饿死。狗儿又是个没有胆魄的，不敢去，便撺掇丈母娘去："姥姥既如此说，况且当年你又见过姑太太一次，何不你老人家明日就走一趟，先试试风头再说？"

刘姥姥还做了一番推辞，说："哎哟哟！可是说的'侯门深似海'，我是个什么东西，他家人又不认得我，我去了也是白去的。"

这狗儿又说了："不妨，我教你老人家一个法子，你竟带了外孙子板儿，先去找陪房周瑞，若见了他，就有些意思了。这周瑞先时曾和我父亲交过一件事，我们极好的。"

狗儿的父亲王成在世的时候曾经帮助周瑞争买过一块田地，帮了不少忙，所以狗儿觉得如果能够见到周瑞，那么碍于知恩图报的情面，他会帮忙引荐。只是狗儿作为一个男人，混得如此落魄，觉得不好意思去求周瑞帮这个忙，所以才让丈母娘先去试探。一家人商量好之后，刘姥姥就踏上了借当的征途，这也恰恰是刘姥姥一家的发财致富之路。

果真，刘姥姥进了京城后，找到了周瑞的老婆，周瑞媳妇也的确认账，愿意为当年狗儿家的一点恩情做出举手之劳的回报，当然，也是为了向刘姥姥显示一下自己的势力，证明自己在贾府是有面子的人物。

同时，这个周瑞老婆又透露了一个重要情况："我们这里又不比五年前了。如今太太竟不大管事，都是琏二奶奶管家了。"又介绍了王夫人和王熙凤的关系。刘姥姥似乎是有意奉承，紧接着十分惊讶地说："原来是她！怪道呢，我当日就说她不错呢。"

这句话就真是胡扯了，这个时候的王熙凤只有二十岁出头的年纪，按年龄推算，她是在王夫人出嫁以后才出生的。凤姐管王夫人的大儿子贾珠叫大哥哥，管王夫人的大儿媳妇李纨叫大嫂子，足以说明，即便刘姥姥当年果真去过王家，也断然不可能见过王熙凤。这话纯粹是刘姥姥硬充门面的大话，只是想证明她跟王家的关系亲密，是看着王熙凤长大的。周瑞媳妇这样的聪明人自然也不会戳穿刘姥姥这小小的谎言。

接下来周瑞媳妇又跟刘姥姥介绍了一下王熙凤其人："这位凤姑

娘年纪虽小，行事却比世人都大呢。如今出挑得美人一样的模样儿，少说些有一万个心眼子。再要赌口齿，十个会说话的男人也说她不过。回来你见了就信了。就只一件，待下人未免太严些个。"这几句话对王熙凤的点评是十分精准的，有褒有贬，可见这个周瑞媳妇还算是个公道人。

然后就是刘姥姥借当的过程细节了。来到了仙宫一般的贾府，刘姥姥真是眼花缭乱，同时也没有忘记自己身上肩负的使命，这关系到自己一家人这一冬的温饱问题。虽然不好意思，但还是开口了。王熙凤是何等伶俐的人，不用她说完，便说："不必说了，我知道了。"然后先不提给还是不给，先安排吃饭，把刘姥姥和板儿支开以后，再仔细打听这个刘姥姥的身份以及王夫人的处理意向。凤姐的精明，一丝不漏。

吃完饭，说到正题，王熙凤先不表态，先说了一大堆的艰难："若论亲戚之间，原该不等上门来就该有照应才是。但如今家内杂事太烦，太太渐上了年纪，一时想不到也是有的。况是我近来接着管些事，都不知道这些亲戚。二则外头看着虽是烈烈轰轰的，殊不知大有大的艰难去处，说与人也未必信吧。"听了这话，外人都觉得没戏了，但忽然话锋一转，"今儿你既老远地来了，又是头一次见我张口，怎好叫你空回去呢。可巧昨儿太太给我的丫头们做衣裳的二十两银子，我还没动呢，你若不嫌少，就暂且先拿了去吧。"

刘姥姥自然喜出望外，而王熙凤之所以这样说，既是为自己家的势利心开脱罪名，同时也是一道软性的逐客令，意思是：我们的日子也不好过，这一次给就给了，是看在亲戚的面子上，但下一次，就请到别家吧！

这话说得十分艺术。但刘姥姥也表现不错，人家给钱了，而且出手就是二十两，这笔钱足够自己一家人吃用一年了，生活有了着落，她奉承王熙凤："我也是知道艰难的。但俗语说，'瘦死的骆驼比马大'，凭他怎样，你老拔根汗毛比我们的腰还粗呢！"

这话说给一个豪门贵妇听，实在是有失高雅，低俗得很，有不少评论家说这是刘姥姥乐极忘形，被胜利冲昏了头脑，口不择言说出这么粗俗的话来，还好凤姐海量，只是笑而不睬，不予追究。

其实，通篇看来，刘姥姥不光这句话说得粗俗，其他也没有哪句跟"雅"字沾边的。但正是她的粗俗才能够引起凤姐的好感，对得上这位当家少奶奶的胃口。王熙凤没读过书，不识字，从小被家里当成男孩子养大，兼具一种男人般的粗和俗，刘姥姥这番话要是说给林黛玉听，准保换来一顿讥讽，但王熙凤绝对不会生气，所以她的"笑而不睬"实际上是深感受用的意思，心里很舒服。有钱人喜欢听奉承话，王熙凤尤其喜欢听。在她眼里，刘姥姥这样最底层的穷苦人，对自己表示出一种恭敬畏惧是件挺过瘾的事情，唯此才更能显示出她的尊贵！当然，面对穿金戴银的王熙凤，刘姥姥确实也紧张，这不是人穷志短，而是人穷气短。小户人家面对富贵气势自然要心虚三分，古来皆是如此。但有了这一回的成功之后，刘姥姥第二次的表现就大放异彩了！这二十两银子，成了刘姥姥一家走上致富之路的良好开端！

刘姥姥二进荣国府，以小博大的人生大智慧

刘姥姥第二次进荣国府，是在第三十九回。得到了贾府二十两银子，通过一家人的辛苦努力，生活渐渐有了起色。在这一年的丰

收之后，来到了贾府送礼。按理说刘姥姥一家此时已经不愁吃喝，没有必要再来贾府了，相信刘姥姥此次来贾府的目的并不是单纯的，其一，这里面有报恩的因素，可见刘姥姥是个知恩图报的人，有良心，投桃报李，为后文救巧姐一段埋下伏笔；其二，以刘姥姥的见识，绝不会轻易断掉和贾府的这层关系。她深知，贾家能给自己带来的绝对不止二十两白银这么简单！实际证明了刘姥姥的想法和做法都是完全正确的。

二进荣国府的刘姥姥赶上了好时候，那个阶段的荣国府正经历着一段短暂的中兴，王夫人的女儿当了贵妃，贾家又看到了红火起来的苗头，上上下下兴致都格外高，尤其贾母，更是天天宴玩。大观园里的太太小姐们是一帮闲人，没有正经事情可做，而每日的玩乐项目也都差不多，就是吃吃喝喝、听听戏、作作诗，没有太新鲜的玩意儿，都玩儿腻了。正好这时候来了个山野村妇刘姥姥，贵妇千金没见过也没接触过这样的人，觉得有趣，光看着都能笑破肚皮，于是刘姥姥也干脆抹下了脸皮，当了一回女版"段子手"，把这帮太太小姐伺候高兴了，自己可就财源广进了。

刘姥姥这个"帮闲"做得不错，付出换来了回报。刘姥姥二进荣国府一共在贾家住了三天，这三天，自己本身收获不少，用她的话来说："虽住了两三天，日子却不多，把古往今来没见过的、没吃过的、没听过的，都经验了。"对一个贫家老妇而言，这三天的生活可谓神仙一样的日子，精神收获是远远大于物质收获的。对于一个贫民老妇，算是一辈子的奇遇。同时我们也知道，贾家上上下下都是富贵眼睛，虽然口口声声说的是怜老惜贫，但真要是像刘姥姥这样贫穷的亲戚，他们也必定不愿多来往，更别说会留她住三天了。刘姥姥以如此低贱的身份，却能够在荣国府中大受欢迎，可见有她的过人之处！

首先，刘姥姥是个水平高超的心理专家。

刘姥姥二进荣国府后，立刻讨得了家庭最高长官贾母的欢心。进而逐渐攻克，连王夫人、贾宝玉都一一摆平，靠的就是察言观色的本事。这个本事作者主要是通过刘姥姥讲故事一段篇幅表现出来的。一见面，刘姥姥便通过自己讲述的乡间见闻而吸引住了贾母以及大观园中的一些太太小姐，贾母听得十分高兴，晚饭的时候，特意将自己吃的几样菜赏给了刘姥姥。王熙凤通过这个信息知道了：刘姥姥对上了贾母的胃口。吃了饭，又打发刘姥姥到贾母这边来。鸳鸯赶紧让刘姥姥洗了澡换了干净衣服，送到贾母跟前。当时，作者描述了刘姥姥这样的心理动态：

> 那刘姥姥哪里见过这般行事，忙换了衣裳出来，坐在贾母榻前，又搜寻些话出来说。彼时宝玉姊妹们也都在这里坐着，他们何曾听见过这些话，自觉比那些瞽目先生说的书还好听。
>
> 那刘姥姥虽是个村野人，却生来的有些见识，况且年纪老了，世情上经历过的，见头一个贾母高兴，第二见这些哥儿姐儿都爱听，便没了说的也编出些话来讲。

这一段说得清楚，刘姥姥虽然是个农村妇女，没有文化，却有见识，经历过很多人情世故，对人内心的洞察力十分强，于是不难理解她为何能够在如此短的时间内讨得贾府上上下下的欢心。文中这句话说得妙："那刘姥姥虽是个村野人，却生来的有些见识，况且年纪老了，世情上经历过的，见头一个贾母高兴，第二见这些哥儿姐儿都爱听，便没了说的也编出些话来讲。"这句话一下子点明了刘姥姥后文中所讲到的那些故事不过都是些编出来的瞎话罢了，不可当真。另一方面也是对于贾府这些豪门贵妇的一种讽刺，在她们眼里，是拿着刘姥姥来做戏的，供自己娱乐，而她们之于刘姥姥，又何尝不是如此？刘姥姥在贾母等人眼中是个玩偶，而贾母等人在刘姥姥眼中亦是一群井底之蛙罢了！

切入正题，来看看刘姥姥所讲的两个故事。

第一个是大雪天抽柴草的故事：

> "我们村庄上种地种菜，每年每日，春夏秋冬，风里雨里，哪有个坐着的空儿，天天都是在那地头子上作歇马凉亭，什么奇奇怪怪的事不见呢。就像去年冬天，接连下了几天雪，地下压了三四尺深。我那日起得早，还没出房门，只听外头柴草响。我想着必定是有人偷柴草来了。我扒着窗户眼儿一瞧，却不是我们村庄上的人。"贾母道："必定是过路的客人们冷了，见现成的柴，抽些烤火去也是有的。"刘姥姥笑道："也并不是客人，所以说来奇怪。老寿星当个什么人？原来是一个十七八岁的极标致的一个小姑娘，梳着溜油光的头，穿着大红袄儿，白绫裙子……"

这个故事，走的是悬疑路线，纯粹的乡下趣闻逸事，用悬念来带动贾母等人的兴趣。只是她这个故事讲得不巧，偏在这个时候，贾府的马棚里着火了，贾母就说了："都是才说抽柴草惹出火来了，你还问呢。别说这个了，再说别的吧。"那时候人都迷信，刘姥姥赶忙刹住了话头，再讲下去是不行的，即便宝玉兴趣很浓，很想知道这个漂亮女孩为什么抽柴火，但作为贾府最高行政长官的贾母是开罪不起的，她立时意识到自己刚才这个故事很可能已经引起了贾母的不高兴，赶紧转移话题，讲了另外一个故事：

> "我们庄子东边庄上，有个老奶奶，今年九十多岁了。她天天吃斋念佛，谁知就感动了观音菩萨，夜里托梦说：'你这样虔心，原来你该绝后的，如今奏了玉皇，给你个孙子。'原来这老奶奶只有一个儿子，这儿子也只一个儿子，好容易养到十七八岁上死了，哭得什么似的。后果然又养了一个，今年才十三四岁，生得雪团儿一般，聪明伶俐非常。可见这些神佛是有的。"这一夕话，实合了贾母、王夫人的心事，连王夫人也都听住了。

这个故事明明白白说的就是贾家荣国府的故事。那个老奶奶就是贾母，养到了十七八岁上死掉的孙子就是贾珠，而这个后得的今年才十三四岁的雪团儿一般的孙子不是宝玉又是谁？这一席话，不合贾母和王夫人的心事才怪！刘姥姥这个故事编得极其浅显，明眼人一听就知道是瞎话，可贾母和王夫人明知是瞎话仍然心中高兴，可见其醉生梦死，只愿意听些无稽之谈。

到了这里，故事还没有结束。晚间散后，宝玉心里还是惦记着刘姥姥刚才没有讲完的那个故事，惦记着故事里的那个女孩子，又悄悄去问刘姥姥这个故事的原委始末。

　　刘姥姥只得编了告诉他道："那原是我们庄北沿地埂子上有一个小祠堂里供的，不是神佛，当先有个什么老爷。"说着又想名姓。宝玉道："不拘什么名姓，你不必想了，只说原故就是了。"刘姥姥道："这老爷没有儿子，只有一位小姐，名叫茗玉。小姐知书识字，老爷太太爱如珍宝。可惜这茗玉小姐生到十七岁，一病死了。"宝玉听了，跌足叹惜，又问后来怎么样。刘姥姥道："因为老爷太太思念不尽，便盖了这祠堂，塑了这茗玉小姐的像，派了人烧香拨火。如今日久年深的，人也没了，庙也烂了，那个像就成了精。"宝玉忙道："不是成精，规矩这样人是虽死不死的。"刘姥姥道："阿弥陀佛！原来如此。不是哥儿说，我们都当她成精。她时常变了人出来各村庄店道上闲逛。我才说这抽柴火的就是她了。我们村庄上的人还商议着要打了这塑像平了庙呢。"宝玉忙道："快别如此。若平了庙，罪过不小。"刘姥姥道："幸亏哥儿告诉我，我明儿回去告诉他们就是了。"

　　宝玉道："我们老太太、太太都是善人，阖家大小也都好善喜舍，最爱修庙塑神的。我明儿做一个疏头，替你化些布施，你就做香头，攒了钱把这庙修盖，再装潢了泥像，每月给你香火钱烧香岂不好？"刘姥姥道："若这样，我托那小姐的福，也有几个钱使了。"宝玉又问她地名庄名，来往远近，坐落何方。刘姥姥便顺口胡诌了出来。

　　很明显，只要刘姥姥编出茗玉小姐一段故事就一定能够引起宝玉的极大关注。这位宝二爷的声名远扬已久，上上下下谁不知道宝玉是个女孩儿堆里长大的人？刘姥姥当然也知道。这故事从一开始也许未必是为了编给宝玉听的，但确实击中了宝玉的兴奋点！按现在的话来说，刘姥姥是个应变能力相当强的人，别看已经是七十多岁的老太太了，论脑子的灵敏度，丝毫不比宝钗、黛玉之辈差，在如此短的时间内编出的故事有头有尾，有缘有由，还让贾府的小祖宗宝玉深信不疑，以至于第二天一清早就派自己的贴身小厮茗烟前去寻找刘姥姥所说的这个茗玉小姐的庙。当然，是没有找到的。暂且不管宝玉心里会是什么样的感受，反正刘姥姥在贾府取得了初步的胜利，由此可见刘姥姥是个高智商的老太太，绝非等闲之辈。

　　其次，刘姥姥是个演技超凡的喜剧表演艺术家。

　　说刘姥姥是个演技超凡的喜剧表演艺术家，这话不假，刘姥姥若是活在今天，未必会输给周星驰、郭德纲等喜剧大咖。因刘姥姥的戏，是不演中的表演，不着痕迹地制造出喜剧效果。

　　　　正乱着安排，只见贾母已带了一群人进来了。李纨忙迎上去，笑道："老太太高兴，倒进来了。我只当还没梳头呢，才撷了菊花要送去。"一面说，一面碧月早捧过一个大荷叶式的翡翠盘子来，里面盛着各色的折枝菊花。贾母便拣了一朵大红的簪于鬓上。因回头看见了刘姥姥，忙笑道："过来戴花儿。"一语未完，凤姐便拉过刘姥姥，笑道："让我打扮你。"说着，将一盘子花横三竖四地插了一头。贾母和众人笑得不住。刘姥姥笑道："我这头也不知修了什么福，今儿这样体面起来。"众人笑道："你还不拔下来摔到她脸上呢，把你打扮得成了个老妖精了。"刘姥姥笑道："我虽老了，年轻时也风流，爱个花儿粉儿的，今儿老风流才好。"

说笑之间，已来至沁芳亭子上。丫鬟们抱了一个大锦褥子来，铺在栏杆榻板上。贾母倚栏坐下，命刘姥姥也坐在旁边，因问她："这园子好不好？"刘姥姥念佛说道："我们乡下人到了年下，都上城来买画儿贴。时常闲了，大家都说，怎么得也到画儿上去逛逛。想着那个画儿也不过是假的，哪里有这个真地方呢。谁知我今儿进这园里一瞧，竟比那画儿还强十倍。怎么得有人也照着这个园子画一张，我带了家去，给他们见见，死了也得好处。"贾母听说，便指着惜春笑道："你瞧我这个小孙女儿，她就会画。等明儿叫她画一张如何？"刘姥姥听了，喜得忙跑过来，拉着惜春说道："我的姑娘，你这么大年纪儿，又这么个好模样，还有这个能干，别是神仙托生的吧。"

看罢戴花一段，心中暗服，也只有刘姥姥可以把装痴卖傻进行到这个地步，可笑又可爱。一头菊花笑弯了贾母和众太太小姐的腰，这样的效果通常只会发生在王熙凤戏谑之时，但刘姥姥做到了，可见她的幽默功底不在凤姐之下。从刘姥姥在贾府的这三天来看，凡有刘姥姥之时，不再有凤姐的笑话逗乐儿，凤姐的笑话俗，故而引人发笑，而刘姥姥更俗过凤姐，可见其逗笑本领更胜过凤姐。

刘姥姥往往以极没见识的形象取悦众人，这恰恰是贾母等一干贵妇人所需要的。以贾家这样的地位，与她们比见识只会自取其辱，把自己低到了极点，反而能够获得更大的利益。刘姥姥深知这道理，所以能在荣国府这样的富贵势利地达成自己的目的。看到大观园，便说比画上的还好看；听到惜春会画画，又傻乎乎的一副表情恭维她是神仙下凡……一连串看似低俗的恭维话被刘姥姥演绎得浑然天成、不着痕迹。谁都知道，一个没有任何心眼儿的人是会令人放下防备的，而这种人的恭维话自然就更能引起别人的喜悦和成就感。刘姥姥和贾府一干妇人达到了双赢：她获取了利益，而她们则获得了开怀大笑的机会。

诚然，大观园里的一切对于刘姥姥而言都是新奇的，但刘姥姥并非是个没有见识的村妇。在贾府几次独处的描写中，作者透过她的眼睛写出了贾家的奢华境况。值得思考的是，当旁边无人之际，刘姥姥对于周围奢华还是很有镇定自若的能力的。对于贾家上上下下一干人等的戏弄，她心里一清二楚，所谓的痴傻只是装出来的而已。吃饭时，凤姐和鸳鸯存心要拿刘姥姥开开心：

> 只见一个媳妇端了一个盒子站在当地，一个丫鬟上来揭去盒盖，里面盛着两碗菜。李纨端了一碗放在贾母桌上。凤姐儿偏拣了一碗鸽子蛋放在刘姥姥桌上。贾母这边说声"请"，刘姥姥便站起身来，高声说道："老刘，老刘，食量大似牛，吃一个老母猪不抬头。"自己却鼓着腮不语。

> 众人先是发怔，后来一听，上上下下都哈哈地大笑起来。史湘云撑不住，一口饭都喷了出来；林黛玉笑岔了气，伏着桌子哎哟；宝玉早滚到贾母怀里，贾母笑得搂着

宝玉叫"心肝";王夫人笑得用手指着凤姐儿,只说不出话来;薛姨妈也撑不住,口里茶喷了探春一裙子;探春手里的饭碗都合在迎春身上;惜春离了座位,拉着她奶母叫揉一揉肠子。地下的无一个不弯腰屈背,也有躲出去蹲着笑去的,也有忍着笑上来替他姊妹换衣裳的,独有凤姐、鸳鸯二人撑着,还只管让刘姥姥。

刘姥姥拿起箸来,只觉不听使,又说道:"这里的鸡儿也俊,下的这蛋也小巧,怪俊的。我且肏攮一个。"众人方住了笑,听见这话又笑起来。贾母笑得眼泪出来,琥珀在后捶着。贾母笑道:"这定是凤丫头促狭鬼儿闹的,快别信她的话了。"那刘姥姥正夸鸡蛋小巧,要肏攮一个,凤姐儿笑道:"一两银子一个呢,你快尝尝吧,那冷了就不好吃了。"刘姥姥便伸箸子要夹,哪里夹得起来,满碗里闹了一阵好的,好容易撮起一个来,才伸着脖子要吃,偏又滑下来滚在地下,忙放下箸子要亲自去捡,早有地下的人捡了出去了。刘姥姥叹道:"一两银子,也没听见响声儿就没了。"

众人已没心吃饭,都看着她笑。

这部分历来是《红楼梦》中的一段奇文,如果把这个宴会当成一次文艺演出的话,凤姐和鸳鸯策划得成功,作为主角,刘姥姥的表演更是到位。那句"老刘,老刘,食量大似牛,吃一个老母猪不抬头",一定是大观园当年的头号流行语,顷刻间笑倒了一大片。这样浓墨重彩地描写在场每个人物的笑,是书中独一无二的。王熙凤即便再会说笑话，也只不过笼统一提"众人都笑了"而已，可刘姥姥一句笑话，却让荣国府上下笑得千姿百态，可见她的表演功力多么深厚。虽然面上痴傻，心里却丝毫不傻：

> 一时吃毕，贾母等都往探春卧室中去说闲话。这里收拾过残桌，又放了一桌。刘姥姥看着李纨与凤姐儿对坐着吃饭，叹道："别的罢了，我只爱你们家这行事。怪道说'礼出大家'。"凤姐儿忙笑道："你别多心，才刚不过大家取乐儿。"一言未了，鸳鸯也过来，笑道："姥姥别恼，我给你老人家赔个不是。"刘姥姥笑道："姑娘说哪里话，咱们哄着老太太开个心儿，可有什么恼的！你先嘱咐我，我就明白了，不过大家取个笑儿。我要心里恼，也就不说了。"

刘姥姥此话一出，高下立见，鸳鸯即便再伶俐，凤姐即便再精明，到了刘姥姥这里全歇菜。说白了，谁耍了谁还不一定呢！也难怪后文中王熙凤会请刘姥姥为自己的女儿起名字，既是为了图个吉利，让穷苦老人起名字的孩子好养活，同时也说明了此时的刘姥姥已经博得了荣国府当家人王熙凤的尊重，足见刘姥姥的智慧和胆略。

红楼众人对刘姥姥的真实态度

刘姥姥二进荣国府成就了贾府太太小姐们的一次喜剧嘉年华，如果非说刘姥姥此次进荣国府有谁不高兴的话，大概就只有王夫人了。

刘姥姥二次进荣国府可谓满载而归，载了整整一车的东西回家。贾府上上下下，连主人带丫鬟，都有礼物送她。有送衣服和零食的，有送药和米的，还有送玩具和瓷器的。每一样都代表了一份真挚的感情。可见贾府上下对刘姥姥还是充满真诚的，对她到来的欢迎也显得相当诚恳。刘姥姥临走时，王夫人也有礼物，而且是一份厚礼：纹银一百两——这份大礼以当时的经济水平来看，足以让一个贫寒之家发财致富。即便是这么厚的一份礼，也丝毫没有显示出王夫人的诚恳之心。平儿把这一百两银子交到刘姥姥手上的时候说："这两包，每包里头五十两，共是一百两，是太太给的，叫你们拿去，或者做个小本买卖，或者置几亩地，以后再别求亲靠友的。"

什么意思？拿了这钱去做个小买卖，或者买几亩地，当个地主收租子，反正有了这一百两银子，刘姥姥一家只要不个个都是败家子，基本就可以过上温饱富裕的生活了。刘姥姥一家富裕不富裕，王夫人并不关心，她希望的是刘姥姥以后不要再"求亲靠友"，也就是婉转地告诉她：以后不要再来了！

刘姥姥毕竟是王家的亲戚，作为四大家族之一的王家有这样贫寒而且粗鄙的亲戚，对于王夫人而言，是件挺尴尬、挺没面子的事情。而且王夫人的妹妹薛姨妈一家目前就住在贾家，薛家的经济状况一直处在下滑阶段，薛氏母女在贾府也总是小心翼翼以讨贾母的欢心。薛家客居贾府已经多年，贾府上上下下人等应该早就对王夫人的这家亲戚有了很透彻的认识。加之薛家唯一的继承人薛蟠又是个极不长进的呆霸王，只会惹事败家，可以认定，薛家若是想再度兴旺已经是难上加难的事了。这样的亲戚长期住在自己的婆家，她还想着促成儿子和外甥女的金玉良缘，已经够头疼的了，对王夫人而言，最害怕的就是贾府中人对自己的娘家人产生轻视情绪。刘姥姥这样一个穷极了的亲戚来到了婆家，还成了全家人的笑料，王夫人心里是有苦说不出的。于是王夫人才花重金请刘姥姥"消失"，希望永远不要再来往！

于是，刘姥姥真的很久没有再去荣国府，虽然平儿嘱咐她："到年下，你只把你们晒的那灰条菜干子和豇豆、扁豆、茄子、葫芦条儿，各样干菜带些来，我们这里上上下下都爱吃。"但刘姥姥并没有履行承诺，而是果真在王夫人的富贵生活中消失了。当刘姥姥第三次进入荣国府时，已是贾府大厦倾覆之际。彼时的刘姥姥，则真正展现了知恩图报的侠义风范。

富贵繁华地，谁是救命人？

报恩的重担落到了刘姥姥的肩上！

从富裕再入贫困：向命运还恩

　　刘姥姥三进荣国府是八十回以后的事情。

　　续书中，刘姥姥确实也曾救过凤姐的女儿巧姐，把巧姐接到自己乡下家中住过一小段时间，避开了一段不太合适的婚姻，这完全不符合曹雪芹的预言精神，且在当时的情况下，巧姐的处境也算不上危急，因而削弱了刘姥姥对于巧姐的命运所起到的关键作用。续书中，刘姥姥最终还充当了一回媒婆，为巧姐寻了一门亲事，对方是村中家财万贯的富户，女婿长得清秀、读书上进。巧姐在家道落魄之际，还能成为富贵人家的少奶奶，不能不算是幸事，但这已经彻底颠覆了巧姐名册上"荒村野店美人纺绩"的最终境况。

　　从前文可以推断出，八十回后，张金哥案、尤二姐案、张华案以及私放高利贷等一系列事件会逐一暴露出来，这一系列案件的主使者王熙凤自然难逃罪责。这些事情哪一件都够得上"七出"之过，凤姐一定是保不住"琏二奶奶"的头衔和身份，所以才会"哭向金陵事更哀"。贾母在世，无人敢动王熙凤，贾母一死，王熙凤便失去了靠山，又深受婆婆的排挤和丈夫的怨恨，以及贾府不少对头的敌视，日子绝对好过不了。王熙凤处境堪忧，巧姐自然也会成为凤姐对头们的报复对象。此时贾家败落，王家坐视不管，甚至火上浇油，不理会亲戚情分。王熙凤的亲兄弟王仁联合贾府的奸恶子弟贾环等人，卖巧姐以图银钱。当时的巧姐被卖到了烟花之地，《好了歌》中"择膏粱，谁承望流落在烟花巷"是讲巧姐的不幸遭遇。王熙凤威风一世，女儿却落到如此地步，既羞愧又气愤，加上形势逼迫，没多久便死去了。临死前，她应该是见到了三进荣国府的刘姥姥，临终托孤，希望刘姥姥能够帮忙救出女儿。

如果说刘姥姥单纯只是一个贪财图利的老太婆的话，那一定不会救巧姐，而且以她的力量而言，即便不救，王熙凤也不可能怪罪她。但刘姥姥知恩图报，真正拿出大笔的钱赎出了巧姐。而且赎救巧姐的这笔高昂费用，足以让刘姥姥的家庭再次从小康走向贫穷。这也就是王熙凤"偶因济村妇"，而巧姐"巧得遇恩人"的故事。救出巧姐后，由刘姥姥做主，把巧姐许给了外孙板儿，成了贾母名副其实的"亲家"，这是倒叙故事的手法，也是曹雪芹的一贯文法。

至此，王熙凤一支的恩恩怨怨宣告结束。

刘姥姥是书中最底层、最平凡人物的代表，同时她也是作者笔下"侠文化"的代表。曹雪芹是向往侠义精神的人，笔下的史湘云、薛宝琴、柳湘莲、倪二等，都颇具侠义之风，区别只在于各人的文化修养和生活阅历所造成的侠义行为有所不同。刘姥姥也是作者笔下的一位"豪侠"，不同的是，这位年过七旬的乡村老妇人有着太深的泥土气息，很容易模糊了读者的视线，误认为刘姥姥只是一个攀权附贵的滑稽老太。作者开场先写刘姥姥的俗，是为了衬托后文刘姥姥的"义"。刘姥姥若果真只是爱钱，不会在贾府大厦倾覆之际救巧姐于水火之中，可见，刘姥姥前文的俗是迫于生活所需，也体现了刘姥姥一切从实际出发的实惠性格。当昔日的恩人遭遇不幸，第一个挺身而出，伸出援手的不是那些曾受贾府厚恩的亲朋贵戚，而是这个曾受滴水恩情的村中老妪，可谓世态炎凉。从来只有锦上添花，几人曾见雪中送炭？在贾府只是九牛一毛，在刘姥姥一家则成了救命的衣食。当然，"恩情"二字最重要的意义不在于"施"，而在于"报"，人在高处施恩容易，身处劣境依然受恩能报之人却少之又少。受人滴水，报之涌泉。刘姥姥目不识丁，看不懂人生道德的大道理，但她做到了，饱读诗书的世人却做不到。而这也正是刘姥姥的"侠义"之所在，她是道德良知的实践者，他人则只是这些书面道理的卖弄者。

刘姥姥是《红楼梦》一书真正的结局人物。第四十一回"刘姥姥醉游大观园"：

> 一时来至"省亲别墅"的牌坊底下，刘姥姥道："哎哟！这里还有个大庙呢。"说着，便趴下磕头。众人笑弯了腰。刘姥姥道："笑什么？这牌楼上字我都认得。我们那里这样的庙宇最多，都是这样的牌坊，那字就是庙的名字。"众人笑道："你认得是什么庙？"刘姥姥便抬头指那字道："这不是'玉皇宝殿'四字？"

乍看之下，又是刘姥姥搞笑作怪，引众人取乐。再看时心中一惊：第五回贾宝玉神游太虚，到的不也正是这样的石碑牌坊树立的"大庙"吗？只不过"省亲别墅"换成了"太虚幻境"。曹公通过刘姥姥点破大观园即为太虚幻境，可见这个姥姥是高情巨眼之人！今日即便再怎么繁华，终究不过是场幻境！日后贾家大厦倾覆，大观园众美散的散、亡的亡，也只有刘姥姥不忘旧恩会想到为他们打点香火，去坟前祭拜。富贵之于贫困，果真只在一瞬之间。因果轮回中，浸透了世事人情。

《红楼梦》中一首《好了歌》，唱透世间炎凉，经历过人生大悲大喜的甄士隐一番注解更是参透人生三昧。曹雪芹那首歌词的创作，颇具唐伯虎《一世歌》的意蕴：

> 人生七十古来稀，前除幼年后除老。
> 中间光景不多时，又有炎霜与烦恼。
> 过了中秋月不明，过了清明花不好。
> 花前月下且高歌，急须满把金樽倒。
> 世人钱多赚不尽，朝里官多做不了。
> 官大钱多心转忧，落得自家头白早。
> 春夏秋冬弹指间，钟送黄昏鸡报晓。
> 请君细点眼前人，一年一度埋荒草。
> 草里高低多少坟，一年一半无人扫。

春夏秋冬弹指间，不只红楼一梦，于今，亦是如此……

图书在版编目（CIP）数据

女神的段位 / 苏芩著 . — 成都：四川文艺出版社，
2018.11

ISBN 978-7-5411-4579-7

Ⅰ . ①女… Ⅱ . ①苏… Ⅲ . ①《红楼梦》人物—女性
—人物形象—小说研究 Ⅳ . ① I207.411

中国版本图书馆 CIP 数据核字（2018）第 225556 号

NÜ SHEN DE DUAN WEI

女神的段位

苏芩　著

策划出品　磨铁图书
责任编辑　段　敏
责任校对　汪　平
特约监制　魏　玲　潘　良
产品经理　闫丹丹　七　月
特约编辑　谢梓麒
装帧设计　VIOLET

出版发行　四川文艺出版社（成都市槐树街 2 号）
网　　址　www.scwys.com
电　　话　028-86259287（发行部）　　028-86259303（编辑部）
传　　真　028-86259306

邮购地址　成都市槐树街 2 号四川文艺出版社邮购部　610031
印　　刷　天津旭丰源印刷有限公司
成品尺寸　145mm×210mm　1/32
印　　张　9　　　　　　　　字　　数　203 千
版　　次　2018 年 11 月第一版　　印　　次　2018 年 11 月第一次印刷
书　　号　ISBN 978-7-5411-4579-7
定　　价　42.00 元